森の端っこのちび魔女さん
Little witch at the edge of the forest.
[著] 夜凪 YANAGI
[イラスト] 緋原ヨウ
JN070608
TOブックス

目次

CONTENTS

第一章 ※ 森の中の小さな家

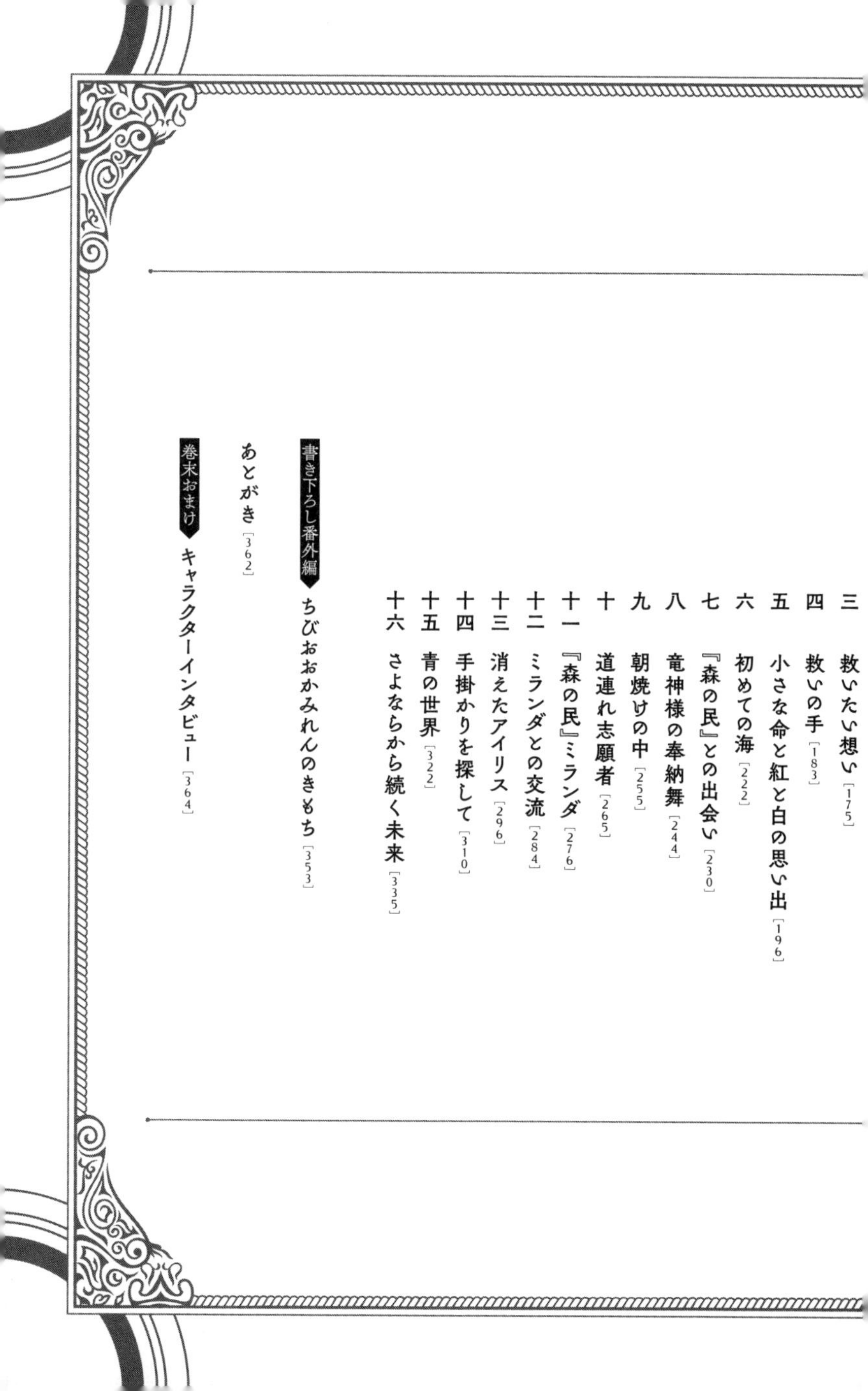

［イラスト］緋原ヨウ

［デザイン］SAVA DESIGN

第一章 ✳ 森の中の小さな家

一　森での日々

鬱蒼（うっそう）と生い茂る木々の間を素早く駆け抜けていく人影があった。

年の頃は十二～三だろうか。

質素なワンピースに身を包んだ少女は、その細い体を機敏に動かし、驚くほどのスピードで倒木を跳び越え、荊（いばら）をすり抜けてかけていく。

ほどいたままの長い髪が風になびいて、周囲に金色の煌めきを振りまいていた。

森の緑をそのまま写し取ったかのような瞳も楽しげに輝き、少女が、たった一人のレースを存分に楽しんでいる事を表していた。

その様子を見たものがいたら、きっと森の精霊か何かに例えたに違いない。

たとえその背中に、蔦で編まれたカゴが乗っていようと。

やがて、視界の先に小さな丸太造りの家が見えてきて、少女はようやくスピードを緩めた。

扉の前で立ち止まると荒れた息を整え、乱れてしまったスカートの裾をなおす。

そして、背に背負ったカゴを軽く揺すり上げると、元気よく扉を押し開けた。

「ただいま、母さん！　朝言っていた薬草、見つけてきたよ。あと、キノコ。いつものところに生えてきていたから採ってきた。今年もたくさん収穫できそうな感じだよ」

入ってすぐの部屋にある、テーブルの上に背中のカゴを置きながら奥の方へ向かって叫べば、呆

れたような顔の女性が出てきた。

濃い緑色のドレスをまとった女性は、その呆れたような表情さえ美しいと言いたくなるような妙齢の美女だった。

「ミーシャったら、大声出すなんてはしたない。それに、どこを走ってきたの？　髪がくしゃくしゃよ？」

娘と同じ色の瞳がすがめられ、しょうがないわねぇ、と言いたげに苦笑しながらも、ミーシャの髪を手で直してやる。

「えへへ〜」

服装を整えることでごまかしたと思っていた自分の行動が、スッカリばれてしまっていることを笑ってごまかしながらも、髪を梳いていく優しい手の心地よさにミーシャは目を細める。

「東の方にチトの群生地を見つけたの。これで痛み止めが作れるね！」

「まぁ！　すごいわ、ミーシャ。旦那様から薬が切れて困ってるって言われていたところだったのよ」

話題を変えようと本日の成果を報告すれば、母親の顔が嬉しそうにほころぶ。

「それもだけど、ちゃんと自分の分も残しておいてよ？　痛くて困るのは母さんなんだからね！」

昔に痛めたという母親の足は、どうにか歩けるまでに治ったけれど、季節の変わり目や無理をした日には酷い痛みを感じるようになってしまっていた。

雨が分かって便利よと母親は笑うけど。

「分かってるわよ。動けなくなったらミーシャに迷惑かけてしまうもの、ね」

「そうじゃなくて！」

にこりと笑顔で答える母親に、ミーシャは眉間に皺を寄せ否定する。

(絶対分かってない。ただ母さんが痛みに苦しむのがイヤなだけなのに)

ここ数年、森の外がきな臭いことは、幼いミーシャにもなんとなく分かっていた。

痛み止めや傷薬を作る頻度と量がどんどん増えていたからだ。

それだけ、薬が必要という事は、怪我人が増えているという事だから。

母親も思うところがあるのか、使者が取りに来るたびに、あるだけ全てを渡してしまう。

結果、雨の降る日は青白い顔で起きてくるのだ。

教えてはくれないけれど、絶対痛みで眠れていないに違いない。

(母さんの分はこっそり選り分けておこう)

ため息を押し殺しながら、こっそりと心に誓う。

確かにうちは薬師の家系だけど、自分を後回しにする事はないと思うのだ。

(だって、痛みで集中が途切れたら失敗の元だしね!)

母親がそんな事で調合を失敗したりしないのは百も承知だけど、そんな事を言い訳に自分を納得させる。

森に生える薬草は無限ではないのだ。

今回はどうにか原料のチトを見つける事が出来たけど、ミーシャはそろそろ採れる限界量が来ている事に気付いていた。

植物は根こそぎ採ってしまえば次が生えてこなくなる。

薬を調合すると同時に、そこら辺のバランスを見極めるのも薬師の大事な仕事なのだ。

足が悪いためあまり長くは歩けないとはいえ、ミーシャよりこの森に詳しい母親が、その事に気付いていないはずがなかった。

だからこそ、自分に必要な量を減らして、渡す量を確保するようにしているのだろう。

「……早く、元に戻れば良いのに」

思わず零れたつぶやきに、母親は困ったように首を傾げ笑ってみせた。


深い森の奥にある丸太造りの小さな小屋。

そこにミーシャは、母親とたった二人で暮らしていた。

ほとんど訪ねてくる人もいない暮らしは寂しくもあるが、物心つく頃からココしか知らないミーシャにしてみれば、そんなものなのだろうとすでに割り切っていた。

月に一度は、父親がお土産片手に訪ねてくる為、さほどの不便は無いし、森に出ればミーシャの興味を引くものがそこかしこに溢(あふ)れている。

何よりも、賢く優しい母親が常に側にいてくれる生活にミーシャは、充分に満たされていた。

もっと幼い頃、どうして父親と共に暮らしていないのかと母親に聞いた事があった。

数日前にやってきた父親の土産の中にあった絵本の中で、家族は共に暮らすものだと書いてあったからだ。

母親は、少し申し訳なさそうに話してくれた。

母親は、この国よりももっと北の方にある国の薬師の一族の生まれだった。

見聞を広める為に旅をしていた若い頃の父と出会い、恋に落ち、一族の反対を押し切ってこの国に嫁いできた。

だけど、ずっと森の中で静かに暮らしていた母親は、どうしても町での暮らしに慣れる事ができなかったのだ。

森を恋しがり、徐々に元気を無くしていく母親を心配した父親は、断腸の思いで領地の端にあるこの森に母親を連れてくる事を決断した。

共に暮らしたかったが、父親はこの国の公爵位についており、重要な責務を担っている。

共に暮らす事はできない為、今のような形になったのだ。

「貴女の為を思えば、お父様と屋敷で暮らした方が良かったのでしょうけど」

少し悲しそうな母親に、ミーシャは、思いっきり首を横に振ったものだ。

「母さんが元気な方が良い！　父さんは会いに来てくれるから寂しく無いもの！　私もこの森が大好きよ！」

大切な母親の悲しい顔など見たくなくて、ミーシャは二度とその話題に触れる事は無かった。

それに、母親と森で暮らすのは、本当に楽しかったから。

だけど、その日から母親は「もしもの為に」とミーシャに貴族としての立ち居振る舞いを教えてくれるようになった。

よその国から来たのに、どうしてそんなに詳しいの？　と聞かれた母親は、父さんに恥ずかしい思いをさせたくなくて必死に覚えたのだと教えてくれた。

「結局、無駄になったと思ったけど、ミーシャに教える事が出来たのだから、無駄では無かったのね」

嬉しそうに笑う母親の笑顔に、堅苦しいマナーや勉強に正直ウンザリしていたミーシャは、文句を呑み込む羽目になった。

大好きな母親が笑っていてくれるなら、これくらいの苦痛は我慢しよう。

その打算が後々ミーシャを救う事になるのだから、世の中というものは良く出来ているのだろう。

もちろん、そんな事、当時のミーシャに分かるはずも無かったけれど。

森に移り住んだ母親は、直ぐに元気を取り戻し、自分の知識の中にある薬草が、この森にもたくさん生えている事に気付いた。

折角だからと作った薬を父親に託せば、通常のものよりよく効くと喜ばれたらしく、母親はこの森で、生来の生業（なりわい）である薬師としての仕事を取り戻したのだった。

そして、産まれた娘にも、自分の持てる知識を存分に注ぎ込んだ。

机上の知識ではなく生きた教材を基に与えられる教育は幼い娘に遊びの一環として捉えられ、余計な雑念も無い事も相まって、十になる前には一端の薬師として材料確保から調合まで立派にできるようになっていた。

今では、足の悪い母親に代わって森中を楽しく駆け回り、薬草・その他を集める日々である。


「ところで父さんは次の月初めには来れるの？」

ゴリゴリと重い石臼を回しながら、ミーシャは、何気なさを装って母親に尋ねた。

ミーシャが、幼い頃から続く月に一度の訪問がここ二回ほど止まっていた。

使者だけが短い手紙と共に慌ただしく訪れ、薬を持って去っていく。

「分からないわ。まだ遠方に出かけたまま戻っていないようだし……」

釜戸(かまど)に向かい薬を煮詰めていた母親が、寂しそうに答えるのに、ミーシャは、舌打ちをしたい気分だった。

もっとも、実際にすれば、すかさず母親に咎められるのが分かっていたので、どうにか呑み込んだけれど。

父親の事が大好きな母親が、言葉には出さないけれど寂しがっているのは知っていたし、それ以上に心配している事も分かっていたから。

こんな森の中では、少しでも助けになればとせっせと作っている薬達がきちんと届いているのかさえ分からないのだ。

今までも外の情報は月一でやってくる父親と不定期に飛んでくる『伝鳥』だけが頼りだったのだから。

「『伝鳥』を飛ばしてみる？」

思わずそういえば、母親は少し迷った素振りの後、首を横に振った。

「あれは緊急時用だもの。今、使って良いものでは無いと思うの」

『伝鳥』とはこの世界の伝達手段で、二つの拠点を行き来するように躾(しつ)けた鳥の足に、手紙を結び運んでもらうのだ。

非常に賢く、簡単な命令なら通じるという希少な種類の『伝鳥』は価値が高く、大貴族の家でも数羽所有しているか、というくらいの普及率だった。

何しろ絶対数が少ないうえ、住んでいるのは険しい山の中。

しかも気難しく人に懐きにくいので、理想は卵のうちに採ってきて人の手で孵(かえ)して育てるというのだから、希少価値も分かろうというものだ。

心配性の父親が、いくら森の生活に慣れているとはいえ、緊急事態が起こらないとも限らないだろうと、その貴重な『伝鳥』を一羽置いてくれているのだ。

と、いうか暇つぶしにと生まれる直前の卵を持ってきた。

幸い母親が、動物の扱いに慣れていたから無事育ったが、あの時は本当に大変だった。

父としては、愛しい妻と娘が山奥で困った事になったらと心配でたまらないのだろうが、基本自給自足だし、多少の病気や怪我は自分達で対処できる腕はあるしで、母親としては使う機会が無いらしい。

結果、カインと名付けられた貴重な『伝鳥』は今日も自由に森の中を飛び回り、今や食物連鎖の頂点に立とうとしている。

「カインは賢いもの。町の家にいなくても大丈夫よ」

何しろ、初めて飛ばした時、うっかり屋敷ではなく「父さんによろしく」と言ったところ、どうやって見つけたのか分からないが、視察で各地を回っていた父親にちゃんと届けた強者だ。

ミーシャの言葉に母親は苦笑した。

基本『伝鳥』は決まったルートしか飛ばない。

雛から育て上げた鳥を別の場所に連れて行き、帰巣本能を持つ鳥をそこから放つことで道を覚えさせるのだ。それを何度か繰り返す。

放つ時にその場所を示す言葉を言い聞かせることで、鳥はその場所を言葉と共に覚えるのだ。

賢い鳥で二～三カ所の場所を覚えるのだが、カインに覚えさせたのは父の住む屋敷のみ、のはずだった。

あの時は、託した手紙の内容もさる事ながらカインの行動に驚いた父親がどういう育て方をしたのかと飛んで来たものだ。

一緒にきた鳥匠にも根掘り葉掘り聞かれたがさっぱり分からず、結局は、特別賢い個体だったのだろう、というところに落ち着いた。

「……それに、予定を聞くくらいしてもいいと思うよ？　私だって気になるし」

もう少し、と背中を押してみるが、母親は暗い表情で首を横に振るばかりだった。

ミーシャは、父の屋敷での生活を知らない。

生まれた時にはここにいたし、屋敷まで行った事もない。

森の周辺の村々には何度か行ったことはあるけれど、それだけだ。

知識としてはいろいろ知っているが、この国の事も父の領地の事も、城での生活も全部両親の話と本で得たものだった。

だけど、聡いミーシャはなんとなく気づいていた。

母親は側室だった。

父親には幼い頃からの婚約者がいて、彼女が正妻の座に納まっている。

母親は他国の一般庶民だ。とても公爵家の奥様を務められる器ではない。

実際町での生活に馴染めず、森にこもっているのだからそれはしょうがないのだろう。

だけど、大らかな母親の性格を思えば、ただ単純に『町の生活』に馴染めなかっただけなのかな？と穿（うが）った見方をしてしまうのだ。

例えば、屋敷にいる家族の話をしようとしない父親とか、決して城へとミーシャを行かせたがらない母親の態度とか……。

（まぁ、いいんだけど。たくさんの人に囲まれるのは緊張しそうだし、森での生活は楽しいから）

ミーシャは屋敷での生活など興味はないし、複雑怪奇なマナー実践など肩がこる。

母親に教わった貴族としての振る舞いは、森を自由に駆け回って育ったミーシャには窮屈に感じた。年頃の少女らしく綺麗なドレスに憧れがないわけではないけれど、毎日それを着てお行儀良く過ごせと言われるのは、想像しただけでうんざりしてしまう。

人には向き不向きがあると、ミーシャ自身は納得していた。

ただ、こういう時少しもやっとするのだ。

心配なのに、会いたいはずなのに遠慮というより怯えすら滲ませて、決して自ら動こうとしない母親を見るたびに。

『何』があったのだろう？　と。

「……まぁ、父さんは公爵様だし後方で指揮を執っても前線に出る事は無いんでしょう？　きっと大丈夫よ。こっちはもう挽き終わるけど、直ぐに鍋に入れる？」

だけど、そんな内心はおくびにもださず話題を変えるのは、これ以上母親の暗い顔を見たくないから。

根本的な解決をしない限り何度でも繰り返すだろうと分かってはいるのだが、当事者では無い分どうしてもミーシャの反応も鈍くなる。

「そうね。一度鍋の中身を冷ましてから入れたほうが効果が出やすいから、そっちの机に置いてくれる？」

そして娘が矛を収めたことで、母親も肩の力を抜き、話題転換に乗ることにしたようだ。

「一段落したならお昼にしよう？　干し肉の出来を確認がてら少し食べていい？」

母親の指示に従い、粉になった薬草を机の空いた場所に置いたミーシャは提案する。

先日罠にかかっていたうさぎは、まるまると太っていてとても大きかった。

その日は他にも獲物が捕れたから、食べきれなくて日持ちするようにいくらか加工したのだ。

干したての肉は、まだ柔らかさを残していてとても美味しく、ミーシャの大好物だった。

ワクワクとした娘の顔に笑いながら母親は頷いた。

「少しだけよ？　食べ過ぎないでね～」

「はぁ～い」

しっかりと釘を刺されるも、上の空で返事するミーシャの頭の中は、もうすっかり好物の事に占められていて、部屋を出る時に落とされた母親のため息に気付くことはなかった。

二　怪我の報せ～森の外へ

その報せが来たのは突然だった。

まず、飛んできたのは屋敷からの『伝鳥』。

この森全部を縄張りとするカインに付き添われておりてきた鳥の手紙を、いつもの習慣で母親に渡した。

そろそろ月初めで、今度こそ父親が来るという先ぶれか、それとも、やはり来れないという断りの手紙か……。

何気なく様子を見ていたミーシャは、広げて読んでいた母親の顔がみるみる血の気を失っていくのに驚いて側に駆け寄った。

「母さん、どうしたの⁉」

崩れ落ちる母親を慌てて支えながら、無作法かと思いつつも手紙を横から覗き込む。

そこには短い文字で父親がひどい怪我を負い屋敷に戻ってきた事。迎えをやるので、治療を施してほしい旨が書き付けてあった。

一瞬頭が真っ白くなりかけたが、ミーシャはどうにか気を取り直すと呆然と座り込む母親を急いで揺り動かした。

「母さん、シッカリして！　迎えが来ると書いてあるわ！　父さんはまだ生きているのよ‼　薬の準備をしなくちゃ」

父達が屋敷について直ぐに鳥を飛ばし、それと同時に迎えが出立したとするなら、後数時間で迎えの者が来るはずだ。

座り込んでいる余裕なんて、無い。

「そ、そうね。用意をしなければ！」

我に返った母親が、すくっと立ち上がると調合済みの薬を管理している部屋に駆け込んで行った。

その背中を見送ってから、ミーシャも慌ただしく動き出した。

薬関係は母親に任せるとして、何日向こうにいるかも分からないのだ。着替えや身の回りの細々したものも持って行ったほうが良いだろう。

あっという間に二時間ほどが過ぎ、扉が外から乱暴にたたかれた。

「はい！　今行きます！」

慌てて扉に飛びつき開けば、顔なじみの騎士の姿があった。

父親の側近の一人で、ここに来る時は、良く共に訪れていた。

だが、いつもは柔和な笑顔をたたえた顔は険しく歪み、服装も埃や血で汚れていた。

戦場から戻り、そのままここに駆けつけてきたのだろう。

ミーシャは知らなかったが、この家の場所を詳しく知っているのは、王の側近の一握りだけだったのだ。

「用意はお済みですか⁉」

焦りの浮かぶ表情が一刻の猶予も許さぬのだと伝えてきて、ミーシャは心臓がぎゅっと縮こまるのを感じた。

手紙を見ただけではどこか他人事のような感じが、急に現実感を伴って襲ってきたのだ。

父親が、死に瀕（ひん）しているのだという。

「出来ていますわ。私の分の馬はありますか？」

奥から灰色のローブを身にまとった母親が、背中に大きな鞄を背負って出てきた。

顔色こそはまだ悪いけれど、落ち着いた様子の母親は、薬師の顔をしていた。

「……母さん」

なんと声をかけて良いのか、なんと声をかけたいのかすら分からず呼びかけた声は、ひどく弱々しい響きを持っていた。

その声にミーシャの方を向いた母親は一瞬の逡巡の後、きゅっと色の薄い唇を噛み締め、迎えの騎士の方に向き直った。

「娘も連れて行きます。早駆けで私の後ろに乗せるのは辛いので、誰か乗せてくれる者はいますか？」

「母さん⁉」

母親の声に悲鳴じみた声をあげたのはミーシャ一人だった。

「もとよりそのつもりです。若い騎士を一人余分に連れてきているので、その者が乗せていきましょう。急いで！」

あっさりと下りた許可に、今度こそミーシャの頭が真っ白になる。

心情的にとても遠い場所にあった屋敷に、こんなことで訪れることになるとは、思ってもみなかったのだ。

「ミーシャ、五分で支度なさい。時間がありません」

だけど、状況はミーシャの複雑な心境を待ってはくれなかった。

ピシリと言い渡された言葉の険しさに、反射的に自室へと駆け込む。

適当に、着替えと自分専用の薬師としての道具を鞄に突っ込めば、それでミーシャの準備は終了だ。

急いで玄関に戻れば、みんなはすでに外で待っていた。

「こちらに」

短く呼ばれ、顔も見ずにかけよれば、そこには二十に手が届くか届かないかの若い騎士の姿があった。

「乗馬の経験は？」

「ありません」

森の中は自分の足で走った方が小回りがきくし、そもそも馬を飼える環境でもない。

ミーシャの答えは至極妥当なものだったが、騎士にとっては落胆に値するものだったらしい。

「では、私の前に。舌を噛む恐れがありますから、決して口は開かずいてください。失礼」

早口でそう言った後、騎士は先に馬上の人となり、体を傾けてミーシャの腕をとるとグッと力強く引き上げた。

「ひゃあ！」

いささか情けない悲鳴と共に、気づけばミーシャも馬上の人となっていた。

（なにこれ、高い！）

馬上から見る景色は想像よりもずっと高く、体を支えるものは跨った鞍と腰に回された腕だけという不安定さに息を呑む。

背後から冷静な声が響き、グッと体を引き寄せられた。

「私に背を預けてくださって結構です。代わりに決して暴れないでください」

背中から、自分のものでは無い体温が伝わってくる。

十を超えた頃から、母親とだってこんなに近い距離になったことは無い。

反射的に前に逃げようとした体は強い腕に阻まれ、僅かに身じろいだだけだった。

「暴れないでくださいと言ったでしょう。馬が驚きます。何もしなくていいので、口を閉じ、じっとしていてください」

舌打ちしそうな口調が、背中越しに響いてくる。

（そんなこと言ったたって！）

成人前とはいえ、年頃の初心な娘にこの距離は耐え難かった。が、ミーシャの冷静な部分は、今はそんな事を騒ぎ立てている場合では無いと、冷静に主張している。

結果。

ミーシャは、ぎゅっと僅かな荷物が入ったカバンを抱きしめ唇を噛んだ。

「行くぞ!」

号令がかかり、馬が走り出す。

(イャアア〜〜、揺れる! 落ちる!! 怖イィィ!!!)

途端に激しく上下する視界に、ミーシャは、心の中で絶叫した。

騎士に言われるまでも無い。

こんな状態で口など開いたら、あっという間に血まみれになるのは確実だ。

だから、ミーシャは懸命にも心の中だけで叫び続けた。

(きぃやぁぁぁ〜〜!!!)

こうして、報せがきて僅か二時間ほどでミーシャは生まれ育った家と森を後にしたのであった。

まさか、次にこの地を踏む時には、状況が激変しているとは思いもせずに……。

屋敷内は、騒めきに満ちていた。

領主の側室でもある、森の奥に住む『魔女』がやって来るというのだから。

大怪我を負って、戦場から帰還した領主の状態は、明らかに良くなかった。

傷から毒が入り傷口を膿ませ、いつまでも傷が塞がらない。

ジクジクと不気味な色の汁が染みだし、そこから起こった熱は、領主の意識と体力を奪っていた。

森の奥に住む『魔女』の薬は絶品だ。

彼女ならば、もしかしたら、領主の怪我に対して有益な知識をもっているかもしれない。

領主を慕うものたちにとって、それは最後の希望だった。

尤も、夫の愛を奪われた妻にとっては微妙な気持ちだった。

このままでは夫が死んでしまうのは間違いない。だが、夫の愛を奪った女に頭をさげるのは、あり得ない。

物心ついた頃から憧れていた人が婚約者となった時には、天にも昇る心地だった。

年頃になり、情熱的では無いけれど、婚約者として礼儀正しく自分をエスコートし微笑みかけてくれる男に、周りに対して鼻高々だった。

男は王弟として、次期公爵として、社交界の憧れの的だったから。

彼が、見聞を広めるためと旅に出た時は寂しかったが、その旅から戻って来ればいよいよ結婚式だと思えば、心も躍った。

ウキウキと準備をしては、たまに送られてくる手紙を抱きしめて眠ったものだ。

まさか、その旅で、女を連れて帰ってくるとは思わずに。

女は確かに美しかった。

淡い金色に光る髪に深い翠(みどり)の瞳は神秘的で、更には遠国の薬の知識まであるという。

惜しむべくは庶民の出であり、この国のマナーについては何も知らなかったという事。

貴族にとって結婚は契約に近い。

正式な手順に則って行った婚約は、「真に愛する人を見つけたのだ」という甘い理由では、覆る事は無いのだ。

双方にとって、それが幸か不幸かは別として。

彼女は、思い描いていた未来に固執した。

「婚約を破棄させてほしい」と頭をさげる婚約者にも、「他に愛する人を持つ男と結ばれても幸せになんかなれない」と説得する母にも、決して首を縦には振らなかった。

結婚は契約。

それに側にいれば、きっと、あんな田舎の女にはすぐに飽きてしまうはず。

頑な彼女の意思と、王家と縁を結びたい父親の意思が重なり、結果、彼女は正妻に。婚約者が連れてきた女は側室に納まった。

幼い頃より婚約者として共にあった彼女に、恋情はなくとも親愛の情は抱いていた彼は、二人を平等に扱おうと努力してくれた。

だが、そんなもので彼女は満足できなかったのだ。

この国で高貴貴族が、複数の妻を持つのは当たり前。

正妻は側室を束ね、上手く家を回すのが当然と求められる。

そんな事は、貴族として生まれ育った彼女だって百も承知だ。

実際に彼女の母がそうしているのを見てきたし、側室腹の姉弟とも建前は分け隔てなく同じ様に育ってきた。

だけど、コレは違う。

結婚前から求められていたのは彼女で、私はしがらみに押し付けられた妻。

それは根強いコンプレックスとなり彼女を頑にしていった。

もしも。と、彼女は夢想する。

せめて結婚した後だったら。子供を授かった後だったら。夫が連れてきた女の存在も、もう少し心穏やかに受け入れられていたのでは無いか、と。

だが、現実はそうでは無く、嫉妬に狂った彼女は、寄る辺の無い女を夫に隠れて苛め抜いた。

そして、女が苛められた事を夫に訴える事は無く耐えてしまった事で、事態はどんどんエスカレートしていったのだ。

教養が無くマナーがなっていない事を貶めれば、女は教師に教えを請い努力した。

難癖を付けているとも言える彼女の様々な要求にも、どうにか応えようとした。

そのため、彼女は伸ばした爪を引っ込めるタイミングを失ってしまったのだ。

そして、あの日。

いつものように嫌みを言っていた彼女は、顔色を悪くしながらも俯き耐える女にどうしようもなくイラつき、手にしていた扇を投げつけた。

不幸が重なったのだと皆が言う。

投げた扇が女の目に当たってしまった事。

驚いた女がよろけた事。

そこが、たまたま階段の上だった事。

結果、女は屋敷の大階段から転げ落ち大怪我を負った。

軽やかに走り、踊るように歩いていた女の足は無残に砕け、二度と同じように動く事はできなくなった。

それから暫くして、女は屋敷を去って行った。

領地の端にある険しい山の中に居を構え、それ以来、二度と彼女の前に姿をあらわす事は無かった。

結婚してから初めて、彼女の生活に平穏がもたらされた。

夫は相変わらず礼儀正しく穏やかな愛を注いでくれたし、周りの召使たちも女の事を彼女の前で話す事は無かったから。

たとえ月に一度。

数日、決まって夫の帰らない日があるとか、その度に効用の高い薬を持ち帰る、とか。

それらに目をつぶっていれば、平穏は護られたのだから。

だが、それは癒えない傷に蓋をして、ただ隠しただけに過ぎなかった。

隠された傷は、その年月の分だけ膿み、じくじくと痛み続けたのだった。


そして、今。

十数年の時を経て、女が目の前に現れようとしている。

しかも、瀕死の夫を助けるために……。

彼女の心が千々に乱れたとしても、誰も咎める事は出来ないだろう。

三　治療行為（前）

全力で馬を飛ばし、行き道で疲弊した馬を途中で替えてまたひた走り。

馬に慣れていないミーシャは、既にヘロヘロだった。

だが、急いでいる理由を知っている身としては、弱音を吐く事もできない。

もっとも、弱音を吐こうにも激しく揺れる馬上では舌を噛むだけで徒労に終わっただろうが。

最初は緊張してガチガチになっていた体も、今ではグッタリと力が抜け、若い騎士の胸に背中を預けていた。

その体勢が自分にも相手にも一番楽だと、馬上の人になって暫くしてようやく悟ったのだ。

初対面の男性と密着している状況も、ミーシャは時間と共に受け入れた。

……単に、疲労のあまり羞恥心など持ち続けている余力も体力もなくなったとも言うが。

その体勢をとる事で、ようやくミーシャの思考回路も少しは動き始める。

やはり、最初に思い浮かぶのは父親の事だった。

（怪我ってどんな感じなんだろう？　怪我を負ってどれくらい経ってる？　怪我して直ぐに戦場を離れたとして……三日くらい？）

手紙には、酷い傷を負い瀕死の状態としか書いていなかった。

ミーシャは、実際の怪我の治療に携わった事は殆どなかったが、知識だけは母親に叩き込まれていた。

その中の基本的な一つとして「時を経て悪化した怪我を治療するのはたやすい事では無い」というものがあった。

最初の対応、消毒等の適切な処置が行われなかった場合、傷口から入った悪い物が肉を腐らせ血を汚していく。

そうなってしまえば、薬師で対応し、命を救えるかは五分五分。本人の体力と運次第だ、とも。

(どうか手遅れでありませんように)

馬に揺られながらミーシャにできる事はただ一つ。

神に祈る事だけだった。


そして。

ミーシャ的に永遠とも言える時間を馬に揺られ続け、ようやく父親の屋敷へと到着した。

門に駆け込み、平素ならあり得ないが玄関先まで馬で進む。

そして、やっと馬から滑り落ちるようにして地面に立ったミーシャは、残念ながら足が言う事を聞かずその場に座り込んだ。

お尻が痛い。足がガクガクして力が入らない。

乗馬初心者にありがちな症状である。

そもそも、初めての乗馬ではギャロップを馬場で一、二周が精々だろう。

それを、騎士が操る軍馬の、本気の全力疾走を二時間以上である。

気絶しないだけ上等とも言えた。

だけど、皆が平然としている中、座り込んでいるのはバツが悪い。

必死に立とうともがくのだが、まるで下半身が別人の物になったかのように、どうにも力が入らないミーシャを、ここまで連れてきてくれた騎士がヒョイっと横抱きにした。

「泣き言を言わなかった事は立派でした。暫くすれば感覚も戻るでしょうから、それまで、どこか休む場所を用意してもらいましょう」

悲鳴をあげようとしていたミーシャは、ぶっきらぼうだが思いやりの感じられる言葉にそれを呑み込んだ。

「ミーシャ、そうさせてもらいなさい。母さんは先に様子を見て、何が必要か考えておくから。動けるようになったら連れてきてもらえばいいわ」

やや青白いものの力強い言葉を残し、母親はサッサと中に案内されて入って行ってしまった。

「どうぞ、こちらへ」

取り残されて呆然とするミーシャに（というか、抱き上げている騎士に）、年かさの侍女が言葉少なに先に立った。

そして案内されたのは一階の中庭に面した客室の一つだった。

落ち着いた内装の、清潔に整えられた部屋は好感が持てた。

部屋の中央にあるソファーセットの上に、そうっと下ろされる。

正直、乱暴に放り出されるのだろうと身構えていたので、非常に意外だった。

「お茶をお入れします」

柔らかなソファーにぐったりと体を預けたミーシャに、侍女がそう宣言して、隅のミニキッチンでお茶の準備を始めた。

ミーシャはまだ揺れているような感覚を持て余しながらそれを眺めてから、今度は、側に立つ若い騎士を見上げた。

自分はまだ、飲めそうにないが、彼なら大丈夫だろう。

むしろ、戦場帰りで休む暇もなく数時間の強行軍である。体のためには、是非とも水分補給が必要だ。

「どうか座ってください」

どうにか向かいのソファーを指し示せば、一瞬の迷いの後、若い騎士は席に着いた。

そしてお茶が出される頃、少しは動く気力を取り戻したミーシャは、ヨロヨロと傍のカバンに手を伸ばした。

(え～っと、胃の不快感と眩暈、足腰の痛みも、かなぁ?)

自分用の薬草袋からゴソゴソと目当ての丸薬や粉末を取り出す。

必要な物を適量量り、乳鉢で軽くすり合わせた。

「すみません。お湯の余りがあればいただけますか?」

ミーシャが侍女に頼むとほぼ同時に、カップに入れた白湯が差し出される。

ありがたく受け取って、調合した薬を溶かし込み、一気に呷る。

「今の薬は?」

口に広がる苦味に顔を顰めるミーシャに、一連の行動をじっと観察していた騎士が質問してくる。

口直しに用意されていた紅茶を飲んでいたミーシャは、少し首を傾げて少し考えた。

「胃薬と痛み止めです。後、気分を爽やかにするハーブを少し」

ミーシャは、薬草の名前を答えても無意味だろうと簡単に答えれば、騎士が少し驚いたような顔をする。

「君も薬師なのか？」

机に出されたままの様々な道具は、普通の人間にはひどく異質に見えた。

しかも、ミーシャが取り出した様々な粉を入れた小袋は、騎士の目には、すべて同じものに見えた。中から出てくるのも、緑がかっていたり茶色っぽかったりとわずかな差異はあるが、見分けがつくほどの違いがあるようにも見えない。

「ようやく見習いの文字が取れたくらいですけどね」

ミーシャは、騎士の驚いた顔に内心首を傾げながらも軽く答えた。

そして、置いてあった砂糖菓子を一つ口の中に放り込む。

自然の果実や蜜の味に慣れた舌には、それは酷く甘く感じ、わずかに眉をひそめた。

ミーシャは口の中に残る甘みをお茶で流し込むと、ゆっくりと立ち上がってみた。

まだ、わずかなふらつきはあるが、大分改善したようだと、数度足踏みをして確認すると、頷いた。

「……もう、大丈夫みたいです。母の元に案内してもらってもよろしいですか？」

元々、日々森の中を駆け回って暮らしていた丈夫な体だ。

慣れぬ馬上の上下運動に驚いたものの、復活も早かったのだろう。

だが、先程まで自力で立つこともできず、真っ青な顔で座り込むミーシャを見ていた二人にとっては、驚きの行動だった。

騎士は、少なくとも復活するまでには一～二時間はかかるだろうと考えていたし、年かさの侍女に至っては、ベッドで休むよう促すタイミングを計っていたぐらいである。

それが、部屋に入って直ぐに何やら薬を調合しはじめ、飲んだと思えば立ち上がって「もう大丈夫」と宣言する。

初めて会った者から見れば、驚愕以外の何物でも無い。

どんな薬を飲んだのだろうと驚き、こんな幼い娘がそんな薬を作り出すなんてと恐れ戦いた。

「……あの？」

青ざめて見える顔でだまりこむ二人に、ミーシャは怪訝な顔で首をかしげる。

まさか、自分の行動が目の前の二人を混乱とわずかな恐怖へ陥れているなど、思いつきもしない様子だった。

「……あっ、はい。皆様は領主様の元へ向かったはずです。ご案内いたします」

先に我に返ったのは、年かさの侍女だった。

慌てたように再び先に立ち、案内役を買って出る。

足早に進む背中を、ミーシャはカバンを手に慌てて追いかけた。


そして案内された部屋で、まず独特の臭いを嗅ぎ取り、ミーシャは無意識に眉をひそめた。

薬と血と膿の臭い。それは、死の香りだった。

数人いる人影の中に母親の背中を見つけ、ミーシャは静かに駆け寄った。

極力足音を立てない独特の歩き方は、森を散策するうちに自然に身につけたものだったが、気配もなく現れた少女の姿に、気づいていなかった大人たちはギクリと身をすくめた。

そんな中、振り向きもせず一心にすり鉢を擂る母親が、視線もあげずにミーシャに指示を飛ばした。

「消毒液を作って傷を洗うわ。今、お湯を沸かしてもらっているから、ミーシャはライの実を擂って」

言葉少なな母親の声に潜む緊迫感を、ミーシャはしっかりとくみ取った。

この部屋に入った時から、なんとなく気づいていた。

父親は、本当に死に瀕していると。

母親の様子が、それは現実だと突きつけてくる。

ミーシャは泣きたい気持ちをぐっとこらえると、指示されたものを薬草袋から取り出した。

茶色く硬い実を水に溶かせば、強い殺菌作用が得られる。ただ、濃く作り過ぎれば、肉までも溶かしてしまう危険があるため注意が必要だ。

「どれくらい？」

「とりあえず一掴み分」

そろりと聞いたミーシャに返ってきたのは、相変わらず端的な言葉だった。

冷たいともとれる態度だが、ミーシャは、今母親が必死に頭の中をひっくり返し、父親を助ける方法を探している最中だと分かっていたから、気にもしなかった。

何かに集中した母親は、いつもこんな感じだったからだ。

尤も、そのやり取りを聞いていた者達は別だったようだが。

ゴリゴリと集中して硬い実をつぶしていく。

（勢い良くやると粘りがでて変質してしまう。極力熱を加えないようにゆっくりと丁寧に……）

母親に教えてもらったライの実の潰し方をぶつぶつと口の中で呟きながら、手早く、教えに忠実に実を細かくしていく。

ある程度潰れたら、目の細かいザルで濾して殻を取り除いて、残った白い粉を更に細かく潰した。

ようやく、満足いく出来映えまで擂り潰したところで、お湯が届いた。

「ミーシャ、こっちの続きをやって。薬液は私が作るから」

母親は、スルリとミーシャの手から粉を取り上げると、運び込まれた大きめの鍋へと向かった。

その背中を少しだけ目で追ってから、ミーシャは急いで先ほどまで母親が立っていた場所へと足を向けた。

途中まで混ぜられたすり鉢の中を確認して、何が作られている途中なのかを判断する。

母親に確認しても良かったが、集中の邪魔をしても悪いだろう。

物心つく前から、薬草をおもちゃに母親の真似をしていたミーシャにとって、母の作業の跡を読み取るのは、呼吸をするよりも簡単なことだった。

今更、こんな事を間違えるはずも無い。

それは、母娘の深い信頼関係の表れだったが、言葉を交わすこともなく黙々と作業する二人の姿は、知識の無い人間には摩訶不思議に映った。

そしてやはり森の「魔女」だと畏怖の念を募らせたのである。

まるで、人ならざる者であるかのように。

「ミーシャ、薬湯の用意ができたわ」

母親に呼ばれ、ミーシャはすり鉢から顔を上げた。

「……領主様の傷口を見せていただきなさい」

促され、ベッドのそばによると、部屋に漂っていた独特の臭いが更に強くなった。

いつも、溌剌とした笑顔を浮かべていた父親は苦悶の表情に顔を歪め、青白い顔でうつ伏せに寝かされていた。

意識は無いとの話だが、時折掠れた唸り声が上がっている。

側に立っていた侍従が、すっと上にかけられたシーツを取り去った。

先程、母親が診察したのだろう。

身体からは衣服や包帯が取り外され、傷が露出していた。

背中に斜めに走る刀傷。かなり深いそれは未だジュクジュクとした汁をにじませ、傷の周囲の肉は赤黒く腐ってきていた。

「受傷して四日が経つそうよ。毒が使われた形跡は無いのに傷はふさがる様子もなく、むしろ膿んで腐りかけている」

いつの間にか隣に立つ母親が、淡々と語る情報に顔をしかめた。

「斬りつけた刀が錆びていたか汚泥が付いていたか……。傷口から悪いものが入り込んだのだと思うわ。その後の傷の洗い方も悪かったのでしょう?」

母親に教えられた知識を基に、推測を述べれば頷かれた。

「更にその時に血を失いすぎたの。だから、入り込んだものに負けてしまった」

ミーシャの言葉に頷いて、母親は、顔を上げると周りを見回した。

「今から傷口を洗い、腐った肉を取り除きます。今の、弱った領主様の体には命懸けの治療になると思いますが、このまま放っておけば確実に命を落とします。痛みに暴れる恐れもあるので、手足を紐でベッドに縛り付け、身体を押さえつける者を二人用意してください」

淡々と告げられた言葉に、周りが騒めく。

「命懸けだなど……」

「放っておけば、確実に命を落とすと言っているでしょう？　ならば、悪足掻きでもやらねば」

「その治療を受ければ、領主様は助かるのですか？」

「……分かりません。傷を受けてから、時間が経ちすぎている。正直、未だに領主様が命を繋いでいるのも奇跡に近いのです」

次々と飛んでくる質問に答える、母親の言葉に絶望の声が湧き上がる。

「……何もせねば確実に無くなる命なら、治療を施してやってくれ。それで命がつながれば儲けものだろう」

嗄れた声がその場に響き渡る。

「……前領主様」

開かれた扉から入ってきたのは、杖をついた老人だった。

顔に刻まれたシワは深く、杖とは反対の側を人に支えられなければ、自分でまともに歩く事も出来ないようだが、その瞳は強い光を宿していた。

（前領主……あの方が私のお爺様）

ミーシャは初めて会う父母以外の近親者に僅かに目を見開いた。

「こちらの都合で、森の奥に追いやったお前達を頼るのも情けない事だが、施せる手があるならどうか助けてやってくれ。この老いぼれならともかく、こいつにはまだ死んでもらっては困るのでな」

コツンコツンと杖の音が近づいてくる。

「……森には、私のわがままで行ったのです。不甲斐ない私を詫びこそすれ、お義父様が気にやむ事など何もございません」

前に立つ老人に膝を折り、礼を執る母親の姿にミーシャも慌てて頭をさげる。

「……その子が娘か。立派に育っておるのだな。全て終わったら、これまでの事を爺に教えておくれ」

声に滲む優しい気配に、ミーシャは、知らず強張った身体からは力を抜いた。

頑に屋敷の事を話そうとしなかった母親に、いつの間にか、ここは敵の巣窟のように感じていたのだろう。

少なくとも、この老人が敵には感じない。

祖父と親しみを覚えるかは別として。

「すべてレイアースの言うとおりにせよ。これは領主代理としての言葉である」

老人の宣言に、場がザワリと騒めき、次いで人々の目が母親とミーシャに注がれた。

向けられる視線の強さに怯みそうになるミーシャとは違い、母親は胸を張ってその視線を受け止めた。

「これから先、気の弱い者には酷な場になります。倒れられても困るので、必要の無い方は外へ。私のする事に、不安があるのなら残っても構いませんが、邪魔だけはしないでください」

堂々と言い切ると、次いでミーシャに向き直った。

「傷を洗い腐った部分を削ぐわ。助手をしなさい。道具の消毒はしっかりと。手に傷なんて無いわね?」

厳しい表情に気が引き締まるのを感じ、ミーシャはコクリと頷いた。

まずは傷口に痛み止めを振りかける。

が、壊死しかけた傷に効果が薄いのは分かりきっていた。殆ど気休めだ。

手足にさらなる傷を作らないように厚く布を巻き、ベッドに縛り付け、更に屈強な男達に押さえてもらう。

意識の無い状態だからこそ、思わぬ力を発揮する事があるのだ。

母親が指示をして準備を整えている間に、ミーシャも忙しく道具を整えた。

知識としては知っている。

もっと小さな傷でなら、似たような治療をする所も実際に見た事はある。

だが、自分が直接に関わるのは初めてなのだ。緊張で震えそうになる身体を、ミーシャは必死に意思の力で押さえつけた。

治療を施す薬師が怖気づけば、施される相手に余計な恐怖や不信を与えかねない。

「自信が無い時こそ堂々としていなさい」

本格的に薬師を目指すと誓った時に、母親に最初に教わった事だ。

時にはハッタリだって必要な技術なのだ、と。

(私は出来る。この命は助けられる。大丈夫。大丈夫)

ミーシャは心の中でつぶやき、自分を鼓舞した。どうか、誰もこの震える手に気づきませんように、と、願いながら。

「ミーシャ、準備はいい？」

「はい」

冷静な母親の視線に射貫かれた瞬間、ミーシャはカチリと自分の中のスイッチが入ったのが分かった。

頭の中がスッとクリアになり、手の震えも止まった。

「じゃあ、傷口に薬湯を注いで」

地獄のような時間の幕開けだった。

四　治療行為（後）

ミーシャは、ようやく解放された緊張からくる疲れにグッタリとソファーへ倒れ伏した。

辛うじて湯あみをし、血と膿などで汚れた服からは解放されていたけれど、濡れた髪まで乾かす余裕など無かった。

処置中の冷静さの反動なのか、頭の中が飽和状態で何も考えられない。

（母さん、凄すぎ）

経験の差と言われればそれまでなのだが、一緒に湯を使った母親は、サッサと父親の様子を見に行ってしまった。

（もうちょっと、だけ……）

ミーシャは、重い身体から力を抜いて目を閉じた。

しかし、疲れている体とは反対に高ぶった神経はミーシャを解放してはくれず、脳裏には先程までの光景がフラッシュバックして来る。

体温ほどに冷めた薬湯を傷に注ぎ、表面の汚れを落としたまでは良かった。

母親が、銀でできた平べったいスプーンのような物で、傷口に溜まる膿や血の塊、塗られた傷薬などをかき出し始めた時、意識の無いはずの父親がまるで獣のような呻き声を上げ、暴れ出そうとしたのだ。

しっかりと手足を縛られていたため、大した抵抗はできないだろうと思っていたのだが、身体をよじるように暴れられれば、伸ばした手をはじかれ治療の邪魔になる。

傷の位置の関係から、胴体まで縛り付けるわけにはいかず、男達に動かないように押さえてもらうしかなかった。

しかし、死にかけた体のどこにそんな力が残っていたのかと思うほど、意識の無い体はあがき続けた。怯む男達を叱咤し、最後には暴れようとする体に乗り上げるようにして傷を抉る母親の姿は、鬼気迫るものがあった。

小刀を使い、腐敗した肉も取り去り、赤い血がにじむまでそれは続いた。

そして、赤い肉を露出した傷口にたっぷりと用意した傷薬を詰め込み、清潔な布でぐるぐる巻きにした頃には、優に一時間以上の時間が過ぎていたのだった。

あまりの凄惨な光景に、最後には残っていた貴族の半数以上が退出していた。

嘔吐したものがいなかっただけでも、良かったと言わざるをえないだろう。

湯浴みの場に案内してくれた、例の年かさの侍女の顔色も悪かったから、扉の外で騒ぎだけでも耳にしたのかもしれない。

かなり乱暴な処置だったが、父親はどうにか耐え切ってくれた。

青白い顔は変わらないし意識も戻ってはいないが、少なくとも心の臓は動き続けている。

とりあえず、一つの山は越えたのだ。

今後の傷口の様子によっては、また同じ処置をしなければならないという事は、この際目をつぶって気づかなかった事にする。

ミーシャは、そこまで考えて気絶するように、つかの間の眠りに落ちたのだった。


「……ミーシャ、起きて」

優しい母親の声に、ミーシャは意識を浮上させた。

ぼんやりと目を開ければ、いくらか顔色は悪いものの、呆れたような母親の顔が覗き込んでいる。

「髪をちゃんと乾かさずに寝ちゃったのね？　くしゃくしゃよ？」

(あぁ、いつもの母さんの顔だ)

見慣れた表情に少しほっとしながら、ノロノロと身体を起こす。

ひどく体が怠かった。

「お茶よ。飲んで？」

ミーシャは、いつもの香りにほっとしながら渡されたカップを受け取りコクリと飲んだ。

そして少しクリアになった頭に今までの事が思い出される。

「……父さんは？」

とりあえず、一番の心配事を尋ねれば、母親の顔がさっと曇った。

「今のところ変化は無いわ。ただ、体温が戻らないの。体が血を失いすぎているのよ。あれでは傷から悪いものを取り去っても傷がふさがる事は無いわ。それに、血の中にどれほど毒素が回っているのかも分からない……」

母親の言葉に、ミーシャは泣きそうな気分になる。

傷がふさがらなければ、また同じ事の繰り返しが起こるだろう。そもそも、このまま意識が戻らなければ死を待つのみ、だ。

「……どうするの？　母さん」

すがるような瞳を向ける娘に、母親は悩んだ表情のまま口を開いた。

「手が無いわけでは無いの」

「それってどんな!?」

母親の言葉に希望を見出し、声を上げたミーシャに母親は首を横に振った。

「母さんの故郷で編み出された新しい手段なの。でも、母さんは、途中でこちらへ来てしまったから、情報が古いままなのよ。とても難しい方法で、危険を伴う」

「おじさんに聞く事は出来ないの？」

遠方にある母親の故郷。

縁が切れたとこの国の人達は思っているようだが、実は細々とだが交流はあったのだ。

『森の民』と呼ばれる母親の故郷の人達は、一応国に名を連ねてはいたが、好奇心旺盛で自由な人達だった。

興味のあるものを見つければ国境もなんのその。どこまでも行ってしまうらしい。

伯父もその一人で、こっそりと、母親を訪ねてやって来たことが何度もあったのだ。

数年に一度訪れるおじさんは、色んなお土産や面白い話をしてくれるのでミーシャは大好きだった。

「……門外不出の秘法扱いになっているから、そう簡単には教えてもらえないわ」

「どんな技なの？」

途中まで、という事は母親も概要ぐらいは知っているのだろうと聞けば、母親はたっぷりの沈黙の後、口を開いた。

「血が足りないなら足してしまえば良いって考えたのよ。だけど、血を口から飲んだところで人は吸収できない。それならと、直接体に注いでみたの。前に傷つけてはいけない大きな血の道の事は話したわね？」

あまりに突拍子も無い母親の話に、ポカンとしながらもミーシャは頷いた。

体中に走る血の道の中でも大きなもの。そこを傷つければ噴き出す血は止まらず命を落とす。

森で罠に掛かった獣を屠る時に教えてもらった。

「幾つかあるその道の一つに、中を空洞にした細い針を刺して元気な者の血を注いだの」

「じゃぁ、父さんにも同じ事をすれば！」

「……三人に一人亡くなったわ。私が故郷を離れる時に、その原因を探している最中だった」

母親は険しい顔で首を振る。

そもそも、実験状況が難しかった。

著しい出血で死にそうになっている人が、多くいる場所など戦場くらいしかない。

だが、繊細な実験を、命のやり取りの只中でそうそうできるはずも無いのだ。

健康な人をわざわざ傷つけるなど論外だ。

あくまで命を救うためなのに、そのための実験で命を奪っては意味が無いから。

「……でも。……だけど」

「それに、例え理由が解明されていたとしても、今から兄を捕まえて交渉する時間も無い。国々を自由に旅して回る兄を捕まえるのは至難の業だし、だからと言って拠点まで旅して戻ってくる頃には、あの人の命は尽きているでしょうね」

ミーシャは言葉をなくし、黙り込んだ。

いつの間にかその頬には、涙が伝っている。

声もなく泣いている娘を見つめた後、母親は……レイアースは溜息をついた。


見聞の旅の途中に怪我をし、動けなくなっていた男を助けたのはレイアースだった。

傷が癒えるまでの一月。

たったそれだけの時間で、自分を今まで育んでくれた故郷も、一生をかけると誓った薬師としての道すらも捨てさせる決心をさせた相手。

ずっと側にいる事は出来なかったけれど、とても幸せだった。

義父が言ったように、他人から見たら不憫な身の上だったかもしれないが、レイアースは充分に幸せだったのだ。

(愚かだと兄さんは呆れるかしら？　怒るかしら？)

脳裏に浮かぶのは、男についていくと決めたレイアースに最後まであきれていた兄の姿。

今まで積み上げた全てを放り投げるようなことをして本当に後悔しないのかと心配していた。

馬鹿正直に一族の掟に縛られなくても、うまくやる方法なんていくらでもあるんだぞ、と悪い顔で笑う兄に、思わずつられて笑ってしまった。

「兄さんのように要領よくなんてできないから」と旅立ったレイアースを、困った顔をしながらも笑顔で送り出してくれた。

一族の掟に従うなら、それが今生の別れになっていてもおかしくなかったのだ。

それなのに、この国に来て数年でレイアースが森にこもった時、「噂を聞いた」と、遠い国の森の奥まで訪ねて来てくれた、ただ一人の大切な兄。

天才だけど気まぐれで、だけど、何よりもレイアースを大切にしてくれた。

最初のうちは、何度も共に国に戻ろうと誘ってくれていたのに、近年ではあきらめたのか、定期的に顔を見に来るだけになっていた。

やっと認めてもらえたと、とても嬉しかったのを昨日の事のように覚えている。

(こんなことなら変な意地を張らずに兄さんの話を聞いていれば良かった)

実は数年前に、兄に「血の謎が分かった」と報告されていたのだ。

詳しく説明しようとする兄に、一族の秘密を一族を離れた自分にバラしてどうする、と慌てて口を塞いで止めたけれど。

そんな妹に「自分の苦労の結晶だ」と。「せめてこれだけ受け取ってくれ」と渡された小さな袋の存在を思い出し、レイアースはぎゅっと目を閉じた。

娘には無理だと言ったけれど、それしかもう彼を救う術は思いつかなかった。

（もし、ダメだったら、すべての罪は私が負うから……）

「お義父様に話しに行きましょう。再び、低い確率の賭けに乗ってもらえるか、どうか」

しばらく目を閉じ沈黙した母親は、何かを決意した表情で立ち上がった。

慌てて後を追いかけたミーシャは、その時なぜもう少し詳しく話を聞かなかったのかと、後に、自分を死ぬほど恨むことになるなんて、思いもしなかった。

新しい治療の方法と危険性を話すと、代理で領主の仕事をしていた義父はしばしの沈黙の後、一つ質問した。

「その治療法はお主の国では一般的にされているものなのか？」

「今は、どうなのかは分かりませんが、私があの国にいる頃はまだ研究中でした。だからこそ、危険性が高いのです」

静かに答えるレイアースに、義父は小さく首を振った。

「噂には聞いているが、本当にかの国の薬師の技術は突出しているのだな。惜しいことをしていたものよ……」

レイアースの故郷はあまりに遠く、特に『森の民』については多くが秘されているため、殆ど情報が入ってこない状態だ。

もっとこの縁を大切にしていれば、違う未来もあったのではとよぎる想いを、レイアースは首を横に振って否定した。

「旦那様について行くと決めた時点で、一族から縁は切れています。どうしようもありません」

母親の否定にミーシャは内心首を傾げた。

確かに偶にしか訪ねてこないけれど、伯父との関係は良好そうに見えた。どうして秘密にするのだろうか？

「良かろう。全てをお主に任せるとした宣言は有効だ。やってみるがいい」

「……感謝します」

義父の言葉にレイアースは頭を下げると、ミーシャを連れて退出した。

そのまま、夫の元へと向かう。

覗き込んだ顔色は悪いものの、鎮痛剤が効いているのか穏やかな表情をしていた。

「ミーシャ、しっかり見ておきなさい。きっとコレは今、殆ど知られていない貴重な技術よ」

ひそりと囁くレイアースは薬師の顔をしていた。

「それ？」

ミーシャは、母親が皮袋から出した見慣れないものに首をかしげる。

「特別な道具よ。お嫁に来る時にこっそりと持たされたの」

少しだけ嘘を交え、レイアースは覗き込んでくる娘にそれを見せた。

少し太めの針が二本、紐のようなもので繋がっている。

「これの中は空洞になっているの。コレで血を移すのよ」

「こんなに細い針にどうやって穴を開けたの？」

「さぁ？　母さんが作ったわけじゃないから分からないわ。それより消毒をしたいからお湯を沸かしてくれる？」

促され、部屋の隅に設置された小さな炉へと、火を起こし鍋をかけた。

その間に、レイアースは夫の服をはだけ、念のために眠り薬を嗅がせておく。

それほど痛みはないはずだが、不意に暴れられたら大変だ。

(ディノ、どうか私の血を受け入れて)

レイアースは、心の中で呼びかけながら青白い頬をそっと指先でたどる。

その顔は、記憶の中より随分とやつれて見えた。

「母さん、準備できたよ」

ふと気づけば、結構な時間がたっていたらしく、麻布を敷いた盆の上に、針と管を置いたミーシャが立っていた。

ひとつ、大きく深呼吸をすると、レイアースは頭を切り替える。

十数年ぶりに行う施術だ。勘は鈍っているだろうし、集中しなければならない。

「先ずは少しだけ入れてみるわ」

そう言いながら、レイアースは、自分の上腕を紐で縛りつけた。

日焼けの跡すらない、白く細い腕に、青っぽく血の道が浮き出てくる。

「大きな血の道はここ、とここ。でも、コッチは出来るだけ使ってはダメよ。血の勢いが強すぎてなかなか血が止まらなくなるから」

自らの腕に走る血の道を示しつつ、丁寧に娘に教えていく。

真剣な顔で聞き入るミーシャに、レイアースはこんな時だというのにうっすらと微笑みを浮かべた。

新しい知識を貪欲に吸収しようとする姿は、幼い頃の自分とソックリだった。

（あの頃は、知らない事を知るのがとても楽しかった）

懐かしく思い出しながらも、針の片方を外し、管がついた方の針を慎重に自分の腕へと刺していった。

プツリという微かな感触の後、針の穴を通り血が噴き出していた。

どうやら思っていたよりは、勘が鈍っていなかったらしい事に安堵のため息をつきつつ、管を伝い血液が一滴二滴と落ちたところで、管の端を折ってそれ以上血が流れないようにした。

次に、ベッドの上に力なく投げ出された夫の腕を取る。

同じように縛ってみるが、脈動が弱い為か、レイアースの時のように血の道は浮き上がってくることは無かった。

だが、経験を積んだレイアースの目は、的確に己の望むものを捉えてみせる。

素早く針を迷いのない手つきで挿し込むと、一瞬の間をおいて血が針穴から溢れてきた。

そこにすかさず、自分の腕から延びる管をつなぐ。

レイアースは、血が高い所から低い所へとゆっくりと流れていくのを感じた。

「一、二、三……」

ゆっくりと百を数えたところで、レイアースは夫の腕から針を抜き、清潔な布で押さえた。

「ミーシャ、ここを押さえていて」

そして抜いた針の先から血の雫が垂れているのを確認すると頷き、自分の腕からも針を抜き去る。

「……父さんは、大丈夫なの？」

ミーシャは自分の声が震えているのを感じながらも母親を見上げた。

麻布の上に落ちた赤い色がなんだかとても恐ろしいものに感じる。

「……分からないわ。もう少し時間が経って、体に何も変化が見られなければ、血が受け入れられたって事よ。そうなったら安心ね」

「変化って？」

「色々あるわ。発熱、体の痛み、黄だん……」

ミーシャは、挙げられていく症状をしっかりと記憶しながら父親を見つめていた。

ほんの些細な兆候も見逃さないように。

そうすることしか、今の自分にできることは何もないのだと気づいていたからだ。

父親の部屋に置いてあるソファーで、仮眠を交互に取りながら観察を続ける事半日。

レイアースが、ようやく、血は受け入れられたとの判断を下し、ミーシャはホッと胸をなでおろした。

まだ、予断は許されない状況ながら、ひとつの治療の目処が立ったのだ。

傷の様子をもう一度確認して、代わりに侍女に何かあれば些細な事でも呼ぶように指示すると、レイアースはミーシャを促し与えられた客室に戻った。

「まだ、先は長いわ。休める時に休んで、食べられる時に食べましょう」

ミーシャは色々ありすぎて食欲が無かったが、母親の言葉に頷き、無理やりに出されたものを口にした。

確かに、今、自分たちが倒れるわけにはいかないと思ったのだ。

(それにしても伝鳥が来てから、なんて長い一日だったのかしら。というか、まだ一日しか経っていないなんて信じられない！)

鶏肉の焼いたものにかぶり付きながら、ため息を押し殺す。

静かな森の中では起こりようがないくらい、様々な事が一度に訪れ、ミーシャの頭はパンクしそうだった。

「疲れたでしょう。今日は、もう、休みましょう」

促され、ミーシャはベッドに倒れ込むとすぐ、夢も見ない深い眠りへと呑み込まれた。

五　一人の薬師として

目が覚めると、レイアースの姿はすでに部屋に無かった。

ミーシャが子供ゆえに眠りをたくさん必要としているのか、経験の差か。

(母さん、すごいなぁ)

寝起きでボンヤリとする頭を押さえながら、既に温もりも残っていないであろう空のベッドを眺めた。

ミーシャは、しばらくぼんやりとした後、ノロノロと寝室を出て隣の部屋に行ってみた。そのまま部屋を見回し、テーブルの上に白いナプキンをかけられたモノを見つける。

退けてみれば、いつも食べているサンドイッチが置いてあった。

朝食として母親が作っていってくれたのだろう。

「お茶いれよう」

部屋の隅にあるミニキッチンへと足を向け、火を起こしお湯を沸かす。

これまた母親が用意していたらしいティーポットにお湯を注ぎテーブルへと運んだ。

父親の事は気になるが、母親が側について居るだろうし、何より朝食はしっかり取らねば力が出ない。薬師は体力勝負なのだ、とは薬草を探して山野を駆け巡っていたミーシャの持論である。

そして、サンドイッチを取ろうと手を伸ばした時、ミーシャは添えられていた手紙にようやく気付いた。

『父さんと共に、たくさんの怪我人が戻ってきています。父さんは母さんが看るので、そちらをよろしく。薬師としての実地訓練と思って頑張りなさい』

「そっかぁ……。怪我人が父さんだけのはず、無いよね」

むしろ、前線には出ず、後ろで指揮をとっていたはずの父親が怪我をするくらいなのだから、かなりの数の死傷者が出ていてもおかしくない状況だったはずだ。

それなのに、父親の事ばかりで、そんな事はちっとも思い浮かばなかった自分の未熟さにミーシャは肩を落とした。

本当に自分には、薬師としての考えも経験も足りなさすぎる。

覚えた知識を、実際に活かせなければなんの意味も無いのだ。

「……がんばろ」

ポツリと呟くとミーシャは、サンドイッチにかぶりつく。

何はともあれ腹ごしらえだ。


しっかりと用意されていたものを腹に納め、薬師の道具と薬草を入れたカバンを担いだミーシャは、部屋を出ると玄関の方へと向かった。

とりあえず、母親の指示に従い、怪我人のところに案内してもらおうと考えたのだ。

怪我人がどこにいるかは分からないため、行き合った人物にでも聞いてみるより他に無い。

そのうち誰かに会うだろうと歩いていけば、すぐに人に出くわした。

と、いうか、どうやら相手もミーシャに会う為に部屋へと向かっていたところだったようだ。

「あ、昨日の騎士さん」

見覚えのある顔に、ミーシャは足を止めた。

「……カイト＝ダイアソンです。レイアース様に頼まれて、貴女を案内に来ました」

少ない言葉は随分とぶっきらぼうに響いたが、昨日共に過ごした時間の中で相手に悪気は無い事は気づいていたから、ミーシャは、特に気にする事もなくコクリと頷いた。

「よろしくお願いします」

内心（コレで怪我人捜して彷徨わなくてすむ）と小躍りしたミーシャは、ちょこんと膝を折り挨拶してから、動こうとしない相手をじっと見つめた。

（どうしたのかしら？　……実は彼も怪我人とか？）

昨日の馬を駆る様子から、それは無いだろうと思いながらも、改めて薬師としての目で相手を眺める。

（手足の動きに不自然な感じは無かったし、血の香りも今はしない。顔色も良いし……うん。大丈夫そう）

満足のいく結論にコクリと頷き、次いで首を傾げた。じゃあ、なぜ、彼は動こうとしないのだろう。

「あの～、カイトさん？」

結局わからない事は本人に聞くべきだろうと、ミーシャはそろりと声をかけた。

それに、カイトはハッとしたように我に返ると、くるりと踵を返す。

「こちらに」

端的な言葉と遠ざかる背中を、ミーシャは慌てて小走りで追いかけた。


連れてこられたのは、別棟にある広い部屋だった。

余計な家具は、すべて撤去されベッドだけがずらりと並んでいる。

時折聞こえる呻き声と、はっきりと感じる血と膿、そして薬の香り。

「ここは、重傷者のみを集めた部屋です。薬を塗り、痛み止めを飲ませ安静を取っています。他に、できる事はありそうですか？」

「……お医者様は居ないのですか？」

「お抱えの医師は戦場へと赴き、そこで戦死しました。弟子は向こうでてんてこ舞いです。ここには、専門の知識を持つものはいない為、連れ帰る際に指示された方法を続けている状況です」

指示をしてくれる医師は不在。

いつもなら、道を示してくれる母親もここにはいない。

どうやら全ての判断を、自分で見て考えて行わなければならないようだ。

その事に気づいて、ミーシャの体を戦慄が走り抜けた。

自分の判断が人の命を左右するかもしれない。

薬師を目指すと決めたあの日の覚悟のほどを問われている気がして、ミーシャはキュッと唇をかみしめた。

（薬師になるって決めた以上、こういう場はいつか来るものだわ。それが予想より早かったからって、逃げるの⁉）

怖気付きそうな自分に問いかければ、答えは直ぐに戻ってきた。

すなわち『否』と。

「ここの責任者の方はいますか？」

「はい。リュシアンナと申します」

ミーシャの問いかけに、一人の侍女が前に出て来ると膝をおって挨拶してくる。

お仕着せの侍女服の上に前掛けをつけた、二十代後半くらいに見える女性だった。

少し緊張した様子でこちらを見つめる瞳には、戸惑いが多く浮かんでいた。

噂で『森の魔女』が、もう一人の薬師を伴って来たと知ってはいたものの、ミーシャのあまりの幼さに本当に噂の人物なのかと懸念が頭をもたげたからだ。

さらにその噂では、『森の魔女』と共に、瀕死の領主様の治療に当たり見事やり遂げたとのことだったのだが、目の前に立つ少女はどう見積もっても十代前半で、とてもそんな大それたことをしたようには見えなかった。

一方ミーシャは、リュシアンナの顔を見て眉をひそめた。

白粉（おしろい）では誤魔化しきれぬクマが目の下に濃く浮き上がり、三角巾の隙間から見える髪も随分と乱れ、脂ぎって見えた。

痩せているというより、明らかにやつれて見えるその顔は、何よりも如実にリュシアンナの疲労を訴えている。

「リュシアンナさん、失礼ですが貴女何日お風呂に入っていませんか？　そして、まともにベッドで寝たのはいつですか？」

てっきり患者の容態を聞かれると思って意気込んでいたリュシアンナは、予想外の質問に一瞬頭が真っ白になった。

「……え……と、お風呂は三日ぐらい。ベッドでは……いつでしょう？　みんなで交代で控え室のソファーで仮眠はとっていますけど」

反射的にもれたのはあまりに素直な言葉で、その答えにミーシャの顔が険しくなる。

「まず、看護を担っている方々を呼び集めてください」

そして呼び集められたのは十代から三十代の侍女たち四人だった。

皆一様に顔色が悪く、服装もくたびれた感じになっていた。

「後二人いるのですが、仮眠に入っています」

険しい表情のミーシャに、リュシアンナが恐る恐る報告した。

噂の薬師本人なのかという懸念よりも、目の前の少女の醸し出す雰囲気の方が怖かった。

下手なことを言えば叱りとばされそうな空気に、リュシアンナは、実家の母親を思い出したほどである。

他の侍女たちも同様のようで、心持ち俯き加減で身体を縮こませていた。

「その方達はそのまま休んでいただいて大丈夫……って、もしかしてソファーで眠ってらっしゃるのですか？」

頷こうとしたミーシャは、ふと最初にリュシアンナが言っていた言葉を思い出し、言葉を止めた。

リュシアンナたちの視線が気まずそうに逸らされる。

ミーシャはあっけにとられた後、大きなため息を一つつくことでどうにか自分を落ち着けた。

「この場は私が預かります。あなた方は明日の朝までお休みしてください」

「え⁉」

驚きに声を上げるリュシアンナたちに、ミーシャはゆっくりと言い聞かせた。

「貴女たちが、手探り状態で必死にやってきてくださった事は分かっています。ですが、このままでは貴女たちまで倒れてしまいそうです。部屋に帰り、湯を浴びて、ベッドで休んでください」

ミーシャは心を込めてリュシアンナを見つめた。少しでも、心配している心が伝わるように。

美しく煌めく翠の目に覗き込まれ、幼子に言い聞かすような穏やかな声で伝えられる言葉は、動揺していたリュシアンナたちの心にゆっくりと染み込んでいった。

「貴女方が必死で守ってきた命は、私が、責任を持って預かります。こう見えて、きちんと師より一人前の許可をもらい、この場を采配するよう指示を得ています。信用してくださいませんか？」

しっかりと背筋を伸ばして胸を張る姿は自信に溢れ、ミーシャの華奢な身体を二倍にも三倍にも大きく見せていた。

戸惑いながらもミーシャの言葉に頷くリュシアンナたちに、ミーシャはふんわりと笑って見せた。

「では、今日はゆっくり休んで、明日は元気になって戻ってきてください。待ってますから」

（よかったぁ～。皆さん素直に帰ってくれて。ポッと出の子供の言うことをあんなに素直に聞いちゃうなんて、本当に疲労がピークだったんだろうなぁ～）

そして促され去っていく侍女たちの背中を見送った後、ミーシャがそっとため息をついたその視線の先に、困惑した表情のカイトが立っていた。

カイトは、今自分の感じている感情をどう言葉にしていいのかわからず迷っていた。

疲れてどこかピリピリとした雰囲気を醸し出していた侍女たちが、ミーシャの瞳に見つめられ声をかけられることで、まるで憑きものがおちたように肩から力が抜け、安心したような表情になっていった。

それはとても不思議な光景だった。

対峙しているのは、成人も迎えていないような幼い少女なのだ。

だが、確かにそこに立つ少女には不思議な威厳のようなモノが備わって見えていた。

ふとカイトは初めて少女に会った時のことを思い出していた。

あの日。

瀕死の主人を助ける為にと尊敬する上司が馬を走らせるのについて行ったのは、半ば無理やりだった。

かねてより、主人が持ち帰る数多の薬は、普通のものよりよく効くと噂になっており、カイト自身も何度かお世話になっていた。

通常の倍の速さでふさがる傷薬に、好奇心のままに出所を尋ねれば、『森の魔女』の特製であると我が事のように医師が胸を張っていた。

好奇心のままに魔女の正体を探れば、あっさりと主人が遥か北国から連れ帰った『側室』であり、『正妻』との権力争いに負けて、領地の端にある森の中に追いやられたのだということが分かった。

とんでもなく粗野な田舎者だったという悪意のある噂と、反対に飾らない優しい聡明な娘だったという好意的な噂。

悪意は位の高い貴族から、好意は下働きなどの平民からが主で、側室の存在を嫌った正妻サイドが故意に流した噂だろうと、人の機微に疎いカイトでも簡単に想像がつくほど、非常にわかりやすい構図だった。

そして何らかの問題が起こり、相容れない二人がこれ以上争わぬように、側室は誰も知らない場所へと隠された。

それがどんな『問題』だったのか、真偽のほどは分からなかった。なぜかその部分だけは当時を知るはずの誰もが、口を開こうとはしなかったのだ。

確かなことは月に数日、主人が側近と共にどこかへ消え、その都度効能の高い薬を持ち帰ることであり、どこに消えているのか詳しい場所は限られた者しか知らない、ということだった。

その噂の『森の魔女』を迎えに行くという。

ひどい傷を負い、死に瀕している領主を助ける一縷の望みに、みな縋り付こうとしていた。

それが、自分たちが追い出した女性だということは棚上げにして……。

怪我をした主人を守り、戦場から撤退した小隊の中にいたカイトも、わずかな希望にしがみついた一人であった。

渋る上司に縋り付き、懇願して、半ば無理やりついて行った先は、山深い森の奥にある粗末な小屋で、中から現れたのは地味なローブをまとった女だった。

確かにまるで森の精霊が現れたかのような美しさではあったが、『魔女』などという禍々しさからは無縁の雰囲気だった。さらに娘というのも小さく弱々しい少女で、慣れぬ馬上に青い顔で腕の中で小さく震えている存在だった。

行きがかり上、かなりの時間を馬上で密着して過ごすことになったが、色気は皆無。落ちないだろうかとがちがちの体を自分の胸元に引き寄せたが、なんの劣情も抱かなかった。

こんな小さな少女が『魔女の娘』などとたいそうな肩書きを持っていることに笑ってしまいそうになったほどだ。

だが、今。

目前に立つ少女は、とても綺麗に見えた。

噂では、少女は立派に母親の助手を務め、今にもあの世へと旅立とうとしていた領主の魂を見事に繋ぎ止めたそうだ。大の大人でもひるむ惨い治療にも、顔色一つ変えることなく冷静に対処していたと。

馬上の様子を思い返せばにわかには信じがたかったが、そういえば、その後は今にも倒れてしまいそうな様子から、自作の薬であっという間に立ち直ってしまったのだと思い出す。

今にも死んでしまいそうにぐったりしていたのに、薬を飲んで少しの間じっとしていたと思ったら、見る見るうちに顔色がよくなりすたすたと歩きだした。

そしてここでも、初めて来た場所にもかかわらず大人相手に堂々と諭し、従わせてしまった。

それは、まるで不思議な力を使っているかのように鮮やかな手腕だった。

じっと自分を見つめるカイトの視線に居心地の悪さを感じ、ミーシャは、ごまかすような笑顔を浮かべると肩をすくめてみせた。

「……助手がいなくなっちゃいました」

どこかお茶目な仕草に、我に返ったカイトはため息をつくと、剣と上着をぬいで腕まくりをした。

とりあえず、カイトは自分の戸惑いは棚上げすることにした。目の前にはけが人がいて、ミーシャには、それに対処する力があるのは分かっているし、少なくとも敵では無い。

いい意味で実力主義の騎士団の中で鍛えられ、戦場で地獄を覗いてきたカイトは、どこまでも現実主義であった。

怪しげな術を使おうと、仲間が助けられるならそれでいい。

不利益になるようなら、たとえ後で咎められてもこの手で切り伏せてしまおうとカイトは物騒なことをこっそりと心に誓った。

「力仕事くらいなら請け合おう。医療知識は皆無だからそこは期待しないでくれ」

いささか物騒なことを考えている事などきれいに隠して申し出たカイトに、ミーシャは、笑顔で頭を下げた。

「助かります。では、一緒についてきてください」

ミーシャは、部屋の窓を開けるようにカイトに頼むと、自らも動き始めた。

春というにはまだ少し肌寒い季節柄閉め切られていたカーテンと窓が開けられ、柔らかな日差しと風が入り込んできた。

こもっていた空気が吹き飛ばされていく事に気づいて、怪我人に付き添っていた幾組かの家族が顔をあげる。

ミーシャは、自分の方に向けられた疲れた顔に向かい、ふんわりと笑って見せた。

脳裏には、母親の「はったり大事」の言葉と笑顔が渦巻いていた。

「初めまして、皆様。私は、ミーシャと申します。ここには、薬師として参りました。今から、皆様の治療に当たらせていただきます。順に回っていきますので、協力できる方は、どうぞ手伝ってください」

「……あなたが、薬師様？」

まだ若い女性から戸惑うような声が上がる。

結い上げた髪と服装から既婚者と分かるが、おそらくまだ新婚なのだろう。若さと初々しさが見えた。

側に付いているベッドには、顔半分までをぐるぐると包帯で巻かれた男が横になっていて、引きむすばれた口元だけが辛うじて覗いている。

まかれた包帯には血が滲んでいたが、その色は変色しており、長い時間そのままであったことが窺えた。

そこまで見て取って、ミーシャは、歪みそうになる口元を辛うじてこらえた。

物資が不足しているのか、適切な指示を出せる者がいなかったのか……。やることは、どう見ても山積みだった。

（一人くらい現場の状況に詳しい人を残すべきだったかしら）

ふと脳裏に後悔がよぎるが、すでに遅い。

まさか、今更呼び戻すわけにもいかないだろうと頭を切り替えると、ミーシャは、自分を見つめる瞳に視線を合わせ、ゆっくりと頷いて見せた。

「そうです。包帯を替えるついでに傷の様子を見せてくださいね。綺麗な布巾と水はありますか？」

「……はい。用意します」

半信半疑ながらも、苦しむ夫の手を握るしかできなかった新妻は、差し伸べられた手に縋ることにしたらしい。

荷物の中から白い布巾を手に、何処かへと走って行った。

おそらく、水を汲みに行ったのだろう。

ミーシャはそれを見送ると、そっと枕元へ近づき、患者へと囁きかけた。

「今から包帯を取ります。血液で固まっている場所があるので痛みがあるかもしれません。我慢できないようなら、おっしゃってください」

柔らかな声音は、傷からの発熱で朦朧としている患者へも届いたらしい。

微かに頭が動いて了承の意を示した。

「カイトさんは、お湯を沸かしてもらえますか？　できるだけ大きな鍋で。あと、清潔な布と包帯が欲しいです」

サイドテーブルの上に手早く幾つかの道具を並べながら、横に立つカイトに指示を出す。

「分かった」

カイトはすぐに踵を返し近くの扉へと消えていった。

そこに水場があるのだろう。

ミーシャは、戻ってきた女性から水の入った手桶と布巾を受け取ると、その中に何種類かの粉薬を投入して混ぜた。

水が薄い緑から紫へと変わっていく。

「殺菌作用があります。傷を触るのに、手が汚れていたら意味が無いので」

不安そうに傍らに立つ女性にそう言うと、ミーシャは濡らした手のまま、包帯をほどき始めた。

血液やその他でこびりついている部分を手桶の中の水で濡らしふやかしながら、取り去った後の傷を冷静に観察する。

頭頂部から右耳の上部にかけての傷。

かなり深いものの、幸いにも骨に異常はなさそうだ。

ただ、皮が削げたようになっている部分があるため、回復には時間がかかるだろう。

「邪魔になるので髪は切りますね」

生々しい傷痕に顔色を悪くしている女性に一応声をかけ、ミーシャは傷を露出させるように髪を切り落とした。

さらに消毒液で、こびりついていた血液や汚れを綺麗に落とす。

傷の深い部分を縫い合わせ、薬を塗って、包帯をまけば終了だ。

迷いの無い手は止まることなく、あっという間に全ての作業を終えた。

最後に戻ってきたカイトに手伝ってもらい、患者の体を起こして、化膿止めと解熱剤、痛み止めを飲ませる。

「このまま、様子をみてください。汗をかいているので、お湯で絞った布で拭いてあげると良いですよ。こまめに水分をあげてくださいね。薬は夕餉の時間に湯に溶かして飲ませてください」

幾つかの指示を出し、次の患者へと向かうミーシャに女性は深々と頭を下げた。

自分よりも幼く小柄な少女が、とても頼もしく感じた。

いつ、死神に攫われてしまうかと怯えながら側にいる事しかできなかった夫の様子は、先ほどより改善しているように見えた。

与えられた薬のおかげか、苦しそうに食いしばられていた口元が緩み、安らかな寝息が漏れている。

夫が戻ってきてから、初めて女性は、自分の心が安堵に緩むのを感じた。

ジッと夫の寝顔を見つめていた女性は、キュッと唇を噛み締めると、次の患者へと向かっている小さな背中を追いかけた。

薬の知識など無いけれど、何か手伝えることはあるはずだ。

この部屋には、まだ苦しんでいる人たちがたくさんいるのだから。

「あの、何かお手伝いできることはありますか？」

駆け寄ってきた女性に、ミーシャはにっこりと微笑んだ。

「助かります。水場の方からお湯を持ってきてもらって良いですか？」


深い切り傷には縫合を。

膿んでいる傷は、膿をかき出し、消毒して薬を塗りこむ。

固定してあった骨折部位は一度包帯を解いて状態を確認した後、固定をやり直す。

解熱剤や痛み止め、軽い睡眠薬など、症状や体型に合わせて調合しては処方していく。

その動きは冷静で手早く、そして、素人目から見ても的確だった。

なぜなら、ミーシャの通った後は、患者達の苦悶の表情が明らかに和らいでいるのだ。

最初は、戸惑ったように見ていただけの付き添いの家族たちは、次々に協力を申し出た。

それに、ミーシャは嬉しそうにお礼を言いながら、出来ることをお願いしていく。

湯を沸かす。

汚れたシーツの交換。

栄養のある食事の指示。

誰にでもできる、でも、絶対に必要な雑事。

下手に動かして傷を悪化させてしまってはと恐怖が先に立って、ただ痛みに苦しむ大切な人の手を握り励ますことしかできなかった家族達は、喜んで指示に従い動き回った。

血と膿の臭いの立ち込めた、呻き声の響く沈鬱な空間は、たちまち消毒液や薬草の匂いの漂う清潔な空間へと様変わりしていく。

心なしか、動き回る家族の表情も生き生きとして明るい。

カイトは、忙しくベッドとベッドの間を渡り歩くミーシャに付き従いながらも、その変化を驚きと共に見守っていた。

重傷患者ばかり集められたこの部屋には、カイトの知り合いの騎士もたくさんいた。

死を待つだけでは無いかと、こんなに苦しそうならいっそ楽にしてやったほうが良いのでは無いのかとすら思っていた仲間達が、痛みを和らげられ、ホッとしたように眠っている。

それは、感動すら覚える光景だった。

(本当に、魔法のようだ)

いつまでも血がジクジクと滲んでいた傷にミーシャが不思議な色の粉をふりかけると、血がゆっくりと固まっていく。

しばらく待って、それを拭き取れば、どす黒く変色していた肉が薄桃色へと変わっていた。

それに軟膏を塗り、ガーゼで押さえて包帯をまいていく。

「その薬も、あなたが自分で作ったのか？」

気づけば、言葉が口をついて出ていた。

包帯を巻く手を止めることなく、ミーシャは事もなげに頷く。

「これは血止めと細胞の再生を促す作用がある薬です。戦争がはじまってから、母さんの指示で色々用意していたんです。まさか、自分の手で使うことになるとは思ってなかったけど」

側にいた女性の一人に丸薬を幾つか渡し、飲ませるようにお願いしてミーシャは次のベッドへと向かう。

そこには、上半身を枕に預けるようにして体を起こした男が座っていた。

前ボタンが全部あけられたシャツの隙間からは、包帯でぐるぐる巻きにされた上半身が覗いている。

短く刈られた髪は見事な赤で、瞳は赤みの強い茶色。まっすぐにこちらを見つめる視線は、楽しそうにほころんでいる。年の頃は三十を少し過ぎたくらいだろうか。

髪と同じ色の不精髭に覆われているが、顔立ちは整っているように見えた。口元には、火をつけていないたばこらしきものが咥えられ、手持無沙汰に揺れている。

「よう、お嬢ちゃん。ちっせえのに凄いんだな、あんた」

ベッドのすぐ横に立ったミーシャに、男は軽い調子で声をかけてきた。

「シャイディーン隊長、あなたはまた、そんなものを吸って」

しかし、その言葉に挨拶を返そうとしたミーシャよりも先に半歩後ろにいたはずのカイトが、いつの間にか前に出て男の唇からたばこを奪っていった。

「なんだよ、カイト。相変わらずお堅いな。火はつけてなかっただろう?」

シャイディーンと呼ばれた男は、いたずらが見つかったような子供のような顔で笑うと、肩をすくめてみせた。

「そういう問題ではないでしょう。まったく」

あきれ顔で奪ったたばこを、それでも握りつぶしたりはせず、サイドテーブルに置くカイトの様子が少しリラックスして見えて、ミーシャは内心首をかしげた。

このやり取りを見る限り、親しい間柄なのだろう。

ミーシャの視線を受けて、カイトが居住まいをただした。

「この方は、シャイディーン＝ルースベル。中隊の隊長職を任されている者ですが、先の戦局で負傷して療養のため戻ってきています。私の上司でもあります」

はきはきとした口調は丁寧で、カイトをいっぱしの騎士に見せていた。

基本フランクな口調で話しかけられていたため、なんだか変な感じでミーシャはかすかに眉を顰めた。なんだか、体のどこかがむずむずする。

それは、ベッドの上のシャイディーンも同じだったようで、こちらは盛大に顔をしかめていた。

「よせよ。気持ちわりぃ。そんな御大層な人間でもない。下手こいて腕を片っぽ持ってかれた死にぞこないだ」

どこか自嘲を含んだおどけた口調にカイトが唇をかんだ。

「それは！　俺たち新兵をかばったからで……！」

「それでも、不甲斐ないことに半分は死んじまったし、俺も兵士としてはもう使い物にはならん状態だ。……そんな顔すんなよ。命は残ったんだし、これからは別の何かを探すだけだ」

悔しそうなカイトに少し困ったような顔をしながら、そう宥めるシャイディーンに、ミーシャはそっと手を伸ばした。

「傷の様子を見せていただいても良いですか？」

「ああ。どうぞ？」

シャイディーンはなんの気負いもなく、その肩からシャツを滑り落とした。

右腕が、肘の少し下から無くなっていた。

きつく巻かれた包帯には血液と滲出液が固まり変色している。

おどけた口調で喋っているためごまかされかけたが、その顔色はかなり悪く、かなりの血液を失っているのだろう。

「腕落とされた返す刀で身体も斬りつけられてな。幸い、鎖帷子を着てたおかげで腹の中まではいかなかったから助かったんだ」

腕とは別に巻かれた胴体の包帯を解けば、右脇腹から左胸に向けて斜めの傷が走っていた。

ミーシャは、その縫い目を見てかすかに顔をしかめる。

先程から、どうも縫合の縫い目が粗く、素人くさい。

一人一人に時間をかける余裕が無いほど忙しいのか、担当した医師の手が未熟なのか。

消毒はしっかりなされたのか、膿んでいる気配はないようだ。

再度消毒をして傷の様子を確認し、薬をぬって包帯を巻きなおした。

鍛えられた身体は分厚く、抱きつくようにしてもうまく背後に手が回らない。

自分の身体の小ささに、心の中で舌打ちしながらも四苦八苦していると、見かねたカイトが手伝ってくれた。

次に腕の方を見れば、切断面が焼けただれていた。

「出血がうまく止まらなくて、傷を焼いたんだ」

事も無げに告げられたあまりにも原始的な止血法に、ついにミーシャはくっきりと眉根を寄せた。

(野蛮人じゃないんだから！　信じられない!!)

幸いにも本当に切断面だけの火傷だったから諸々のリスクは低いが、無知にも程がある。

静かに怒り狂いつつも、手は止まることなく、適切な処置を施していく。

「あんた、噂の森の魔女の娘だろ？　魔女の娘は小さくても魔女なんだな。随分と手際が良い」

「……本当に魔女なら、不思議な力でこの腕生やしてあげられたんですけど、ね」

ただの傷薬ではなく、火傷によく効く軟膏を急きょ練りながらミーシャはあっさりと答えた。

そして出来上がった紫色の軟膏をたっぷりと傷口に塗り再びガーゼと包帯で蓋をしていく。

「残念ながらただの人なので、薬を塗るくらいしかできません」

「いや、充分だ」

シャイディーンは、少しヒンヤリとした塗り薬の感触に柔らかく目を細めた。

「おかげでここに居る奴らは明日へ命をつなぐことができた。感謝する」

「……どういたしまして」

シャイディーンの感謝の言葉に、ミーシャは少し驚いた顔をした後、ふんわりと微笑んだ。

こうして感謝の気持ちを向けられるだけで、遥々森の奥から出てきた甲斐があるというものだろう。

「痛み止めと熱冷まし、置いておくので、ちゃんと飲んでくださいね。たばこでごまかそうとしても、だめですよ？」

そう言ってサイドテーブルのたばこを軽く睨めば、シャイディーンは肩をすくめてみせた。

「意外と効くんだぜ？　きつめに作ってあるからなあ」

「「だめです」」

シャイディーンの言葉に、ミーシャとカイトの声がハモった。

驚いて顔を見合わせる二人にシャイディーンが笑う。

「仲良しだな？　息ピッタリだ」

楽しそうなシャイディーンにため息を一つついてから、ミーシャはわざとしかめっ面をしてみせた。

「誰だって同じ反応しますよ？　とにかく、たばことお酒は控えてくださいね。傷に障りますから」

「了解、魔女殿」

おどけた仕草で敬礼するシャイディーンの服の胸ポケットから、カイトが容赦なくたばこ入れを奪っていった。

「あっ、こらっ」

「お許しが出るまで責任もって預かっておきますので。次に行きましょう、ミーシャ様」

澄ました顔でそう言うと、カイトはミーシャの背を軽く押してその場を後にした。

背後の恨めしそうな視線をマルッと無視するカイトに、ミーシャは耐えきれずクスクスと笑いを零した。

「仲良しですね？」

「……あんなでも戦場では尊敬できる上官なんです」

次の患者に移る前に薬草の補充をしようと水屋に戻りながら何気なく口にすれば、たっぷりの沈黙の後答えるカイトの表情は微妙なもので、ミーシャはさらにひとしきり笑ってしまった。

そんなミーシャを黙って見つめた後、カイトは、唐突にミーシャの前に膝をついた。

「見た目だけで幼い未熟者と侮り、今まで無礼な態度を重ねたことをどうぞお許しください。貴女のおかげで、たくさんの命が救われました」

首を垂れるカイトに、ミーシャは目を白黒させた。

自分より年長の男性に、膝をつき謝罪をされるなどミーシャの人生初の出来事であり、どう返していいのかもわからない。

「あ……あの、顔をあげてください。カイトさんの言動を無礼だなんて思っていませんし、私が幼いのも事実ですし……あの……あの……困ります」

しどろもどろに言葉を紡ぎ、どうにか顔をあげてもらおうとするミーシャに、カイトは漸く垂れていた首をあげた。

まっすぐに自分を見つめるカイトの瞳が、髪とおそろいの黒だと思っていたのに、実は深い紺色だということにミーシャはその時ふいに気づく。

光が差し込むことで、いろいろな濃さの青が見えた。

（きれい）

思わず瞳を覗き込んでしまったのは、ミーシャの幼い好奇心の賜物で、覗き込まれたカイトは、訳が分からないままに膝をついて見上げた姿勢のままじっとしている。

結果、無言で見つめあうこととなった二人は、コホンという誰かのわざとらしい咳で我に返った。

なぜだか、水屋にいる手伝いを買って出てくれていた患者の家族たちの注目を浴びていた。さらに言えば、その視線が何か言いたそうにニヤついて見える。

「え……っと、続きの診察を、します、ね？」

なんとなく気まずくて、ぎこちない笑みを浮かべると、ミーシャは道具の載ったワゴンを押してそそくさと患者たちのいる部屋へと戻っていった。

「……疲れたぁ」

ようやく自室に戻ってきたミーシャは、よろよろとソファーへと倒れこんだ。

重傷者が集められているという、広い部屋いっぱいの患者の全てを診終えたのは昼をだいぶ過ぎた頃で、その間、ろくに休憩する事もできなかった。

目の前に患者がいる間は感じなかった疲労感が、部屋に戻った途端、ミーシャの小さな体にどっとのし掛かり、指一本動かすのも億劫だった。

それに、何よりも……。

「……怖かったよぅ」

ミーシャは、震える体をぎゅっと自分で抱きしめ、小さく丸まった。

知識としては、知っていた。

それほど頻繁ではないけど、母親と共にこっそり麓の村を回り、怪我人や病人の治療に当たった事はある。

だが、全ては母親の助手であり、たった一人で患者と相対したことなど初めてだったのだ。

まして、あんな重傷者を間近に見たのは昨日の父親以外は無かったし、人の肉体に針を刺し縫合するのも初めてだった。

小動物や猪肉では散々やったけれど、生きている肉体のまして人間相手だ。

幼いミーシャに緊張するなと言う方が無理だろう。

だが、その不安をミーシャが相手に見せるわけにはいかなかったのだ。

治療を施す者が不安を示せば、施される相手はそれ以上に不安に駆られる。

ましてやミーシャはまだ十三歳の子供で、ただでさえ見た目でのハッタリが利かないどころか、マイナススタートだ。

下手をすると、治療をいやがられる未来すらあった。いや、ミーシャ以外に医師や薬師がいれば、確実に彼女の出番は無かっただろう。

そんな自分の立ち位置が分かっていたからこそ、ミーシャは不安も迷いも見せるわけにはいかなかったのだ。

「大丈夫。ちゃんと出来た。間違いなんて一つも無かったし、対応が分からない人もいなかった。ちゃんと出来てた。大丈夫……大丈夫」

震えの止まらない体に自身の腕を巻きつけ、小さくつぶやき続ける。

何度も、なんども。

どれくらいそうしていたのか。

扉をノックされる音に、ミーシャは急いで居住まいを正した。

幸いにも、少々顔色は悪いものの、体の震えはとまっていた。

「失礼致します。お食事をお持ちいたしました」

ワゴンを押して入ってきたのは、昨日からお世話になっている年かさの侍女だった。

無表情のまま、手早くテーブルの上に食事を並べていく。

「食べられないものがありましたら、おっしゃってください」

さっきまで、指一本動かすのも面倒だと思っていたはずのミーシャは、湯気を立てる料理を前に、急激に湧き起こる空腹を感じてゴクリと唾を呑み込んだ。

柔らかそうなパンに湯気の立つポタージュ。食べがいのありそうな大きな肉の塊は香草と共にこんがりと焼かれていた。更に果物が三種類も綺麗にカットされ盛り付けられている。

「全部、美味しそうです。いただきます」

ミーシャは、お行儀が悪いかと思いつつも、返事を待たずに料理に手を伸ばした。

飢えた体が歓喜と共に食物を受け入れる。

せめてがっつかないようにしようと心がけながらも、次々と口に運んでいく。

食事に集中していたミーシャは、的確な給仕をする侍女の顔が僅かに綻んでいたことにきづかなかった。

「ごちそうさまでした」

パンのひとかけらも残さず食べきり、満ち足りた思いでミーシャは食後のお茶を口にした。

ふわりとジャスミンの香りが立ち上り、思わずため息が漏れた。

（満腹……幸せ……）

疲労した体にふわふわと眠気が襲ってくる。

リラックスした神経に満腹な体。仕上げにリラックス効果のあるお茶とくれば、眠気に抗うのは難しかった。

「休まれるならベッドへと移動してください」

こくりこくりと、カップを手に持ったまま船を漕ぎ出したミーシャの耳に、少し困ったような侍女の声が響く。

しかし、半分以上眠りの国に旅立ってしまったミーシャがその指示に従うのはとても困難だった。

「少し……だけ。……少しやす……だら……他の人も……みる……から……お……こし……て」

かろうじてそれだけつぶやくと、たちまち残りの意識も手放し、ミーシャは幸せな眠りへと落ちていった。


「……お疲れ様です」

そっと奇跡的にも零されなかった紅茶のカップを取り上げ、小さな体をソファーに横たえると、侍女は上にかけるものを取るべく寝室へと向かった。

いくら小柄な少女とはいえ、年かさの侍女では抱き上げて運ぶ事は出来そうに無かったからだ。

薄手の上掛けを手に戻ってくると、ソファーの側に立つ騎士を見つけ眉をひそめる。

「カイト、女性の部屋に勝手に入り込むなんて、マナー違反よ」

「……叔母上」

ひそめた声で咎められ、カイトは振り向いた。

「ノックはしました。返事が無いので何かあったのかと不安になったもので」

言い訳めいたものを口にすれば、侍女のひそめられた眉間のシワが少し薄くなる。

「まぁ、良いでしょう。ちょうど良いからベッドまで運んでちょうだい」

おそらくため息をつくことでそれ以上の小言を呑み込んだ叔母に促され、カイトは少し迷った後、少女の体を抱き上げた。

くたりと力の抜けた体は、あまりに軽く華奢で、カイトはその小ささに不思議な気分を味わう。

胸を張り堂々とした態度で次々と怪我人の治療をしていくミーシャは、とても大きく強く見えたから、そのギャップに戸惑ったのだ。

こうしていると、華奢な体も相まって、とても先程まで鬼気迫る表情で怪我人たちに相対していた人物と同じ人間には見えなかった。

「あれだけの人数を治療されたのですもの。疲れたのでしょう」

ミーシャを運ぶカイトの後に付き添いながら、カイトの叔母でもある侍女は、ポツリとつぶやいた。

治療にあたる少女を見守っている一人でもあった叔母は、自分とは違う何かを感じ取ったのだろう。

ベッドにおろしたミーシャの側に立つと、いつも厳しい人が、慈しみの表情でそっと乱れた髪を指で梳き、上掛けをかけている姿をカイトはぼんやりと眺めた。

「しばらくそっとしておきましょう。貴方はこちらにいらっしゃい」

立ち尽くすカイトをピシャリとした口調で促すと、叔母は踵を返した。

半ば反射的にその声に従って、カイトも寝室を後にする。

「そういえば、貴方は何をしにここに来たの？」

問われて、カイトは口ごもった。

食事が終わった頃合いだろうと、治療部屋へ行くため迎えに来たのだ。

部屋に送り届けた時は、シャンとしていたのでまさかあんな風に眠り込んでいるなど、思いもしなかった。

（少し考えれば分かることだ。騎士である自分と同じペースで動けるはずが無い）

しかし素直に答えれば、配慮が足りないと叔母から叱責を受けるのは目に見えていた。

父親の妹である叔母は、結婚はしたものの早くに夫を亡くし、子供もいなかったがどこかの後妻に入る気は無いと、さっさと公爵家の侍女として働き出した女傑であった。

厳しく礼儀を重んじる人物で、幼い頃から何かと面倒を見てもらった身としては、どうにも未だに頭が上がらない。

もっとも、口ごもった時点でバレバレだったのだろう。

「一時間ほどしてから声をかけてみます。その頃またおいでなさい」

ため息と共に、あっさりと部屋を追い出されてしまった。

無情にも閉じられた扉の前でしばらく立ち尽くした後、カイトはため息と共に踵を返した。

（まぁ、今のところ、一刻を争う重傷者はいないし、な）

おそらく手ぐすね引いて待っているであろう治療部屋へ、もう少し待つように伝えようと向かったカイトは、治療部屋にいた家族達にまで「せっかちすぎる」と呆れ顔で迎えられる羽目になるのであった。

六　レイアースの回想

トクントクントクントクン。

繋がれた管の中を流れていく脈動を感じながら、レイアースはジッと愛しい夫の顔を見つめていた。

人払いのなされた深夜、枕元のランプの灯りだけの室内は薄暗い。

ゆらゆらと揺れる灯のもと見つめる横顔は窶れていいて少し苦しそうに見えた。

そっと自由な方の手を伸ばし、眉間や頬に刻まれたシワをなぞる。

出会ってから十五年。

いつの間にか流れていた月日を思って、レイアースは少し苦笑した。

「年をとったわ……。貴方も……私も」

未だ目をさます気配のない夫へとそっと囁きかける声は慈愛に満ちていた。

冷たい頬を何度も細い指先がたどる。熱が移ればいいと願うように。

そろりと隣に横たえていた体を動かし、夫の大きな体に添わせてみる。

「こんな時を迎えるなんて、あの時は思いもしなかったわ……」

つぶやきを聞くものはなく、ただ薄闇の中に虚しく消えていく。

その事にも苦笑するとレイアースは瞳を閉じた。

（……もう、少し、だけ……）

ドクンドクンと命を刻む鼓動を数えながら、レイアースは懐かしい日々を思い返していた。

『森の民』の隠れ里がある、霊峰トランドリュースの冬は長く厳しい。

短い夏も実りの秋も、森に暮らす者にとっては、冬に備える大事な期間だった。

レイアースはその日、冬の保存食を採ろうと海辺にやって来ていた。

共にきた兄のラインと友人達が魚を取るための網を仕掛ける中、泳ぎの苦手なレイアースは、浜辺に打ち上げられた海藻を集めようと海岸線をひたすら辿っていた。

二日ほど前に海が荒れた日があったので、その時の影響でちぎれた海藻や漂流物がいろいろ打ち上げられていたのだ。

中には、どこから流れてきたのか大木や木の箱のようなものもあって、レイアース達は、それも自然の恵みとありがたく利用させてもらっていた。

そんな漂流物の中に人が倒れているのを見つけて、レイアースは息をのんだ。

慌てて駆け寄ると、それは若い男性だった。

「ねえ、あなた、大丈夫!?」

思わず肩をゆすると、小さなうめき声と共に男がうっすらと目を開けた。

(あ、夏の空がある)

抜けるような青い、レイアースが一番大好きな色だった。

まるで固まったかのように動くこともできずに、ただ見つめあう。

レイアースは、その時、自分の中の何かが変わるのを確かに感じた。

それはほんの一瞬の事で、男の瞳はすぐに閉じられてしまったけれど。

印象的な青い色が隠されて、固まっていたレイアースはようやく我に返り、そっと男の首筋に手を当てて脈があるのを確認した。

なぜか、再び男に声をかけることは憚(はばか)られて、指先に確かな脈動を感じた後は、助けを呼ぶために兄たちのもとへと踵を返す。

気絶して力の抜けた体は重い。

それを抜きにしても、男の体はレイアースよりもはるかに大きく、自分ひとりの力では動かすこともままならないと判断したのだ。

大慌てで戻ってきたレイアースから話を聞いて、その場のリーダーでもあったラインは、一緒にいた仲間に大人たちを呼んで担架を持ってくるように頼むと、濡れた体を拭く為に用意していた布を持てるだけ持って再び走り去っていく妹の後ろ姿を追いかけた。

結論から言うと、気を失っていた男の怪我は大したことはなかった。

頭部に四針ほど縫う傷があったが骨には異常がなかったし、他は擦傷程度だった。

気を失っているのは、長い間海につかっていたことで脱水症状と低体温症を起こしているためだろうという診断だった。

暖かくしてやればそのうち目覚めるという、診てくれた大人の言う通り、男は半日ほどで目を開けた。

自分自身に関する記憶の一切を失って。

持ち物は、身に着けていたシンプルながら上質の布を使った衣類のみ。

生活に必要な知識はあるのに、自分自身のことだけ綺麗に忘れていた。

名前も、家族も、どうして海岸に流れ着いていたのかすら……。

「系統的記憶障害」。

それが男に与えられた症状の名前だった。

過度のストレスによって引き起こされ、記憶の中の特定のカテゴリーのみ忘れてしまう。

男の場合はそれが自分自身のことだったのだろう、と憐れむように言われた。

ポケットに入っていたハンカチのイニシャルからディールと名付けられた男は、そのままレイアースの家に居候することになった。

昨年父親を亡くして部屋に余裕があったし、第一発見者だったレイアースが謎の使命感を発揮して、手をあげたためだった。

多少面倒くさそうな顔をしながらも反対することなくラインも頷き、恐縮しながら一緒に暮らしだした男は、かなり有能だった。

もともと大した傷もなく、一番の問題は長時間の漂流による低体温と衰弱だったのだ。

鍛えられた健康な体は、すぐに回復していった。

元気になってくるとディールは、遊んでいるのは申し訳ないと、家の中でレイアースの手伝いを始めた。自室の掃除や料理の下ごしらえまで、ディールは何でもそつなくこなしてみせた。さらに体調が回復すると家の外に飛び出し、壊れた庭の柵や雨漏りの修理に手を付けはじめた。

「すごいわ！　ディールは何でもできるのね！」

「大したことじゃないよ。素人仕事だから、粗があるし」

その手の事には役に立たないラインに、多少の不具合は仕方がないとあきらめていたレイアースは喜んだ。

キラキラ輝く笑顔で絶賛されて、ディールは恥ずかしそうに頭をかいた。

記憶のないよそ者の自分を快く受け入れてくれた兄妹の役に立ちたい一心でやっただけのことで、これほど喜ばれるとは思わなかったのだ。

「そんな事ないわよ！　前に兄さんに頼んだら、雨漏りの穴をふさぐどころか、むしろ広げて大変だったんだから！」

「しょうがないだろ。人間、向き不向きがあるのさ」

からかう妹に肩をすくめるライン。

それから顔を見合わせて笑い出してしまった兄妹に、ディールもつられて笑っていた。

「まあ！　ディールの笑顔、初めて見たわ！　もっと、笑ったらいいのに!!」

そんなディールに目を丸くした後、レイアースが嬉しそうに言った。

その言葉で、ディールは自分が笑っていることに気づいた。

というか、今まで笑っていなかったことに気づいたのだ。

そのことにびっくりしながら、ディールはなんだかいい気分だった。

記憶を失くして、無一文で、いい事なんて一つもないはずなのに、なんだかすごく晴れ晴れとした気持だったのだ。

「こんなことでいいなら、言ってくれたらいくらでもやるよ」

だから、考えるよりも先にそんな言葉が飛び出していたのかもしれない。

だけど、前言撤回する暇もなく近所からも手伝いに呼ばれるようになり、気づけばディールは村の便利屋のようになっていた。

家の修理から邪魔になっていた大木の切り倒し、果ては道の修繕まで。

頼まれれば、嫌な顔もせず気楽に動いてくれるディールは、研究職が多く、力仕事が苦手な村人から絶賛された。

朝日と共に起きだして家の畑に水を撒き、レイアースの作る朝食をみんなで食べると、頼まれていた仕事があれば片付けにでかける。

なにもなければ、レイアースに誘われて冬のための食料採取についていった。

食べられる植物を教わりながら採取し、倒木から薪を作るため家まで運んで斧をふるう。

そして、一日働いてくたくたになったら、水浴びをして食卓を囲みながら一日の事を語らい、日が沈んだらベッドに入る。

シンプルだけど充実した日々の中、少しずつ、ディールとレイアースの距離は近くなっていった。

高い枝に咲く花を何気なく手折り髪に飾ってくれるディールに、嬉しそうに頬を染めて礼を言うレイアース。

あまりにも純情なやり取りに、むしろ見てしまった周囲の方が恥ずかしくなって、こっそりと悶えたり、わが身を顧みてなぜか落ち込むという不思議現象が頻発していたが、幸か不幸か中心の二人だけが気づいていなかった。

そうやって、ゆっくりと二人の速度で幸せになっていくのだろうと、ラインをはじめ周囲の村人は、ほほえましく見守っていた。

小さな秘された村だが、意外と外から婚姻のために入ってくるものは多い。

小村ゆえに、血が濃くなりすぎないための対策である。

秘密が漏れないように、様々な制約があり、基本外界との繋がりは断つ事となる。

そういう意味では、記憶のないディールは理想的ともいえた。

繋ぐべき縁が不明なのだから。

仮住まいのディールが、正式にこの村の一員になる日を、みんなで楽しみにしていた。


しかし、幸せな時間は長くは続かなかった。

最初の予兆は、連合国の代表からの手紙であった。

遠方からの客人が、こちらへ向かう船旅の途中で海に落ちて行方知れずになったというのである。

金髪碧眼。今年十九になる男性。身長は百八十ほどの鍛えられた体形と整った顔立ち。

心当たりのありすぎる人物像に、連絡を受けた村長は、まずは、ラインへと伝えた。

「あいつの今までの人生をこちらの都合で勝手に隠すわけにはいかないでしょう」

一瞬悩んだ後、ラインはすぐに心を決め、二人を呼んで話をすることを提案した。

そしてその話に、呼び出された二人は同じように困惑の表情を浮かべた。

過ぎる日々があまりに穏やかな幸せに満ちていて、失われた記憶の先にある存在をすっかり忘れていたのだ。

シンプルだが質の良い仕立ての服を思えば、ディールが一定以上の生活水準を送れる存在であることは、容易に想像できたというのに……。

「まだ、こちらからは何の返答もしていないが、どうする？」

人との交流が著しく制限されている隠れ里ゆえに、問い合わせの連絡が届いた時には、ディールが発見されてからすでに二か月が過ぎていた。

心当たりはないと返答して、このまま隠れ住むことも可能だろう。

迷うディールの背中を押したのは、意外なことにレイアースだった。

「捜してくれる人がいるなら、会った方がいいわ」

少し青ざめた顔で、それでも笑顔を浮かべ、レイアースはきっぱりと言い切った。

「だが……」

捜す人と言っても、ディールの記憶の中にあるのはレイアースをはじめ村の人々の顔だけだ。

そんな自分が戻ったとしても、足手まといになるだけだろうし、そもそも、どんな環境にいたのかも分からない。迷い口ごもるディールの手を、レイアースは力強く握りしめた。

「もしも会ってみて、どうしても相いれないと思ったら戻ってきたらいいのよ。もし、自分で戻ってこれなかったら迎えに行ってあげるわ」

思いもよらない言葉に、ディールの目が丸くなる。

次の瞬間、側で一緒に話を聞いていたラインが噴き出した。

「捕らわれの姫様を助けに行く王子様みたいだな、レイア!!」

爆笑するラインに、その場の張りつめた空気が緩む。

からかわれたレイアースが、ほほを膨らませてラインの肩を叩いた。

「……戻って、いいのか？」

どこか呆然とした様子で、ディールが呟いた。

「もちろんよ。ディールはもう、私たちの家族でしょう？」

きょとんとした顔で首をかしげるレイアースに、ラインがにやにやしながら口をはさむ。

「私達、でいいのか？　レイア」

「もう！　兄さん!!」

レイアースは、そんな兄をもう一度叩こうと赤い顔で手を振り上げ、だけどその前にディールの力強い腕の中に捕らえられてしまった。

「戻るよ。俺の帰る場所はここだから。レイア、愛してる」

しっかりと抱きしめられて、驚きとこみ上げる愛おしさに頬をさらに染めながら、レイアースは、自分を包み込む体にそっと腕を回した。

「……私も。愛してるわ、ディール」

そして、ディールは付き添いの大人達と共に村を後にした。

よそ者を簡単に村に入れることは掟で禁じられていたから、こちらから会いに行ったのだ。

まだ、準成人にも達していないレイアースは村の掟で外に出ることはできない。

「代わりに見てきてやるよ」

そう言って、ラインが一行のメンバーに強引に潜り込んでくれたから、レイアースは不安を覚えながらも大人しく村で待つ事ができた。

一月後、村にディールは戻ってきた。

ただ、正確にはそれはディールではなかった。

オーレンジ連合の貴賓室で待ち受けていた一行に会った時、ディールはひどい頭痛に襲われて倒れこんだ。

そして目を覚ました後、ディールはゆっくりと失われた記憶を取り戻していったのだ。

「まさかディールが一国の王子様だったなんてなぁ……」

そして、その正体がとんでもなかった。

衣服以外にも、何気ない所作から裕福な家庭で育ったのだろうとは思っていたが、ディールは、ブルーハイツ王国の王子だったのだ。

学院卒業後、見聞を広めるための旅に出ていて、その途中で遭難してしまったそうだ。

「助けてくれた村のみんなにどうしてもお礼がいいたい」と村に戻る一行について帰ってきたディールは、きらびやかな正装をまとっていてとても美しかったけれど、レイアースには、なんだか遠い人に見えた。

それが耐えられなくて、レイアースは、迎えに出た人々の中からそっと逃げ出したのだ。

もともと、準成人前の子供は外からの客人の前に姿を現すことはない。

ただ、レイアースはあとひと月ほどで準成人の儀式を迎えるし、家族として暮らしていた当事者だったから、特例としてあの場にいることを許されたのだ。だから、人の影に隠れるように裏口近くにいて、こっそりと抜け出すことができた。

家に戻ればすぐに誰かが連れ出しに来そうで、逃げるように足を向けたのは森の中にある小さな泉の側だった。

「捕らわれのお姫様じゃなくて、王子様だったんだ……」

兄の冗談を思い出して、レイアースはクスリと笑った。

「……迎えになんて、いけないよ。だって、あまりにも遠すぎるもの……」

キラキラの衣装を着てみんなに囲まれ笑顔を浮かべるディールは、レイアースの髪に花を飾ってくれた人とはまるで別人のように見えた。

レイアースの頬を、ぽろぽろと涙が転がり落ちる。

「なんだ。さらいに来てはくれないのか？」

不意に聞こえた声に驚いて振り返ったレイアースは息をのんだ。

そこには、ディールが立っていた。

さっきまで身に着けていた上着は何処かに脱ぎ捨ててきたらしく、白いシャツ姿のディールは、少しだけ村にいたころのようだった。

「なんで……」

「家に行ったらいなかったから、ここだと思って。昔から何かあるとここに逃げてくるんだって教えてくれただろう？」

震える声で問いかけるレイアースに、少し困ったような顔でディールが答えた。

「記憶が戻ったって、聞いたわ」

「ああ。でも、ここにいた時のこともちゃんと覚えてる」

綺麗に整えられた前髪をクシャリと崩して、ディールはゆっくりとレイアースへと歩み寄った。

「本物の王子様だって聞いた」

「……そうだな」

同じだけ、ゆっくりとレイアースは後ろに下がった。

ディールから逃げるように。

何かにつかまってしまうのが、恐ろしいとでもいうように……。

「もう、戻ってこないとおもった」

「戻ってきた。約束しただろう?」

ディールの足が止まる。

レイアースの後ろには、もう泉しかないからだ。

見つめあう二人の視線が絡まり、レイアースの頬をまた一筋涙が流れた。

「戻ってきたけど、また行かなければならない。記憶と共に、背負うべきものもまた思い出してしまったから。俺は、それを放り出すことができない」

ディールの眉間に深いしわが刻まれた。

それを見て、レイアースはふと思い出す。

初めてディールを見た時、その眉間にうっすらとしわが残っていたこと。

(この人は、いつもこんな顔をして過ごしていたのかしら)

目が覚めてからはディールの眉間にしわが刻まれることはなかったから、そんな跡があった事などすっかり忘れてしまっていた。

なんだか不思議な気持ちで、そっと指先を伸ばし、眉間へ触れる。

気づけば、しわを伸ばすようにぐりぐりと眉間を揉んでいて、驚いたように目を丸くしたディールが、耐え切れないというようにクシャリと破顔した。

レイアースの小さな手を摑まえると、ディールはそっと頬に引き寄せた。

「愛してるんだ、レイア。……記憶が戻っても、この気持ちは消えなかったよ」

手に頬を寄せスリッと小さくすり寄るディールに、レイアースの頬をまた涙が伝っていく。甘えるようなしぐさに胸が痛む。

(自分よりは年上だけれど、ディールだってまだ成人したばかりのはずよ。それなのに、すでに消えないしわを刻んだこの人は、いったいどんな日々を過ごしてきたのかしら?)

「俺はここにいることができない。だから、レイアが一緒に来てくれないか？　苦労、かけると思うけど……。側にいたいんだ」

ささやくように懇願するディールに、レイアースは小さく息をついた。

あとひと月もしたら準成人の年を迎え、儀式を済ませたら村の外へ出る権利を得る。

そしたら、薬師として各国を回り、困っている人を助けるという幼い頃からの夢をかなえる一歩を踏み出すはずだった。

そのために努力してきたし、根回しもしてきた。

今後も続けたい研究だってあるし、これからだって、知りたい知識は山のように増えるだろう。

(その全てを捨てることになる)

一族の外に嫁ぐという事はそういう事だ。

もう二度と、この村に帰ってこれなくなるし、大切な友人にもたった一人の血のつながった兄とも会えなくなるかもしれない。

(わたしは、どうしたい？)

困った時には、自分の心に問いかける。

それは、小さい頃母に教わった事だった。

どんな難しい問題も、答えは自分の中にあるのだと。

レイアースは、自分を見つめるディールの瞳を覗き込んだ。

レイアースの一番大好きな夏の空を写し取った瞳。

(思えば、初めてその色を見た時に、囚われていたのかもしれない)

レイアースは涙の残る瞳で、ニコリとほほ笑んだ。

「愛してるわ、ディール。あなたの本当の名前を教えてくれる?」


ふと我に返ったレイアースは、二人をつなぐ管を押さえた。

思ったより長く物思いに沈んでいたようだ。

レイアースは、手早く針を抜いて小さな穴を清潔な布で押さえた。そして、片づけをしようと立ち上がるとクラリと眩暈を覚え、再び椅子へ座り込む。

(血を流し過ぎたみたいね)

処置の最中に気を抜いて失敗するなど、兄に知られたら叱責ものだとレイアースは苦笑した。さらに、治療のために自身の健康を損ねたと知られたら……。

「あなたにも怒られちゃいそうね、ディノ」

結局深く刻まれるままとなった眉間のしわをそっとなぞると、レイアースは片づけをするために今度こそ立ち上がった。

「この体調でミーシャに会ったら見抜かれちゃいそうね……。造血剤と栄養剤……。食事もちゃんと摂らなきゃね、うん」

自分に言い聞かせるようなつぶやきと共に、レイアースは部屋を出る。

誰もいなくなった部屋の中、ベッドに横になったディノアークの指がかすかに動いた。

七　突然の悲劇

「おい、お前！　森の魔女の娘だろう！」

唐突に後ろから声をかけられ、ミーシャは後ろを振り返る。

そこには、明るい茶色の髪の少年が、仁王立ちでミーシャを睨みつけている姿があった。

もっとも、こんな風に憎々しげに呼ばれたのは初めてのことだったけれど。

『森の魔女』

それが母親につけられた呼び名であることは、この二日の間にミーシャの耳にも届いていた。

「ローズマリア様のご長男、ハイドジーン様でございます」

部屋へと誘導してくれていたメイドがこっそりと耳打ちしてくれる。

ローズマリア様、というのが、未だに会ったことのない父親の正妻の名前である事は知っていた。

つまり、この少年はミーシャの腹違いの弟に当たるらしい。

ミーシャは、初めて会う義理の兄弟を思わずまじまじと観察してしまった。

明るい茶色の髪に青い瞳。唇が引き結ばれ、険しい表情さえしていなければ、整った顔立ちの可愛い男の子だった。

（少し、年下かな？）

ぼんやりと考えていれば、その視線が癇に障ったのか更にその瞳が険しくなった。

「俺は、お前達なんか認めてないからな！　お父様に何かあったら、お前達を処刑してやる！」

一方的に叫び、駆け去っていく後ろ姿をミーシャは呆気にとられて見送った。

「……何？　あれ？」

思わず溢れた言葉に側にいたメイドが困ったように目線を下へとさげた。

「……普段はとても明るく優しい方なのです。今は、いろいろあって気が動転されていらっしゃるのだと思います。どうか……」

少年、ハイドジーンを庇うメイドに、ミーシャは首を横にふった。

「気にしてない……って言ったら嘘になるけど、……気にしないようにするわ。だいたい、何を言いたかったのかいまいち分からなかったし」

胸の奥に浮かぶモヤモヤを見ないふりして、ミーシャはニコリと笑ってみせた。

初めて会った異母弟はどうやら自分と母親を嫌っているようだ、という事は分かったけれど、その理由にはサッパリ思い当たらない。

世間一般に考えれば、側室というのは嫌われるものかもしれないけれど、この国では貴族というものは複数の妻を持つことも珍しくないと書物に書いてあった気がする。

つまり、公爵が二人の妻を持つ事は責められるようなことではないはずだ。しかも、普段は遠い山の中で姿も見せない側室など些細なものでしか無いはずで……。

（あ、やっぱりなんかムカついてきたわ。なんで、死に瀕した父親や騎士達を助ける為にやってきて努力しているのに、処刑とまで言われなきゃならないのかしら）

思考の海に沈み込んでしまったミーシャは気づいていなかったが、黙り込んでしまった少女の表情が徐々に険しくなる横で、やはり不興を買ってしまったかと可哀想なメイドがオロオロしている、という光景が廊下の片隅で展開されていた。

「そんなところで立ち止まって何をしているんだ？」

だから、たまたま通りかかったカイトが不思議そうな顔で声をかけてきた事で、メイドがホッとした顔をした事にも、ミーシャは当然気づいてはいなかった。

「あら、カイトさん」

すぐ側に立つカイトに今気づいたと言わんばかりに、キョトンと目を見開くミーシャにカイトは苦笑した。

「二日ぶりに領主様の部屋に行くところじゃなかったのか？」

促され、ミーシャはハッと我に返った。

重傷者の部屋に行って以来、次々と戦地から運び込まれてくる怪我人の対応に追われて、父親の様子を窺いに行くどころか、同じ部屋を使っているはずの母親ともここ二日ほど、顔を合わせていなかった。

先程、昼食をとっている時に「時間があるなら」とメイドが呼びに来て急いで移動していたところだったのだ。

「ちょっと、未知との遭遇をしていて……」

ミーシャは、なんと言っていいのか思いつかず、曖昧な事を言いながらへらりと笑ってみせた。

「待たせてごめんなさい。案内してください」

その微妙な表情につられたように変な顔をするカイトを見なかった事にして、ミーシャは少し離れた場所で黙って立っていたメイドにペコリと頭を下げた。


そして、案内された部屋でミーシャが見たのは、二日前とは比べ物にならないほど顔色が良くなった父親の姿だった。

未だ意識は戻らないが、傷口も少しずつ快方に向かっているそうだ。

そっと触れた指先は温かく、脈拍も力強さを取り戻していた。

(母さんの治療が上手くいったんだわ)

ホッとして肩の力が抜ける。

多分、一番危ない所は抜けた。このまま、よほどの事がない限り快方に向かうだろう。

「……母さんは？」

安心したミーシャは、ようやくその場に母親の姿が見えない事に気付いた。

不思議に思い、控えていたメイドへ尋ねれば、先程まで居たのだが足りない薬草に気づき裏庭に向かったとの事だった。

昔、母親がこの屋敷で暮らしていた時に手慰みに造った薬草園が、半ば野生化しながら残っていたらしい。

たまたま、タイミングが悪かったのだろう。そう、思いたいがミーシャは、なんだか嫌な感じがした。

（だって、私を呼んでおいて薬草を採りに、だなんて……。まるで、避けているみたいじゃない）

一度、そう思ってしまえば、不安が次々に湧いてきた。

顔色の良くなった父親。明らかに強くなった脈動。そして、娘の目を避けるようにする母親。その情報の導く先を、ミーシャはひとつしか思いつけなかった。

「ちょっと、母さんを迎えに行ってきます」

一方的にそう宣言すると、ミーシャは引き留める声を無視して部屋を飛び出した。

この二日、ほぼ決まったルートしか歩いていなかったが、山の中をなんの目印もなく歩き回っていたミーシャにはなんとなく屋敷内の見取り図に見当がついていた。

裏庭への最短距離の当たりをつけ、気づけば半ば駆け出すようにしてそちらへと向かっていたミーシャの耳に女性の甲高い声が飛び込んでくる。

廊下の突き当たり、階下に下りる階段の手前。

母親と向かい合う複数の女性の姿があった。

一方的に詰られている母親の顔色が、化粧でごまかしているものの随分青白い事にミーシャは気づいて眉を顰めた。

ミーシャの想像通り、母親はあの後も何度か父親に血を分けたのだろう。

それがどれほどの量かは分からないが、あの顔色からして、母親はひどい貧血に陥っているように見えた。

「さっさと森に帰りなさいよ！　貴女がいたってお父様は目を覚まさないし、不快なだけだわ!!」

先頭に立った少女が先程から一人で叫んでいるようだ。

服装からして主人と侍女達、といったところだろうか。

前に立つレイアースは少しうつむきがちに黙っているが、それは、貧血による気分不良を起こしているようにミーシャには見えた。

しかし、叫ぶ少女には自分の言葉を無視されていると感じられたのだろう。

「なんとか言いなさいよ！」

叫びと共に伸ばされた手がレイアースの肩を押した。

「アァッ！」

叫んだのは、誰だったのか。

肩を押されたレイアースがバランスを崩し、後ろへとよろめいた。そして……。

「母さん!!」

階段の向こうへと母親が消えていくのがまるでスローモーションのようにミーシャの目に映りこむ。

何かをつかもうとするように伸ばされた手は虚しく宙をかき、落ちていくレイアースの視線が驚きに見開かれながらもミーシャの姿を捉えた気がした。

「「「キャァァァ～～！！！」」」

複数の叫びが響く中、ミーシャはその横をすり抜け階段を駆け下りた。

そして階段の下に倒れる母親の側へと辿り着くと、絶望感に立ち尽くした。

「……か……さ……ん」

しっかりと閉じられた瞳。唇の端からツッ……と一筋紅い血が流れ……、首が、あり得ない角度へと曲がっていた。

おそらく、頭から落ち受け身を取ることも叶わなかったのであろう。

足から力が抜け、へなりと傍に座り込む。

息の根が止まっているのは一目瞭然だったが、それでもミーシャはそろりと手を伸ばしレイアースの呼吸を探した。

だが、指先に触れる呼吸はなく、次いで無意識に探った首筋にも脈拍を捉えることは出来なかった。

どんなに薬師としての知識があろうと、首の骨を折り息を止めてしまった者の命を救う術などあるはずがなかった。

たとえ、その体が未だ温もりを失っていなくとも、レイアースは既に死んでいるのだ。

その事実は、ミーシャの心を打ちのめした。


「何があったんだ！」

「なんの音だ⁉」

騒ぎに駆けつけた人々は、階段の上と下で繰り広げられている光景に息を呑んだ。

階段の上で泣き叫ぶ少女と、それを守るように抱きしめる二人の侍女。

階段下で事切れた母親の横に座り込んでいる娘。

静と動。そして死と生。

残酷すぎる対比がそこにはあった。

「ミーシャ、何があったんだ⁉」

駆けつけた人々の中にいたカイトは、固まったように動かないミーシャの肩を乱暴に揺すった。

「……や」

瞳を母親から離さぬまま首を横に振るミーシャの口から微かに声が漏れた。

「ミーシャ？」

その異様な雰囲気に、カイトがもう一度そっと少女の名を呼んだ時、声がはじけた。


「イヤァァ～～！！！」

目の前の現実を受け入れる事が出来ない、受け入れたくない少女の悲鳴。

その叫びは、その場にいる人々の心を刺し貫き動きを止めた。

階段の上で泣きわめいていた少女すらも、息をのみ、押し黙る。

「ああああああああ～～～～」

すべての音が消えた空間で、ただミーシャの慟哭だけが長く重く響き続けた。


ベッドへと横たえられたレイアースを、ミーシャは傍に置かれた椅子に座りただ見つめ続けていた。

唇の血は拭かれ、首をまっすぐに戻した母親はただ眠っているだけのようにも見えた。

だけど、ミーシャの薬師としての眼は、そんな甘い夢を抱かせてはくれなかった。

血の気の失せた白い肌も上下することをやめた胸部も、全てが目の前の死をミーシャに突きつけてくる。

（なんで……。なんで、こんな事になったの？）

もう二度と開かれることのない閉じられた瞳を見つめ、ミーシャはもう何度目になるかも分からない問いを繰り返す。

階段の前で止められていなければ。

貧血で足元がふらついていなければ。

足が悪くなければ、踏ん張れたんじゃないか。

そもそも、血を分け与える治療などしていなければ。

せめて……、せめて自分が側にいれば。

幾つもの「もしも」が浮かんでは消えていく。

だけど、今更そんなことを考えたって、取り返しなどつかないのだ。

(だって、母さんは死んでしまった)

ほろほろとミーシャの頬を涙がつたい落ちる。

どれほど泣いても涙が尽きることは無いのだと、何処か不思議な気分でミーシャは考えていた。

どれほどの時間、そうしていたのか。

ミーシャにはよく分からなかった。

一時間かもしれないし、半日かもしれない。

母親の死を確認したあの時から、ひどく時間の流れが曖昧だった。

「ミーシャ様、せめてコレだけでもお飲みください。体から水分が無くなってしまいます」

初めてこの屋敷に来た日から、ずっと側にいてくれた年かさの侍女がそっとグラスを差し出してくる。

それを反射的に受け取り口に含めば、かすかな甘みとミントのさわやかな香りが感じられた。

カラカラに渇いた喉にその水は優しく染み渡った。

「……おいし」

ポツリとつぶやきが漏れる。

それは静かな部屋に思いの外大きく響いた。

「……こんな時でも、美味しいって感じたり、するのね」

「人は、生きていかねばいけませんから」

何気なくつぶやいた言葉に返事が返ってきて、ミーシャは驚いたように母親から視線を上げた。

いつものお仕着せを着た侍女が、伏し目がちにそこに立っていた。

「どんなに辛い日でも、人は越えていかなくてはならないのです。それが、生きている、ということですから」

「……生きて？」

ミーシャは、ぼんやりと緩慢な頭に侍女の言葉が染み込んでいくのを感じた。

「そうです」

ただ一言。頷かれて、ミーシャはギュッと目を閉じた。

「……もう一杯、何か貰えますか？　今度は温かいものが良いです」

ミーシャの絞り出すような言葉に、侍女は静かに頷いて踵を返す。

その背を見送り、ミーシャはもう一度ベッドへと視線を移した。

「……生きる、わ。私。……母さん」

父親の意識が戻ったと連絡が来たのは、ミーシャが温かい紅茶を飲み干した時だった。

暗闇の中、ボンヤリと立ち尽くしていた。

（ここは……どこだ？　おれは、なんでここにいるんだ？　……おもいだせない）

そもそも立っているのか、横になっているのか、それすらも曖昧で自分の存在さえ見失ってしまいそうだ。

ただ、そこが凍えてしまいそうなくらい寒い事だけはなんとなく感じていた。

（なんでこんなに寒いんだろう。おかしいな……）

そろりと自分の体をさすり、緩慢な動作で辺りを見回すと、遥か遠くに光のようなものが見えた。

何かに呼ばれているかのように、あれほどピクリとも動かなかった足が動き始める。

（そうか。あそこに行けば良いのか）

自分の意思とは関係なく歩を進める足を、不思議に思う事なく身をまかせる。

きっとあそこは暖かいのだろう。だって、あれほど柔らかな光が見えるのだから……。

少しずつ光に近づいていたその時、突然ドクン、と鼓動が跳ねた音を聞いた。

そう、思った時、ジンワリと凍え切っていた体が温かくなってきたのを感じる。

トクン、トクン、トクン……。

自分の鼓動と重なるように誰かの命の音が聞こえる。

そして凍え強張っていた体が内側から温かくなってくると同時に、ボンヤリと何も考えられなかった頭が動き出す。

（そうだ、私は戦場で怪我をして……、何故、こんなところに？　ここは、どこだ？）

見渡す限りの闇の中、見えるのは遠くに仄かな明かりのみ。

その光は暖かく、安らぎに満ちている気がしたが、本能的に行ってはいけない、と強く感じた。

あそこに行けば、自分は二度と愛しい者たちに会う事は出来なくなるだろう。

(だが、何処に行けば良いのだ?)

迷い悩む耳が、微かに自分を呼ぶ声を捉えた。

それは、誰よりも何よりも大切な人の声。

どうせ何も見えぬ暗闇と割り切り、目を閉じると声の聞こえる方へ向かって足を踏み出す。

心配そうに、不安そうに響く自分を呼ぶ声。

その声だけを頼りに、重い足を必死に前へと運んでいった。

(……大丈夫。今すぐ戻るから、そんな声を出すな、レイアース)

八　失ったもの　残されたもの

意識が戻った父親は、未だボンヤリとして夢現を彷徨っているようだった。

言葉を発することはできず、いくつかの質問に瞬きと握った手に力を込めることでやり取りをしただけで、再び力尽きたように眠りについた。

だが、ミーシャは、その様子に確かな回復の兆しを見いだした。

少なくとも、自分の名前やミーシャの顔を判別することができたのだから、脳に深刻なダメージは残っていないだろうと判断したのだ。

その事を側で見守っていた執事に告げれば、ホッとしたような顔で涙ぐんでいた。

傷の様子を見て、薬と包帯を替え、ミーシャはその場を離れた。

傷薬の補充もしたかったし、何より、母親の側に少しでも長くついていたかったからだ。

廊下を足早に進むと、向かいから女性がやってくるのが見えた。

母親と同じ年くらいの上質なドレスを纏(まと)った女性。

誰に教えられずとも、ミーシャはその女性の正体に気付いた。

(この人がローズマリア様)

明るい茶色の髪は、突然食ってかかってきた少年と同じ色をしていた。瞳はもう少し淡い色をしているから、少年の眼は、父親からもらった色なのだろう。

なんとなく、廊下の隅に避け、女性をやり過ごす。すれ違いざまにちらりと視線が向けられたが、声をかけられることは無かった。

ミーシャは、そのことに安堵してそっと息を吐き出した。

どんな言葉をかけられたとしても、なんと答えて良いのか思いつかなかったからだ。

彼女の娘によって母親は死に追いやられた。

故意ではなく、不幸な偶然がいくつか重なった結果かもしれないが、最後の引き金を引いたのは間違いなくあの少女であり、ミーシャは許すことなど到底出来なかった。

(少なくとも、今はまだ、無理。顔も見たく無いし、声だって聞きたく無い)

キュッと唇を噛み締め、止まっていた足を動かす。

溢れそうになる涙を呑み込むのは容易では無かったが、こんな誰の目に留まるか分からない所で泣きたくは無かった。

結局、今の状態の父親に母親の死を告げることなど出来ず、レイアースの遺体はひっそりと公爵家の墓所に納められた。

送る人の殆どいない葬儀はとても寂しいものだった。

ミーシャとしては、森に連れて帰ってあげたかったが、未だ不安定な状態の父親から長く目を離すわけにもいかず、取り敢えずはあきらめた。

それでも、せめてこれだけはと、自分と同じ色をしたレイアースの髪を一房切り取って、ミーシャは大切に紙に包むと薬箱の隠し引き出しの中にしまい込んだ。

葬儀の時、祖父が「申し訳なかった」とミーシャの肩を抱いて謝罪した。その時流した涙を最後に、ミーシャはもう泣く事をやめようと思った。いつまでも泣いてばかりいたら、母親を心配させてしまうと思ったのだ。

幸いにもやる事は山のように溢れていた。

朝から晩まで、怪我人の間を駆け回り、夜は気絶するように眠りにつく。

そうしていれば、気も紛れたし、母親の死について深く考えなくても済んだ。

一種の現実逃避だと分かってはいたが、今のミーシャは他の術を知らなかった。

だから、心配そうな瞳で自分を見つめる人たちのことも気付かないふりでやり過ごす。

そうする事で、どうにか立っていることができた。

（こうして、ちょっとずつ平気になって、元気になるんだわ）

そう、ミーシャは自分に言い聞かせていた。

だが、それは治らない傷口を無理やり布で押さえつけてごまかしている行為に過ぎなかった。

たとえ、痛みを伴ったとしてもしっかりと傷を洗い塞がなければいつまでも疼き続けるのだと知っていたけれど、今のミーシャにはそれ以上、どうして良いのか本当に分からなかったのだ。


そして、日々は流れ、父親がどうにか半身をベッドで起こす事が出来るようになった頃、遂に戦争は終わった。

ミーシャは詳しくは分からなかったが、どうも争っていた国と反対側にある大国と手を結ぶ事で後ろ盾をつくり、どうにか終戦に漕ぎ着けたようだ。まさに虎の威を借る狐、というやつである。

もちろん、そんな同盟が対等な関係になる訳もなく、ほとんど属国のようなものになるようだったが、敗戦して他国に呑み込まれるよりは一応国の体裁はとられている分マシ、という事なのだろう。

同じ頃、ようやく父親に母親の死を伝える事ができた。

姿を現さないレイアースに薄々と真実は感じ取っていたものの、娘の手による『事故死』と知った父親は、地の底まで落ち込んだ様子だった。

「私の代わりにレイアが死んだようなものだな」

ポツリと呟いたまま黙り込んだ父親が、何を感じていたのかはミーシャには分からなかった。

けれど、母親を失って心から悲しんでくれる人が増えた事はなんとなく嬉しかった。

そっと父親に寄り添えば、弱った体でそれでも抱き寄せてくれた。

すっかり痩せてしまった腕の中はそれでも温かく、ミーシャは久しぶりに母親を想って泣いた。

その涙は、一人きりで零したものよりなぜか温かく、心に凝った何かを少しずつ洗い流してくれるようだった。

理不尽に母親を奪われたという思いも恨みも消えそうには無かったけれど、ミーシャはようやくそれらから目を背ける事を止める勇気も持つ事ができた。

人を恨む気持ちを自分が持っていると認める事は、母親が死んだ事実と向き合う事と同じくらいミーシャにとっては辛いものだったけれど。

「母さんは父さんを救えて幸せだったと思うわ。だから、生きている事を悔やまないで」

意気消沈した父親が、このまま再び倒れてしまいそうで心配だった。

だから、まだ涙の残る目で父親を見つめてミーシャはしっかりと伝える。

レイアースの想いを無駄にはしてほしくなかったし、もう、家族を失うのは嫌だったから。

「……そう、だな。……そう」

涙の浮かぶ瞳を閉じ、父親は自分に言い聞かせるように何度も何度も呟いていた。


明かりの落とされた部屋の中、男はジッと暗闇の中何かを見つめていた。

生死の境をさまよった体はまだ、思うように動かす事ができず、男の苛立ちを誘う。だが、ここで無理に暴れたところで何にもならない事は分かりきっていた。

（……レイア。お前は何を思って逝ったのだ？　不甲斐ない俺を恨んだか？　残していく我が子を哀れんだのか？）

思いを馳せても全てが虚しかった。

あの日。

不自由な足を庇いながらも腹に宿った我が子を守るために、森にこもる事を選んだレイアースを思い出す。

ローズマリアとの離縁を実行しようとした自分を止めたのは、レイアースだった。

どうしようもなく人を愛す気持ちも、独り占めしたい気持ちもわかるから、と。

「元々、町の暮らしには馴染めなかったし、森に行けるのはむしろ嬉しいの。公爵としての貴方を支える事は私には出来ないし、後から割り込むような真似をしたのは私だもの。この子もいるし、寂しく無いわ」

ほんのりと膨らんだ腹に手を当ててにっこりと微笑んだ笑顔を、つい昨日の事のように思い出せる。

それからの日々も表面上は穏やかに過ぎた。

目の前からレイアースが消えた事で荒れていたローズマリアの気持ちも落ち着いたようで、公爵夫人としての社交も立派にこなしてくれた。

忙しく各地を駆け回る自分に代わり、内向きの事や子供の教育もしっかりこなしてくれているように見えた。

レイアースへの気持ちとは違うが同士のような親愛の情を確かに持っていたし、伝わっていると思っていたのに。

ギリっと噛み締めた唇が破れ、血が滲んだ。

どうしても、許す事など、出来そうにもなかった。

勝手に裏切られたような気分になっていると言われればそれまでだろうし、ローズマリアにも言い分はあるだろう。

だが、何も聞きたくはなかった。

一度は、呑み込んだ。

だが、その結果待っていたのは喪失と失望だった。

もう、同じ過ちを繰り返したくはない。

護るべき者はまだ一人、残っている。

(今はまだ、その時では無い)

思うように動けない体では、指示を飛ばす事も難しい。先ずは、体を万全にするべきだ。

滲む血を舐めとり、必死に自分に言い聞かせる。最愛(レイアース)と引き換えに残された命を無駄にするわけにはいかないのだ。

「あの日、国など捨ててしまえば良かった……」

ぽつりと漏れたつぶやきは虚しく闇に溶けた。

父親の傷は癒えてきた。

他の怪我人たちも順調に回復して、ミーシャの指示がなくとも困ることはほぼなくなった。

なにより、戦争が終わり、戦地より医師(元助手)も帰って来た為、引き継ぎさえ終わればミーシャのする事はほぼ無くなったと言っても良い。

(どう、しようかな……)

最後の引き継ぎを終え、丁度昼になったので自室へと戻ってきたミーシャは、ぼんやりと窓辺へ座り外を眺めていた。

（森に帰っても良いんだけど……）

一人で森で暮らしていけるだけの技術は持っているし、父親にお願いすれば、定期的に物資を届けてもらう事は可能だろう。

代わりに薬を提供するようにすれば、一方的な施しでは無くなるし、気兼ねもいらない。

森での暮らしは性に合っている、と、思う。

ただ……。

（独りぼっちで森に籠もって、それでどうなるっていうの？）

今までは母親がいて、定期的に父親も会いに来てくれていたから、寂しさなど感じなかった。だけど、もう母親は居ないし、そうすれば、父親だって今までのように通ってくる事は無いだろう。

そもそも、父親の体は回復しても長く馬に乗る事は難しいだろうとミーシャは予測していた。

頑張れば、日常生活に支障が無いくらいまでは回復するだろうが、今までのように走ったり激しい運動をすれば痛みが走るはずだ。

（父さんの身体がもう少し動くようになるまではここに居ても良いかもだけれど、ずっとここにいる気にはなれないし、なぁ……）

迷いながら、空を仰ぎ見る。

大分落ち着いてきたものの、母親を奪われたという想いは消えないし、向こうも精神的に嫌だろう。

現に、相手の少女は部屋に閉じこもって出てこないらしい。

その時、不意にミーシャの脳裏に一つの面影が浮かんだ。

「……伯父さん、今、どこにいるのかしら？」

探究心のままいろいろな国を放浪している伯父は、不定期に森へと遊びにやってきていた。しっかりと決まっているわけではないが大体一年半から二年に一回の周期で顔を出していた気がする。

「前に来たのが、十一歳の誕生日を少し過ぎた頃だったから、そろそろじゃないかしら？」

一族の中でも優秀で、その分とびっきりの変わり者らしいが、ミーシャの事は何かと可愛がってくれていた。

「連れて行ってくれないかしら？」

師と仰ぐ母親は居なくなったが、自分がまだ薬師としては未熟だというのは、今回の事で思い知った。伯父の旅について回り、経験と知識を積むのは薬師として、とても魅力的だ。出来ることなら、母親の育った森にも行ってみたいし、連れて帰ってあげたい。

口に出すことは決してなかったけれど、母親が故郷の森を懐かしんでいた事をミーシャは知っていた。

「とりあえず、森の家に帰って伯父さんが来るのを待って、一緒に連れて行ってくれるよう頼み込んでみよう。で、どうしても断られたらその時また考えよう」

心を決めてしまえば、迷いは消えた。

とりあえず森の家に帰る計画を立てようと立ち上がったミーシャは、父親の部屋へと足を向けたのだった。

父親への面会を求めて部屋を訪ねたミーシャを待っていたのは、渋い顔をした面々だった。

まだベッド上で半身を起こすのがやっとの父親を囲むように、父親の側近達や祖父、そして珍しいことに正妻であるローズマリアの姿もあった。

「その子を差し出せばよろしいではありませんか。側室腹とはいえ、その子とて公爵家の娘なのですから」

冷たく澄んだ声と共に尖った視線を向けられ、訳のわからないミーシャは首をかしげるしか無い。

「……こんな時だけ、公爵家の娘扱いか。都合の良いことだな」

しかし、ベッドの上から、ぼそりと父親がつぶやいた言葉はそれ以上の冷たさをはらんでいた。

その冷たさに、自分に向けられたわけでも無いミーシャの肩までピクリと跳ねる。

「どこの馬の骨とも知れない人間の血が入ったものをこの屋敷に迎え入れたく無いと、常々言っていたのはお前だろう、ローズマリア。おかげで、ミーシャは十三になっているのにデビューすらさせてやれていない」

淡々と突きつけられる言葉と冷たい視線にローズマリアは動揺したように視線を揺らした。

少なくとも結婚してから今まで、直接に夫のこんな風な視線にさらされたことがなかった。

冷たく凍える、まるで他人を見るかのような……。

「もっとも、デビューの件については、ミーシャの母も本人も望んでいなかったから、大した問題では無いがな。まぁ、そのおかげで、此度の件は選択の余地も無い」

あっさりと視線を外して肩をすくめると、自分を囲む人々をぐるりと見渡す。

「社交界にデビューもしておらん娘をこの家の娘として嫁に出すわけにもいかんだろう。当初の予定通り、ライラに嫁いでもらおう」

「あの子はまだ十四です！」

夫の言葉にかぶせるように、ローズマリアは悲痛な声で叫んだ。

「そこにいるミーシャは十三だな」

「ライラは傷心で寝込んでいるのですよ⁉」

「ミーシャも不幸な事故で母親を亡くしたばかりだが？」

家人の誰もが知っていながらあえて触れない事故に言及され、ローズマリアは黙り込み、扇の陰で顔を俯かせた。

「我が公爵家どころか国の代表だ。名誉なことだろう？　運が良ければ大国の国母にすらなれるのだから」

皮肉気な言葉に遂には目を潤ませ無言で退出していくローズマリアを、数人の使用人が追いかけて行った。

ローズマリアの実家の息がかかった者達で、急ぎ今後の対策を練ろうというのだろう。

それらを見送ると、父親はため息と共に背後に積み上げられていたクッションへと体を預けた。

「……父さん？」

訳がわからないながらも、どうやら自分にも関係のある話題だったのだろうと当たりをつけたミーシャは、ベッドの側に近づくとそろりと父親を呼んだ。

目を閉じていた父親は、その声に疲れたような視線を向け苦笑を浮かべた。

「そんな顔をするな。大したことでは無い。気にしなくていい」

「でも……」

ローズマリアの尋常では無い様子と「国の代表」や「大国の国母」という言葉達に不穏な響きを感じ取り、ミーシャは眉を寄せた。

「……同盟国に側室として娘を一人嫁がせる事となった。だが、王家には適齢の娘が現在いない為、こちらに声がかかったのだ。養子に入ったとはいえ、私は現王の実の弟だからな」

納得していないミーシャの様子に、父親は渋々理由（わけ）を話してくれた。

その説明にミーシャの眉間のシワは更に深くなる。

同盟とは名ばかりの実質属国となった国の娘が差し出されるのは、要するに人質のようなものだろう。しかし、王族ならともかく公爵家の娘となれば、いざという時、切り捨てられる確率は非常に高そうだ。

親ならば、そんな所に子供を差し出したいわけが無い。

（だからって身代わりになる気もおこらないけど……）

ライラというのは、あの時レイアースに一方的に叫んでいた少女だろう。十四歳にしては立派な体型だったが行動は非常に幼かった。

おそらく、母親や侍女達に蝶よ花よと育てられた口だろう。

そんな少女が他国の王家に人質同然に嫁がされる、など、幸せになれる未来なんてこれっぽっちも見えなかった。

「ミーシャは気にしなくても良い。今まで、国や公爵家の恩恵を受け、何不自由なく暮らしてきたのだ。そうである以上、これは貴族として、当然の義務なのだから」

そうまで言われれば、ミーシャとしては言うべき言葉は何も無かった。

「私、そろそろ森の家に帰ろうかと思って相談にきたの」

父親を訪ねてきた本来の目的を思い出し、ミーシャは、ぽつりと呟いた。

正妻側の人間には大歓迎だったはずの相談が、なんとも微妙な意味を持つものになってしまい、ミーシャは、どうにも居心地が悪いと俯いた。

「……一人で森にこもるのは寂しくは無いのか？　ここに居れば良いだろう？」

「私の家はあそこだから。飛び出すように出てきたから、どうなっているかも気になるし」

気遣わしげな父親にミーシャは、少し迷いながらも思っていることを告げる。

「……寂しくなるかもしれないけど……。その時は、会いに来るから」

ミーシャとしては、本当は、もう少し屋敷にいて父親のリハビリを手伝うつもりだったが、どうも長居は面倒に巻き込まれるだけだと気づいてしまった。

父親も祖父も、自分を嫁がせる気は無さそうだが、ローズマリアのあの様子では、何か仕掛けてくると考えるのが妥当だろう。

同じ懸念に父親も行き当たったのだろう。

健康な状態ならいざ知らず、今の自分はベッドから一人で下りることもままならないのだ。

じっとレイアースの面影を写し取った娘を見つめると、深々とため息をついた。

森の翠を宿した瞳は揺るぎなく父親を見つめていた。

そこにはほんの少しの迷いの色も無かった。

「……騎士の誰かに送らせよう。何かあったら……いや、何もなくとも定期的に近況を手紙で教えておくれ。私も、早く体を治し、会いに行くから」

「はい、父さん。約束します」

父親の譲歩にミーシャはニコリと笑って頷いた。


「いやよ。こんな事、認められないわ」

逃げるように自室に戻ったローズマリアは、持っていた扇を床に向かって投げつけると、宙を睨みつけた。

大切な娘が人質として他国にやられるなど、認められるはずもなかった。

しかも、彼の国の王は華美を嫌うとして、付ける侍女も持ち物も最小限にしろとのお達しである。

この国の公爵家の娘として幸せな未来を得るはずだった娘が、そんな惨めな状況に耐えられるはずも無い。

脳裏に先程見た少女が過る。

翠の瞳が不躾なほど真っ直ぐに自分を射貫いていた。

それが、母親にあまりにもそっくりで、ローズマリアの胸を掻き乱さずにはいられなかった。

同時に、夫の冷たい瞳と言葉を思い出す。

言葉にされなくとも分かる。

「絶対に許さない」とその瞳は語っていた。

(死んでまで、なんて邪魔な女なのかしら)

ローズマリアからしてみれば、女が死んでしまったのは不幸な事故でしかなかった。

だいたい、まだ十四の娘に軽く肩を押されたくらいで、あんな風にふらついて階段から落ちてしまうなど、誰が思うだろう。

それを、誰もかれもがまるで娘が故意にあの女を突き落としたかのような目で見てくるものだから、娘はあれ以来、一歩も部屋から出て来ようとしなくなってしまった。

「ライラだって被害者じゃない。こんな事……」

だけど、あの冷たい瞳を見てしまえば、決定はそうそう覆らないと考えたほうが良いだろう。

「可愛い娘を死地に追いやるような事をするなんて、信じられない。死の淵を彷徨って、あの人は変わってしまったのだわ」

嘆きながらカウチへと体を投げ出せば、気遣わしげに侍女たちが寄り添ってくる。

「ひとつ考えがございます」

娘の今後を嘆き悲しむローズマリアの耳にひそりと言葉が流し込まれた。

それは、実家より嫁いで来た時から、まるで影のように側に付き従う護衛の声だった。

「あのご様子では、旦那様が前言を翻す事は無いでしょう。では、もっと上から働きかければ良いのです」

「……もっと上？」

首をかしげるローズマリアに護衛の男は頷くと、膝をつき首を垂れた。

「奥様は何の心配もされなくて結構です。いつものように全て、私にお任せください。必ず、憂いを晴らしてご覧にいれましょう」

目の前に膝をつき、恭しく首を垂れる護衛にローズマリアは鷹揚に頷いた。

「そう……。そうね。貴方に任せておけば安心だわ。いつだって、貴方たちは私の味方ですもの、ね」

護衛の男を。そして、部屋に控える侍女達をぐるりと見渡してそう呟く。

ここにいるのは、嫁ぐ時に父親が自分につけてくれた者たちだ。

いつだって自分の最大の味方でいてくれた。

「お願い。私の娘を助けてちょうだい」

「御意に」

もう一度深々と頭を下げ、男は素早く部屋を出て行った。

九　新たな出会い

父親に森に帰ると宣言してから数日が過ぎたが、ミーシャはまだ屋敷に留まっていた。

興奮したのが祟ったのか夜間より父親の熱が上がり、状態がまた悪くなった為だった。

熱さましを飲ませ、朦朧とする父親の喉を水で潤し、付きっ切りで看病した甲斐があって二日ほどで熱は下がったが、今度は傷の炎症が再び起こってしまったのだ。

父親の傷が回復してきたのを確認して、ミーシャは安堵の息を吐いた。

もう傷が膿む事はなく、新しい肉が再生し始めていた。

元々騎士として鍛え上げられていた体である。回復に向かえば、早いのだろう。

まだ当てた布に血や汁が滲んでいるが、透明に近い水分は細胞が活性化している証拠だ。悪い印ではない。

（いっそ、縫合してしまった方が治りが早いかしら？　でも、後々の事を考えれば、このままの方が……）

相談できる相手がいない事がとても歯がゆかった。知識はあっても経験の少ないミーシャでは、治療の最善を選び取るのがとても難しかったから。

（……カインにおじさんを捜してもらう？　一応、顔合わせはしているし、もうそろそろ訪ねてくる頃合だと考えれば、この国にいるか近隣には居るはず……）

母親以外に頼れる唯一の存在を思い出し、首を横に振った。

母親が、故郷との縁が切れていると言っていたのには何か意味があるはずだ。

その意味が分からない以上、迂闊な行動は控えた方が良いだろう。

ミーシャは、自分の持つ知識と技術が、この国では異質なものだと気付き始めていた。

戦場から帰ってきた医師と父親の今後について相談したのだが、なかなか話が噛み合わなかったのだ。

そもそも、怪我の後遺症に対して何かをする、という概念がないようなのだ。

命が助かったのだから、多少の不自由はしょうがない、とか。歩けないのは傷の為でしょうがない、とか。

背中の傷は確かに深かったが幸い下半身不随となるほど神経は傷ついていなかった。今、歩けないのは長い間ベッド上で動かなかったことによる筋肉の衰えの方が大きいのだ。

出来るだけ早くそれらの筋肉をほぐし、歩く練習をしなければ、本当に動けなくなってしまう。

唖然としながらそれらを説明し、理解してもらうのは本当に大変だった。

（森の民って、なんなんだろう？）

伯父を見る限りは自由な旅人のイメージだった。

旅の話を面白おかしく話してくれたかと思えば、母親と新しく発見した薬草について夜通し討論したりする。

陽気でおおざっぱ。でも薬や治療のことに関しては真面目。意外と頑固で、でも新しい物に興味を示す大らかさもある。

伯父に話してもらった経験談は、ミーシャの貴重な知識の一つとして蓄えられていた。

さらに、母親がポツリポツリと漏らした話を思いだしてまとめれば、薬師としての知識を持ち、山奥でひっそりと薬草や医療技術の研究をして暮らしている一族らしいということだった。

（それなら、自由に各地を巡っているおじさんは変わり者なのかな？）

仙人のようなイメージの『森の民』と実際にあったことのある伯父のイメージが合わなくて、ミーシャは思わず笑いそうになった。

（行ってみたいな）

今回、父親に使われた未知の技術。

血の秘密とは何なのだろう。どうして、同じように見える赤い液体が、人によっては薬になったり毒になったりするのか？　ミーシャの中に好奇心が湧き起こる。

誰も知らない秘密の村。

ミーシャを育て慈しんでくれた母親が、あの豊富な薬の知識を育んだ場所である。

（そこに行ったら、もっといろんな病や怪我の治療法を教えてもらえるのかな？　お母さんが知らていく。

ないような事もいっぱいある？）

師でもあったレイアースを亡くしたミーシャに『森の民』の住むというその場所への憧れが募っていく。

ぼんやりと思考の海に沈みながらも、ミーシャの手は的確に動き、父親の傷の手当てを行っていく。最後の包帯を巻いた時、慌ただしいノックの音にミーシャは我に返った。

隅に控えていたメイドが素早く扉を開き対応してくれるのを横目に見ながら、ミーシャはベッドから下り乱れた衣服を整える。

なにしろ、少しは動けるようになったとはいえ、自分より体の大きな人間に包帯を巻くのは大変なのだ。

助手を買って出てくれた従者に手伝ってもらい二人がかりの大仕事だ。

「ディノよ、王からの手紙を持ち使いが来たんじゃ。なにやら火急の用で、返事がほしいらしく待機しておる」

杖をつきつつやってきたのは領主代理をしている祖父で、その手には封蝋の施された封書が握られていた。

横向きに寝たまま差し出された手紙を受け取った父親の目が、取り出した手紙の中身をたどるうちに驚いたように見開かれた。

「なんだ、これは!?　なぜ、ミーシャを隣国へ差し出さねばならない!?」

叫ばれた言葉に、ミーシャは驚いて息を呑んだ。

（私が隣国に？）

脳裏に父親とローズマリアの会話が蘇る。

異母姉が行くと言っていた、アレの事だろうか？

「あの話はライラが行くと返事をしていたはずじゃろう？　何故、ミーシャに？」

寝耳に水だったのは祖父も同様だったようで、怪訝そうに首を傾げている。

「どうも、ミーシャが薬師としての力を持っている事が伝わり、隣国が興味を示したようです」

眉を顰めつつ、父親が手紙を差し出してくる。

それを受け取り目を通した祖父が、今度こそ驚きの声を上げた。

「手紙をもたせた使者と共に、登城せよと書いてあるではないか！　なんて無茶を言うておるんじゃ、あやつ！」

「そんなの無茶です！」

その言葉に、ミーシャはとっさに前に出た。

だいぶ良くなったとはいえ、父親はまだ動けるような状態ではない。今、無理をすればせっかくふさがりつつある傷が再び開いてしまうのは明白だった。

何より、弱りきった体は未だ立つ事さえできないのだ。

泣きそうな顔で止めるミーシャに二人は顔を見合わせ、首を振った。

「そうではない。ディノが体を動かせんのは周知の事実だし、そこまで無茶は言わんよ。来いと言われておるのはわしとそなたじゃ、ミーシャ」

祖父はそう言って、ミーシャに手紙を見せてくれた。

そこには、隣国からの使者がきて、「森の民の薬師」に会わせろと言っていて、本物ならば、こちらに寄越せと主張している旨が書かれていた。

「……これ、母さんの事なんじゃや？」

思わずつぶやけば、困ったように頷かれる。

「おそらく、何処かで情報がこんがらがったんじゃろう。レイアースの死は、あやつにも伝えておるはずなんじゃが」

「……私は反対です。何があるかもわからない場所にミーシャをやるなど」

きっぱりと言い切る父親に祖父が眉を寄せた。

いくら王弟とはいえ、王様の招集を簡単に退けられるものではないのだ。

そもそも、隣国の使者が望んでいる以上、弱い立場のこちらが無下にして断る事もできないだろう。

「……私、行きましょうか？　あちらが望んでいるのが「森の民の薬師」なら、私を見て母が亡くなっていることを伝えれば、諦めるのではないでしょうか？」

にらみ合いのようになっている二人の空気に耐えられず、ミーシャは自ら提案した。

ミーシャには『森の民』の存在価値がいまいち良く分からないが、どうやら大国の王様が興味を持つほどのものらしい事は分かった。

確かに、ミーシャも父親の今後の治療について話し合うときに、医師との知識の差に戸惑ったくらいだ。多くの民を抱える為政者にとってはそれらの知識が魅力的なのだろうことは、想像がついた。

そして、ミーシャを足掛かりに『森の民』とつながりを持ちたいのかもしれない。

しかし、ミーシャは本当に『森の民』について何も知らないのだ。

母親は、自身の持つ薬や治療の知識は教えてくれたけれど、生まれ育った場所については、人里離れた森の中、程度のことしか語らなかった。今思えば不自然なほどにその話題から避けていたのだが、その時のミーシャが疑問を持つことはなかった。

幼いミーシャにとって森の家が世界のすべてだったし、長じてからも、母親の愛に満たされ不満など何もなかったのだから。

知らないことは答えようがない。

もしかしたら、こうなることを見越して、レイアースはあえて教えなかったのかもしれないが、今となっては真相は闇の中だ。

何しろ、どんな偉人でも死者と話をすることはできない。

祖父だけ赴き説明してもいいが、行ったり来たりの議論を重ねるより、いっそのことミーシャ本人が乗り込んでいった方が話は早いだろう（だいたい、お母さん仕込みとはいえまだ勉強中の身だから私自身の価値なんてないだろうし）。

さらに言えば、『森の民』という御大層な看板の後に、実際のミーシャを見れば「こんな子供が？」となるはずだ。

なにより、ようやく体調を元に戻してきた父親が、そんなことで煩わされてまた状態が悪化してしまうのは心配だったのだ。

母親に続いて父親まで死神の鎌に狩られるのを見たくはなかった。

「だが……」

渋る父親に、形ばかりとは言え同盟を結んだばかりの大国が、嫌がる少女を無理やり即座に連れ去ることはいくら何でもないだろうと、祖父と二人がかりで説得する。

さらに、それなら自分も行くとごねる父親を、もしも傷が開いて死んでしまったら自分も生きてはいけないと、泣き落とすように許可をもぎ取るころには結構な時間が経過していた。

結局、興奮したことが傷に障ったのかぐったりしてしまった父親を医師に任せると、ミーシャは、自分の持って来た服の中で一番まともな物を身につけた。

シンプルな麻のドレスだが、つい最近仕立てたばかりだし、暇つぶしにと母親と施した刺繍がそれなりに華やかに見せてくれる。

「まぁ、何か言われてもこれしかないのは事実だし、しょうがないよね」

本当は急ごしらえでもドレスを……と持ってこられたのだが、明らかにライラのお下がりとわかる美しい衣装に袖を通す気にはなれず、首を横に振ったのだった。

(それを着るくらいならば、みっともないと咎められるほうがいい)

それは、ミーシャの譲れない思いだった。

せめてもと髪を緩く編み込み髪飾りの代わりに花をいくつか挿せばそれで完了、だ。

玄関で待っていた祖父にエスコートされ馬車に乗り込むと、一つ息をついて車窓を眺める。

頭の中では母親に教えられた目上の人に会った時のマナーを必死に思い出していた。


(なんで俺が王の側室候補を眺めに来なきゃなんないんだよ)

ジオルドは非常に不機嫌だった。

彼は大国で一応近衛兵をやっていた。が、元々は傭兵上がりの平民だ。ある戦場でたまたま王を助けて、気に入られてしまい、取り立てられた人間である。

この度めでたく新たなる同盟国（という名の属国）が増えたというニュースも、ましてやその国から新たに差し出される側室という名の人質の娘にも、本気で興味がなかった。

基本、日々を恙なく過ごせればそれで問題ない。出世欲もないし、面倒だから訓練だって最小限で済ませたいタイプだった。日々のちょっとした娯楽と、自分好みの酒があれば満足だ。

それが、何が悲しくて噂の真実を確かめるために、わざわざ隣国までやってこなくてはならないのか。

更に、噂が真実なら、他国に取られる前にサッサとさらって来いという無茶振りつきだ。

少し面白そうな顔で自分にそんな命を下した王に本気で食ってかかりそうになった。

周りに他の人間もいたからどうにか呑み込んだが、二人きりなら間違いなく散々文句を言って断っていただろう。

そもそもしがない一近衛兵でしかないジオルドになんでこんな面倒ごとが押し付けられたかといえば、傭兵時代、本物の『森の民』に遭遇し、命を助けられた経験があったからだ。

会ったことがあるのなら本物かどうかの判断もつきやすいだろう、と言われたのだ。

「そんな無茶な」と嘆いたジオルドに仲間の近衛兵はかなり同情的だったが、代わってやろうという優しさを発揮する人物はついぞ現れなかった。

挙句、着いた先で「森の民の薬師」の話を出せば、なぜか非常に鈍い反応を返された。

その存在を把握していないわけでも無さそうなのだが、どうにも口が重い。

それを大国の強みを前面に押し出し、口を割らせれば、確かに弟の側室だったがつい先日不幸な事故で命を落とした。娘はいるが、その少女がどういう存在かはよくわからない、との事だった。

どうも人里離れた森の奥でひっそりと暮らしていたらしく、姪にあたる存在ではあるが一度も会ったことが無いそうだ。

その時点で、ジオルドにはなんのことだか、という感じだったが、此方も一応自国の王命を背負ってきた身である。

どうにか、その少女に会わせてもらえるように都合をつけて、現在、登城を待っているのである。

気分を落ち着けるために入れられた紅茶を飲みながら（冷たいエールが飲みたいなぁ）とぼんやり考えた。

家に戻ったら即行で行きつけの店へ行こうと心に誓った時、ようやく待ち人が現れた旨を伝えに侍従がやってきた。

（サッサと終わらせよう）

ジオルドは残りの紅茶を飲み干すと重い腰を上げた。


そもそも、『森の民』とはどういう存在なのか。

ミーシャの住む国はあまりにも遠国であった為それほど詳しく伝わってはいなかったが、特に戦の多い国では有名な存在だった。

霊峰トランドリュース。

カーマイン大陸の最北の地にそびえたつ山で山頂付近は一年を通し雪に覆われ、切り立った崖とうっそうと茂る巨木の森に守られ、人が生きていくのにはとても適していない場所であった。

だが、今より二百年ほど前、住んでいる土地から追われ、逃げるように山に入り込み住み着いた一族がいた。

どうやって厳しい環境に適応したのか、語るものもいないため詳しい経緯は分からない。

だが、その一族は確かにその地に居を構え、村を築き、ひっそりと生き延びた。

もともと薬師を生業としていたその一族は人知れずその村で、長い年月をかけ技と知識を磨き、気まぐれのようにいろんな場所に現れては、その技をふるった。

不治の病をいやし、死神の手に攫われそうになっていた怪我人を救い、膨大な死者を出した流行り病を収めてみせた。

「薬師」と名乗ってはいるがその腕は医師にも勝り、また、誰も知らぬ独自の技術を有していた。

基本は何処の国にも仕える事はなく、例え財宝を積まれても気が向かねばその技が振るわれる事は無い。

また、捕らえようとも隠密行動に優れている為容易には足取りが追えず、運良く捕らえたとしても前述の通り気が向かねば指一本動かさないという徹底ぶり。

救われた人々は、その技を神の奇跡と崇め、自分たちの下へとどまることを懇願した。

何しろ貧富の差別なく対価を求めることもなく人々を死から救い上げてくれるのだ。

医者にかかる金もない貧民はもちろん、金は持っていても医者から手に負えないと匙を投げられた金持ちまでその手に助けられたものは多く、一様に言葉にできない深い感謝の念を持ち崇めようとした。

しかし、その懇願をすべて振り切り、さらりと姿を消してしまうのが常だった。

名を明かす事は無く、ただ穏やかに笑みを浮かべて患者を癒す彼らは、一様にまるで月の光を写し取ったような白金の髪と吸い込まれそうに美しい翠の瞳を持っていた。

人を拒む霊峰に住み、木々の色を瞳に宿したその一族はいつしか『森の民』と呼ばれ、静かにその名と存在を知らしめていった。

そして、噂を聞き付けた王侯貴族の「自分に仕えよ」という言葉にさえ首を縦には振らず、無礼者と命を奪われたものも少なくはなかった。

どうにかその命を救おうと、偽りでも首を縦に振るようにと懇願するかつての患者に、捕らわれの森の民は「歴史を繰り返すことは出来ない」と悲しそうに首を横に振ったという。

中には、隠れ里を見つければ秘義を得る事が出来るだろうと拷問にかけ、秘密を知ろうとする者もいた。

しかし、けして口を割る者は無く、口を閉ざしたまま笑みすら浮かべて過酷な拷問に耐え死んでいった。

ただ、死の間際。

「わが一族を害するものはそれ相応の報いを受けるだろう」とあでやかな笑みと共に言葉を残した。

そして、その言葉通り。

『森の民』を害し、命を奪った者たちに不思議な病が襲い掛かったのだ。

老若男女の別なく、身分の別もなく。

ある一族は体の末端から腐り落ち、また別の一族は体中を膿を噴き出す湿疹に覆われ悶絶死していった。

不思議な事にその病は召使や周辺の住人に広がる事は無く、一族を名乗る者だけをまさしく「根絶」して見せたのだ。

感染源も治療法も不明。強いてあげれば、女子供はそれほど苦しむことなく息絶えるのに比べ男達の悶絶ぶりは目を覆うものがあったという。

一度は偶然と思っても、同じことが二度三度と続けば、そこに何かの意図が透けて見えるものだ。

最後にとある小国の王族がその血を根絶やしにされたことで、『森の民』に対する不可侵条約のようなものが暗黙の裡に出来上がった。

手を下した者だけでなく目も開かぬ幼子までその命を刈られてしまうのだ。

まともな神経を持っているならば、手を出せなくなるのも道理。

命をつなぐ秘密を知るために、誰が自らの命を差し出したいものか。

なにより恐ろしいのは、その小国の王は秘密裏に命を下しただけであり、手を出したのは別の人間だった事だ。

その頃には「呪い」のような『森の民』の報復は知れ渡り始めていたため、進んで虎の尾を踏みに行くものなどいるはずも無かった。

最初に命を下された貴族もまた断れない弱き者へ、そうして最終的に下った命を実行したのは家族の命を楯にとられた末端の騎士であった。

叶わぬ望みと知りつつも、家族を救うために必死で見つけた『森の民』に隠れ里の場所を尋ねた。

そして、首を横に振られると「罰を受けるのは自分だけにしてほしい」と懇願し、その森の民が止める間もなく自害した。自分の死をもって、『森の民』に手を出せば死ぬだけだと思い出させることで、どうにか家族を救おうとしたのだろう。

すると、全ての人を飛び越え王族が奇病にかかったのだ。

最初は軽い手足のしびれ。次に末端の血流が滞りゆっくりと腐っていく。

最初は毒が疑われたが、どんな毒消しも効かなかった。病を疑うも、どのような文献をひっくり返しても同じような症例は見つからず、症状はゆっくりと確実にその体をむしばんでいった。

そして、心当たりに震えあがる最初に命を下された貴族の元に、深夜ひっそりと『森の民』を名乗るものが現れ、ことの顛末を囁く。

「あなたは運がいい。最初の命を下さなかったのだから。愚かな王をこれ以上つくらない事だ。理不尽に泣く人を増やすのは忍びないからな」

その後、貴族は仲間を募りクーデターを起こした。

もともと悪政を敷いていた王の味方は少なかった。さらに『森の民』の怒りを買ったことが知れ渡れば、とばっちりを恐れた周辺国からの支援もなく、あっさりとその王朝は滅びた。

その後、『森の民』に手を出すことがどれほど危険なことか周知され、理不尽に蹂躙(じゅうりん)される事は無くなった。

秘術は手に入れたいが、下手すると国が亡ぶ危険を冒したい者はいないだろう。

こうして、彼らは今日も自由に隠れ里でその知識を磨き、どこかでその技をふるっている。

ちなみに、その技術を試す為か戦場に良く現れる為『翠の死神』『救いの天使』と呼び名も多いのが実情だった。

ジオルドが救われたのも戦場で、傭兵になったばかりの頃油断をして腹を割かれ意識が朦朧としていたところを拾われたのだ。

意識を取り戻した時、隣に先程まで殺し合っていた敵兵が同じように治療され転がされていた時にはかなり驚いたものだった。

せめて場所を区別して置いてくれよ、と後にこぼしたところ、治療効率のいいように配置していたんだと教えられた。

かの男にとっては敵も味方もなかったのだから当然の主張で、それでも争おうとする奴は容赦なくどつかれていた。

曰く、「せっかく俺が救った命を俺の前で散らすな。ヤるなら目の届かないところでやれ」だそうで、本気でその場から叩き出していた。

唖然とする周りに「喧嘩できるくらい治ったなら俺の手はいらんだろう。後は勝手にやればいい」とあっさりとしたものだった。

なんだかその主張に妙に納得してしまったジオルドは、怪我が癒えてくるとなんとなくその男の手伝いを買って出ていた。

更には、何処からか少しでもその卓越した医療技術を手に入れようと集まった医師や薬師で、ちょっとした医療団が出来ていた。

しかし、男は戦局が収まってくるとある日唐突に姿を消してしまった。

置き手紙の一つも無い出奔に驚くジオルドに、その場にいた医師の一人がそういう人だと教えてくれた。

束縛されるのを何よりも嫌う一族だ、と。

呆れながらも男と交わした会話を思い出せば、さもありなんという感じで、そういえば助けてもらった礼を言い忘れたと気付いたのは戦が終わり家に帰り着いた後だった。

まぁ、戦場によく出没するというし縁があればまた会えるだろう。その時に礼でも言って酒の一杯も奢れば良いかと軽く考えているうちに、気づけば結構な年月が過ぎていた。

そんな折、新たに同盟国となった国の死にかけた王弟を「森の民の薬師」が救ったとの情報が入ってきた。

しかも、王弟と縁を結んだ女であり、娘がいるらしい。元々その娘の腹違いの姉が側室にとの話だったが、どうせなら付加価値がある方を望んでは、との進言だったのだ。

別段望んでいなかった側室だが、その情報が本当ならば、願っても無いことだ。

かの国ではその価値を十分に把握していないからこその進言だったのだろうから、気づいてしまう前に本物ならばサッサとさらって来い。と言うのが王の主張であった。

恐ろしい事に、国の重鎮達も首を縦に振ってジオルドを送り出したのだから、どれほど『森の民』が尊ばれているか分かるというものだろう。

まぁ、ジオルドにしてみればやはり「面倒くさい」の一言に尽きるのだが。

確かに男の治療の腕は神がかっていたが、助けられずにその手から溢れてしまった命だってあったのだ。

所詮神ならざる身で、すべてを救う事も出来ないし奇跡だって起こせない。

幾つもの戦場を生き延びてきたジオルドにしてみれば、結局全ては本人の運次第で、その幸運をつかむ確率を他より少しばかりあげるだけだ、としか思えなかった。

人間、死ぬときは死ぬのである。

そもそも本物だった場合、例えさらってきたとしても、その相手が望まなければあっという間に取り返されて終わりだろう。

その場合、下手すると虎の尾を踏むはめになるのではないか？

（もしかして、それも踏まえた上での「俺」なのか？　……勘弁してくれ）

嫌な可能性に思い当たった時、目的の部屋の扉が開かれた。


その時、目に飛び込んできた色彩にジオルドはつきかけていたため息を呑み込んだ。

白金の長い髪は一部編み込まれ飾りにピンクの花がかざられていた。そして、自分を見つめる深い森の翠を宿した大きな瞳。

それは、どちらも遠い記憶の中にある色彩そのままだった。

（しかし、子供じゃねえか）

シンプルな麻のワンピースを身にまとった華奢な肢体は、とても成人しているようには見えなかった。

この国でも成人して社交界デビューした娘は、足首まで隠すドレスを身に纏い髪を結い上げるのが慣わしだったはずだ。

目の前の少女はくるぶしより少し上の長さのワンピースに上半分だけをあげた髪型だ。

『森の民』の特徴は持っているが、見るからに成人前の幼い少女。

妖精を思わせる華奢な肢体と整った顔立ちは庇護欲をそそるが、これを側室に迎え、手を出した時点で不名誉な称号を与えられそうだ。

「お初にお目にかかります、使者様。リュシオン＝ド＝リンドバーグと申します。不肖の息子が身動きとれぬ身ゆえ、代わりを務めさせていただいております。老人の身ゆえ見苦しい事もございましょうが、ご了承くだされ」

不躾に凝視してしまったジオルドの視線を遮るように、一歩前に出た老人が優雅な礼と共に名乗りを上げた。

そこで、ジオルドはその場に少女以外の人が複数いた事にようやく気付いた。

慌てて居住まいを正し、礼を返す。

「ジオルド＝クラークです。不躾な願いを叶えていただき、ありがとうございます」

十　断罪とその先の未来

「お前がそれほどに愚かとは思わなかった、ローズマリア」

ベッドに半身を起こした状態で、男は傍らに立つローズマリアに冷たい視線を向けた。

「お前のしたことは私に……延いてはこの国に不利益をもたらすものと理解しているのか？」

義父と共にあの女の娘が城へと呼び出されたと聞いた時、ローズマリアは歓喜のあまり踊り出したい気分であった。

護衛の男がどう動いたのかはよく知らないが、きっとこのままあの娘は自分の目の前から消えてくれるだろう。

おそらく、隣国への人質として。ローズマリアの大切な娘の代わりに。

そして、元の家族だけの生活に戻れば、きっと旦那様も落ち着いて、優しいあの方に戻ってくださるに違いない。

「あぁ、良かったわ。本当に、あなた方が居てくれるおかげよ」

にっこりと微笑みながら側に控えてくれている侍女たちに声をかけ、香り高い紅茶に口をつけた時、扉がノックされ、執事が顔を出した。

「旦那様がお呼びです。直ぐに部屋へと来るように、と」

無表情のまま淡々と告げられ、ローズマリアは首をかしげながら持っていたティーカップを少し掲げて見せた。

「今、お茶をいただいておりますの。すんだらお伺いいたしますわ」

いつもなら通る、何のことはない返答だった。

だが、執事は表情を変えぬまま、いつものように一礼をして去っては行かなかった。

「申し訳ございませんが、旦那様は今直ぐに呼んでくるようにとの事でございます。ティータイムは後ほど仕切り直しくださいませ」

入り口のところで立ち尽くしたまま、ジッとこちらを凝視する執事に不快感が湧き上がる。

この執事はいつも旦那様に付いて回って家を空けるくせに、帰ってきたら口うるさく細かい事を言ってきて、ローズマリアは大嫌いだった。

(旦那様の寵愛を笠にきて、嫌な執事。今度、お兄様に相談してみようかしら)

内心悪態をつきながらも、ローズマリアは、ようやく重い腰を上げた。

扉の所に立っている執事は、自分が動くまであの場所からテコでも動かないだろう。

(旦那様、今日はお加減がよろしいのかしら？　最近では、いつでもあの子が旦那様の所にいて鬱陶しかったもの。嬉しいわ)

何はともあれ、邪魔者がいない二人きりの時間なんて久しぶりで、良いことだとローズマリアは頭を切り替えることにする。

執事の強硬な態度は気に入らないけれど、一刻も早くと呼ばれているのだと思えば気分は上昇した。

「髪は乱れていないかしら？　おかしな所はない？」

侍女に確認して唇の紅を軽く塗り直すと、ローズマリアは先導する執事の後をしずしずと歩み始めた。


「……意味が分かりませんわ、旦那様。私、何かいけない事をしてしまったでしょうか？」

浮かれた気分が一転、凍えるような眼差しと声に震え上がって、ローズマリアは瞳に涙が滲んでくるのを感じた。

目にいっぱいの涙をため、縋るように自分を見つめてくるローズマリアにディノアークは一つ、ため息をついた。

この涙で潤む瞳に心が動かなくなったのはいつ頃からだろう。

思えば、あの頃から無理があったのだ。

「ミーシャの情報を隣国に流したのは、お前だろう」

「……何のことか、私には……」

唐突に告げられた言葉にローズマリアは首を横に振った。本当に、意味が分からなかったのだ。

「では、この者はしっているか？」

そう言ってディノアークが軽く手を叩くと、騎士が拘束された男を一人、引き連れてきた。その顔に、ローズマリアは目を見開く。

「私の護衛ですわ。なぜ、縄を打たれておりますの⁉　今直ぐ放しなさい！」

いつも、自分に影のように侍り、あらゆるものから護ってくれた護衛が後ろ手に縛られて立っていた。片頬を腫れ上がらせ、唇も切れたのか、血の痕が残っていた。

そういえば、ここ数日姿を見せなかったけれど、どうしてこんな姿になってこんな所に居るのか？

ローズマリアは、驚きと怒りに頬を染め、拘束している騎士に鋭い声を向けた。

「その男が、お前のためにミーシャの事を隣国の間者に話したそうだ。その為、興味を示した隣国の王が、ミーシャをよこせと言って来たわ」

「まぁ！」

反射的にあげた声は、喜色が漏れていた。

では、やはりライラは呪わしい運命から逃れる事が出来たのだ。

隠しきれない喜びに顔を輝かせるローズマリアに、ディノアークはついに嫌悪に顔を歪めた。

「愚かだ愚かだと思ってはいたが、本当に何もわかっていなかったのだな」

「何がですの？　あの娘だって先方から望まれていくのですから、不幸な事にはなりませんでしょう？　ライラも慣れぬ環境で苦労しなくてもすむ。良いことだらけではありませんか」

明らかにさげすまれ、ローズマリアは憤慨しながらも反論した。

そして、口に出してみれば、それは、本当に素晴らしい結末のように思えた。

（それなのに、こんな簡単なこともわからないなんて、旦那様は怪我の熱で本当におかしくなってしまわれたのかしら？）

だが、次いで言われた言葉に、ローズマリアは顔色を変えた。

「そうだな。お陰でライラは修道院に行くほか道はなくなった」

「どうしてそうなりますの⁉」

悲鳴のようなローズマリアの声に、ディノアークは冷笑を返す。

「故意ではなかったとしても、人一人の命を殺めているのだ。当然の処置であろう？」

「だって……でも、それは……」

突きつけられた言葉にローズマリアは次の言葉を探して口籠った。

「……でも、私の時は」

そしてようやく絞り出した言葉は、誰が聞いても言ってはいけないものだった。

それに、ディノアークは冷笑を深めると、いっそ優しく聞こえる声音で語り始める。

それは、ローズマリアの知らない過去の話だった。

「それは、あの時、害されたレイアが庇ったからだよ。当時出産間際だったお前と生まれてくる私の子供を気遣ってね。それでも、私は離縁する気でいたのだが、君の父上に頭を下げて懇願されてしまったのだよ。今、娘は身重となって気が立っておかしくなっているのだ。物言わぬ獣とて我が子を護ろうとするように、全てが敵に思えているのだ、と。一度だけ、私の顔を立てて堪えてくれ、とね」

「……お父様が……そんな」

「……最初のレイアのことは無視、かい？　まぁいいけど。ご存じの通り、我々兄弟は君のお父上には並々ならぬ恩があった。兄上からまで頭を下げられ、私は、あきらめたんだよ」

そのときのことを思い出し、ディノアークは空を仰ぎ目を閉じた。

良き大臣であったが、遅くにできた末娘にはひどく甘い男だった。そこさえ無ければ、本当に尊敬できる人だったのに。

「後悔しているよ。どれほど恩に感じていようとも、あの時離れていれば、今、こんなにも君と自分自身を恨まずにすんだ。……レイアも、大切な我が子を遺して逝く事も無かっただろう」

つぶやきに、ローズマリアは目を見開いた。

それは、あの日から積み上げてきた年月の全てを否定する言葉だった。

「旦那様、それは……あまりにも……」

ローズマリアの喘ぐような声はうまく言葉にならず、この部屋に来てからの怒涛(どとう)の展開に頭が破裂しそうだ。いっそ気を失ってしまえたら楽なのだが、片時も離されない冷たい視線が、それを許してはくれなかった。

「例え修道院へと行かなかったとしても、ライラを貰ってくれる貴族はいないだろうな。屋敷の片隅で弟のお荷物となりながら生涯を過ごす方が惨めではないか？」

「そんな、だってあの子は公爵家の娘です。どんな家だって……」

「故意では無かったとしても人を殺めた娘。更にその母親は貴族の正妻でありながら側室を苛め大怪我を負わせた挙句追い出した。どれほど血筋が良くても、そんな女を迎えようとするのは、相当な物好きか金に困っているか、だろうな。あのプライドの高い子がそんな結婚を望むかな？　少しでも賢さがあるならば、隣国へ行く話が無くなったと知った途端、自ら修道院への道を選ぶと思うがね」

ローズマリアの顔はこれ以上ないほどに青ざめ、そのまま床に座り込んでしまった。足から力が抜け、立っていることが出来なかったのだ。

そんな時はすかさず支えてくれる侍女の手が無いことを不審に思い、ローズマリアは背後を振り返った。

いつもなら半歩後ろに控えていてくれるはずの侍女の姿が見当たらない。

不思議そうなローズマリアに、ディノアークはクスリと笑った。

「お前の優秀な侍女達も捕らえさせてもらったよ。調べてみたら不審な出費が山のように出てきてね。別室で詳しく話を聞かせてもらうことにした」

救いの手は無くなった。

ローズマリアは、もう、声もなく震えるしか無い。

そんな彼女にディノアークは、最終通告をつきつけた。

「最後に、お前にも選ばせてやろう。ライラと共に修道院へと行くか、離縁して実家に戻るか、離れに閉じこもるか……。さあ、どれが良い？」

冷たい微笑みに答える声は無かった。

ミーシャは、揺れる馬車の窓からボンヤリと空を眺めていた。

抜けるような青空は雲ひとつなく、薬草を乾かすには最適な日だなぁ、と反射的に思い浮かび、クスリと笑ってしまった。

今、ミーシャは生まれ育った国を離れ隣国へと向かっている。

用意されていた馬車は六頭立ての立派なもので、長旅を想定してか、座席は広めでクッションは厚く敷かれ、振動で体が痛くなる事も無いし、野宿になったとしても心地よい寝床となってくれることだろう。

(なんだか怒涛の一週間だったなぁ)

座席にもたれても邪魔にならないように、とサイドで一つに編まれた髪を弄びながら、ミーシャはあの日からの日々を振り返る。


お城に呼び出され、引き合わされたのは頬に傷の走る少し強面の青年だった。

隣国の王の側近だと名乗った彼は、祖父と名乗りあった後、ミーシャに膝をつき礼をとった。

片膝をつき右手を胸に左手を腰の後ろに回し頭をさげる仕草は騎士の最上級の礼の仕草であり、祖父が驚いたように目を見開いていた。

ミーシャは、そんな御大層なものとは知らないものの、なんだか年上の人に跪かれ頭まで下げられビックリして一歩、後ろに下がってしまった。

「私は貴女の一族に命を助けられたものです。その時に出来なかった礼をどうぞ、今、受け取ってください」

頭を下げたままそう告げられ、ミーシャの混乱は益々強まった。

「あの、……その、私、一族とか分かりません。ずっとこの国にいたし、母さんだけだったし……だから、貴方方の望む者では無いのです」

シドロモドロに返すミーシャに、ようやく顔を上げたジオルドは、ニカッと人好きのする笑顔を浮かべた。

「申し訳ない。コレは俺の自己満足です。うっかり本人に礼を言うのを忘れていまして、ずっと心残りだったものですから。遠くとも血の繋がっている方に会えてタガが外れました。お許しください」

「……はぁ。……でも、私本当に母の故郷の事、よく知らないのです。母は、殆ど話してはくれませんでしたから」

あっけらかんと謝罪され、ミーシャはとりあえず頷きながらも、『知らない』事を強調してみた。

それに、ジオルドは微かに首を傾げた。

「でも、髪と瞳の色がそっくりです。俺は今までその色を他で見たことが無い」

そう言われ、ミーシャは自分の髪を一房指に絡めて視界の中に持ってきた。

淡い金の髪は確かにこの国では珍しいかもしれないが、似たような金の髪は良くあるものだし、瞳の翠の色にしても同じだ。

確かに、母親以外で唯一交流のある『森の民』である伯父も同じ色をしていたけれど、身内だからだろうと思っていた。

「森の民の特徴の一つと言われているのですよ。白金の髪に翠の瞳。確認されている森の民は皆、その色を持っているそうです。理由は不明ですが、ね」

(一族がその色って事？　受け継がれる血の力かしら？)

狭い範囲で暮らしている人や動物が、同じ特徴を持っているのはよく見られる事だと教わった。より、環境に適応した姿に人も動物もなっていくのだ、と。

(寒い土地だと色が白くなっていく傾向が強いんだっけ？　後、翠は？　瞳の色が薄くなるのは少

しの光でも効率良く見えるようにする為、だったっけ?）

おもわず知識を探り、一族の住む環境に思いをはせるミーシャを、ジオルドは面白そうに観察していた。

見た目は年よりも幼く見えるが、その瞳に映る光は深い叡智（えいち）に輝いていた。

見た目通りと捉えると痛い目を見るだろう。

「貴女が森の民で無いと仰るのなら、それでも構いません。ですが、私達は貴女が我が国にいらしてくださる事を望みます。側室という立場にご不満があるならば、ご遊学という形ではいかがでしょう?　我が国は色々な国との交流も深く、王立の図書館はあらゆる知識の宝庫となっております。ご興味はありませんか?」

不意に差し出された提案は、ミーシャの心の琴線を擽（くすぐ）るには充分だった。

おもわず、ポツリと溢れた言葉に、ジオルドはニコリと微笑み頷いた。

「……側室にならなくても良いの?」

「ここだけの話、我が王はあまり後宮の事に興味がございません。しかし、周りの重鎮達は早くお世継ぎをと騒ぎ立て、徒でさえ持て余していらっしゃるのですよ。年もミーシャ様とでは十以上離れておりますし、無理に側室とならずとも問題はありません」

人を不能のように言うな、と脳裏で文句を言う主人の顔を無視して、ジオルドはミーシャの隣で胡散くさそうにこちらを見ている前公爵へ視線を向けた。

「この件に関しては私が王より全権を任されております。決して、ミーシャ様の不利益になるような事はしないと、『黒き稲妻』の名にかけて誓いましょう」

「……お主が」

リュシオンは驚きに目を見開き、目の前の男をまじまじと見つめた。

黒い鎧を身に纏い、黒塗りの大槍を手に戦場を縦横無尽に駆け回る王の懐刀。生まれの身分は低いものの、その功績を認められ側近へと取り立てられたと聞いている。

永く平和が続いていたこの国にすら、その名声は届いていた。

自分を見る目が変わった事に内心舌を出しながらも、すました顔でジオルドは微かに頷いてみせた。

本人的には恥ずかしくて仕方が無い二つ名だが、こういう時には役に立つ。

（ま、交渉にはハッタリも必要だよな）

自分に課せられたお役目は『森の民の娘を国へ連れ帰る事』。

それが果たされるなら、多少の内容変更は許されるだろう。

だいたい、本物だった場合、望まぬことを強要したらマズイのはこっちの方だという事をジオルドは良く知っていた。

今、目の前の老人の中で自分と自分の言葉がどこまで信用があるかの計算がなされている事だろう。

だが、自分の調べた限り公爵家の中は現在かなり立て込んでいるようだし、大事な娘をその場にいつまでも置いておきたくは無いであろう。

その点、こちらに寄越せば自分が後ろ盾になり、大国の庇護を受けられると言っているのだ。

しかも、側室という一生物の拘束ではなく「遊学」という、不安定ながらいつでも帰ってこれる身分だ。

（これで釣られてくれなきゃもうダメだろう）

何より、目の前のミーシャ本人がかなり心惹かれているのが目に見えている。

予想通り、知識欲をくすぐったのは成功のようだ。

ジオルドはゆっくりと目の前の老紳士が結論を出すのを待った。


そして、王様を交えて大人達が話し合った結果、ミーシャの身柄は隣国へと移る事に決定した。

当初と違うのは、側室ではなく客人として行く事になった事だ。

元々、側室という話も、こちらから言い出した事だったようで、隣国側的にもそれで特に問題は無いらしい。

しかも、公爵家の名を背負っていく事にもなるらしく、急ぎ衣類や持ち物の準備がなされた。

基本、母親の手作りしか身にまとった事のなかったミーシャは、採寸からの試着に次ぐ試着に目が回りそうだった。

何しろ、ジオルドが帰るのに合わせて一緒について行く事になったので、時間がなかったのだ。

少なくとも夜会服とデイドレスは最低一枚はオーダーメードのものを持たせたいと、お針子さん達の血走った目にミーシャはタジタジだった。

「既製のものを手直しでも良いのに」

「公爵家として、プライドというものがあるのです」

すっかりミーシャ付きとなってしまった年かさの侍女が澄まし顔で教えてくれる。

「まぁ、さすがに今回は時間が足りませんので普段使いのものは手直しで誤魔化すようですけれど、一枚くらいは、というところなのでしょうね」

「……プライドってなんだろう」

ポツリとつぶやけば、扉の所から噴き出す声がした。

「ジオルドさん！」

「失礼。聞こえてしまいまして」

クツクツと笑いながら、ジオルドが気安い様子で入ってくる。

ジオルドは、なぜか面会した次の日には屋敷にやってきて、ディノアークに挨拶をした後、ちゃっかり居座ってしまった。

そして、暇を持て余したように公爵家の騎士と手合わせをしたり、観光しようとミーシャを連れ回して日々楽しそうに過ごしている。

ミーシャとしても連れ回される形とはいえ、街の中を見て回れるのは純粋に楽しかった。

屋台の串焼きや揚げドーナツも、家で食べる物とは趣が違って楽しかった。

自分の生まれた国のはずなのに目をキラキラさせて辺りを物珍しそうに眺めるミーシャに、ジオルドは笑ってあれもこれもと手渡してくれた。

「王都へ向かう街道沿いの町もいろいろ変わっていて面白いですよ？　移動はゆっくり見学しながら行きましょう」

ミーシャは、小さな子供を見るような目で言われて、少し恥ずかしかったけれど、それ以上に道中が楽しみになった。

山の中しか知らないミーシャにとって、行き交う街の人たちを眺めるだけで楽しかったのだ。異国では、どんな風景が見られるのだろうと、想像するだけでも楽しかった。

もちろん、残していく父親の事は不安だったが、人の支えがあれば立ち上がれるまでに回復した姿で「大丈夫だ」と笑顔で背中を押されてしまった。

「嫁に行くわけでも無いし、色々学んで帰っておいで。父さんもここで頑張ってるから」

「……うん」

頷いて抱きつけば、母を想ってともに泣いたあの日よりも格段に力を増した腕が抱きしめ返してくれた。


そして、旅に出て、まだ一日目だというのに、なんだか少し心細い気がするのは、どんどん故郷の森から遠ざかっているからだろうか？

結局、色々な準備に追われ森の家に帰る事は出来なかった。

（とりあえず、一緒に行こうね、母さん）

首から下げたお守り袋をそっと服の上から触れる。

その中には母親の遺髪と共に例の不思議な針と管が忍ばせてあった。森に帰してあげたいと用意していたのだが、今ではどちらも母を偲ぶ縁(よすが)となっていた。

もう一度、窓から見上げた空はやっぱり抜けるように青くて、どこまでも広がっていた。

きっと、森の家にも、遠く母親の故郷にだってつながっているのだ。

そう思えば、寂しさも少し薄れる気がした。

「……行ってきます」

呟きはどこまでも青い空に吸い込まれていった。

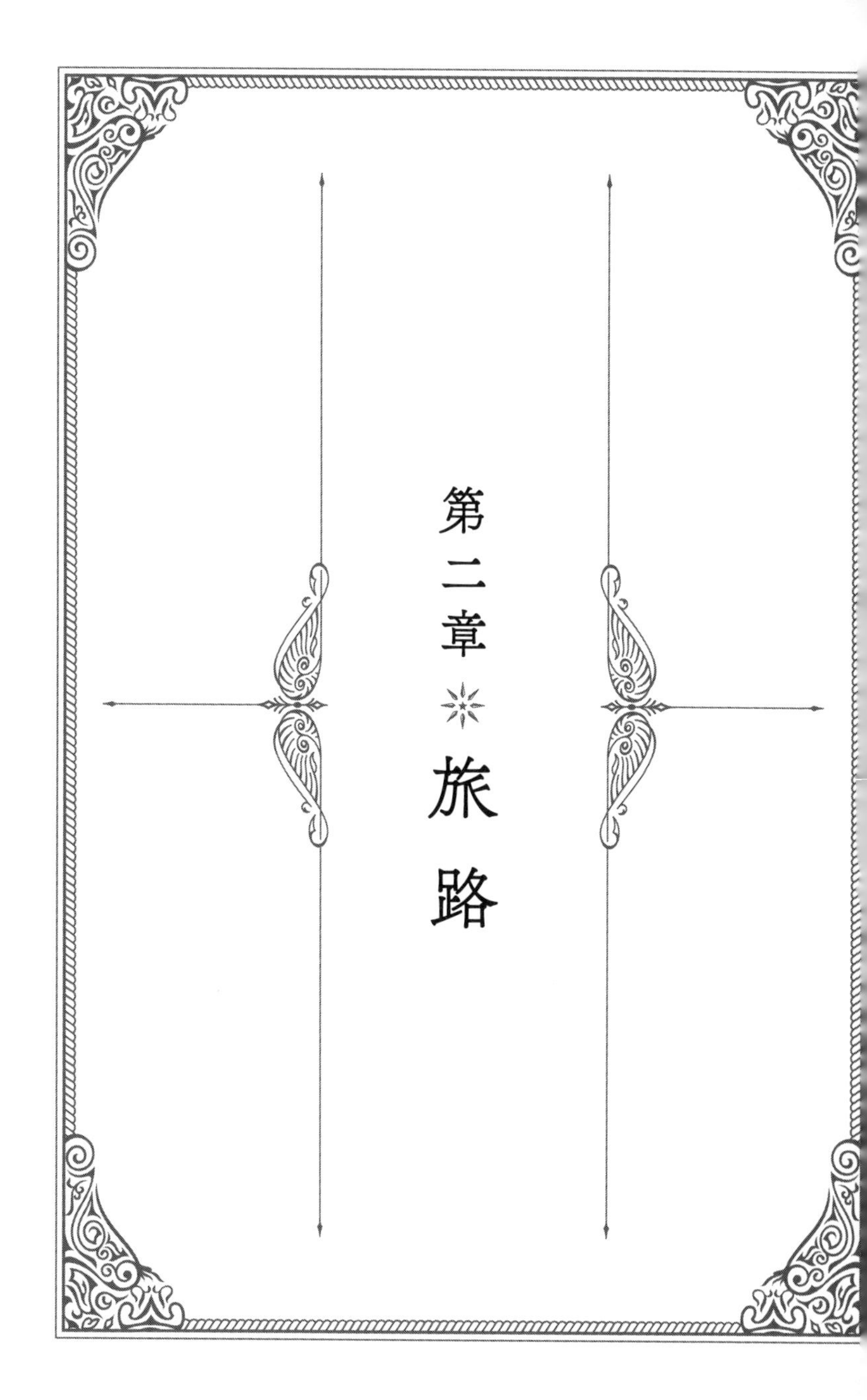

第二章　旅路

一　スリの少年と具合の悪い老婦人

この世界は大きく三つの大陸に分けられている。

南の大陸、アイリス。

東の大陸、サリバン。

そして、西の大陸カーマインである。

三つの大陸で最大の面積を誇るカーマインは、幾つもの国に分かれ、それぞれの覇権を争っている。

ミーシャの住む国、ブルーハイツ王国もその中の一つであり、国としては中規模ながら、そここに歴史は古い。

かつては、覇権争いの中にいた時代もあったのだが、ここ二百年ほどは穏健派の王の下、綱渡りの外交ながらどうにか平和を保っていた。

が、最近代替わりした王の下、力をつけた隣国のシルバ帝国に、突然難癖をつけられ攻めこまれたのだ。

長い平和の中、国軍の兵力も落ちていたブルーハイツ王国は、なす術もなく蹂躙された。

そして、王都に攻め込まれる一歩手前まできたところで、どうにか大国レッドフォード王国と同盟を結ぶ事で難を逃れたのである。

今後いろいろ口出しされる危険はあるものの、隣国に呑み込まれ全てをなくすよりはよっぽど良い、との選択であった。

レッドフォード王国としても野心溢れるシルバ帝国にすぐ隣まで迫られるよりは、自分達に有利な同盟を結んだブルーハイツ王国が間にある方が何かと都合がいい。

下手に自国として取り込んでしまうよりも、一つの国としての形を残しておいた方が国防にかける労力も少なくて済む。

その為なら多少お荷物になる危険はあるものの、同盟を結び国交を増やした方が利益が多そうだ、との判断だった。

お互いの思惑が一致した上での同盟は、表面上は穏やかに結ばれ、大国の後ろ盾を得たブルーハイツ王国にシルバ帝国もしぶしぶ矛を収めた。

カーマイン大陸一の大国であるレッドフォード王国を敵に回すのは、時期尚早と手を引いた形だった。

また、急激に領土を広げた為国内でも問題が浮上してきたところだったらしく、暫くは内政にかかりきりになるだろう。


そんな中での、新しい同盟の下、より国交を深めようと「側室に自国の姫を娶ってほしい」と申し入れたのはブルーハイツ王国からであった。

「そんなもんいらん」と突っぱねるのも角が立つし、面倒なので、とりあえず後宮にでも放り込んでおくかと諦めつつの了承をしたところで、面白そうな情報が飛び込んできたのだ。

カーマイン大陸の北の果てにある小国オーレンジ連合国。

幾つかの部族が集まってできた国で、王は持たず、それぞれの部族から出した代表が集まり国の方針を決めるという不思議な形態をとっている。

その中にあって更に神秘と謳われる一族『森の民』。

他と一線を画した高度な医療秘術を有し、神出鬼没な「戦場の救世主」。

かの一族に命を救われたものは多く、多くの国が自国に取り込むことを望んだが叶えられる事は無く、また、力で押さえつけようとしたものには手痛いしっぺ返しがくる事でも有名である。

そんな幻の一族の血を引く娘が、彼の国の公爵家にいるというのである。

真偽のほどは不明だが、元々側妃が送られてくるのは決定事項だ。

本物だったらラッキーだ、と、その娘を寄越せと使いを出してみたのがひと月ほど前の事だ。

昔、『森の民』に命を助けられた事があると言っていた側近に「本物ならどうにかして連れて来い」と命を下し、嫌そうな顔をされたのも記憶に新しい。

そんな男からの早馬で送られてきた手紙に目を通して、レッドフォード王国の王であるライアン＝リュ＝レッドフォードは面白そうに目を細めた。

「良い知らせですか？　王よ」

執務室の机の向こうから声をかけられ、ライアンはニヤリと笑いながら側近の一人で宰相のトリスへ手紙を差し出した。

「側妃を迎えに行ったはずのジオルドが、何故だか遊学の少女を一人連れてくる事になったらしいぞ。白金の髪に翠の瞳を持つ美しい少女だそうだ」

「……それは」

呟きつつ手紙に目を通したトリスは柳眉をひそめた。

「またあの男は勝手な事を」

苦り切った呟きにライアンは今度こそ声を出して笑った。

真面目な文官であるトリスと傭兵上がりの武官であるジオルドは、どうもそりが合わないらしく何かといえば対立している（正確には小言を言うトリスに、ジオルドが面倒くさそうに適当な返事をして更に怒らせるという感じだが）。

「まぁ、あながち間違った対応でもあるまい。側室になるのを躊躇しているものを無理強いして、本物だった場合、下手するとこちらの命が危うくなるのだからな」

今にも舌打ちしそうなトリスに、クツクツと笑いつつライアンは取りなした。

こよなく自由を愛する『森の民』に無理強いをした者達の末路は様々あるが、どれも経験したいものでは無かった。

嘘か真か、国が一つ滅んだとの噂すらあるのだ。

「だとしても、まだ幼い娘一人。どうとでも丸め込めるでしょう」

理知的な美貌を僅かに歪めつぶやくように、ライアンは肩をすくめた。

「まぁ、この件に関しては全権を委ねるとジオルドにすでに言っている以上、あいつがどうにかするだろう」

あっさりと言うと、手元の書類に目を通し始めたライアンにトリスは小さくため息をついた。

良く言えば鷹揚。悪く言えば適当なライアンがこういう以上、この件は追及するだけ無駄だろう。

（まぁ、実際に会って本物か否かは自分の目で確かめるとしましょう。取り込む価値がありそうなら、そのとき動いても遅くはないでしょうし。とりあえず、手元にはやって来るのですから）

自分を納得させるために心の中で呟きつつ、最後の疑問とばかりにライアンに問いかける。

「それで、件の姫君はいつ頃到着されるのですか？　お部屋の準備などあるのですが」

「遊学」という以上、当初の予定通り後宮に放り込む訳にもいかないだろうと問いかければ、ライアンは首を傾げた。

「さぁ？　俺には分からん」

「……どういう事です？」

あっさりとした否定にトリスも首を傾げる。

隣国より街道を辿り最短で七日ほどだ。

旅慣れない少女を連れているにしても、大体の予定は立つだろう。

「もう一枚。コッチはジオルドの手書きだな」

ポイッと渡された手紙を目で辿るうちにトリスの眉間のシワが刻々と深くなっていく。

「あの馬鹿男が～～～」

そして響く怨嗟(えんさ)の声の元、トリスの手の中で握り締められた手紙がしわくちゃになっていく。

そこにはジオルドらしい奔放な文字で、ミーシャが楽しそうなので観光しながらのんびり戻る旨が記されていた。


「ハックシュン！」

「ジオルドさん、大丈夫ですか？」

都合が良いからと早めに宿をとった後、のんびり市場を冷やかしていたミーシャは、一緒に付いてきてくれたジオルドが盛大にクシャミをした事で心配そうに眉を寄せた。

「あ～、大丈夫。誰かが噂でもしてるんだろ」

覗き込んでくるミーシャに笑顔を返しながら、ジオルドは内心で舌を出した。

そろそろ早馬がついた頃だと思えば、噂している相手もその表情すらもあっさりと思い浮かぶ。

きっと一人は面白がって笑い、もう一人は人でも殺せそうな渋い顔をしているに違いない。

堅物の友人（なんて呼ばれている事を知ったら更に怒り狂いそうだが）の綺麗な顔を思い浮かべれば、にやにやと笑いそうになる。

些細な事で突っかかってくるトリスの反応が、実はジオルドはかなり好きだった。

いつも澄ました顔の男が、表情を変えてなんやかんやと言い募る様はかなり面白い。

(帰ったら怒り狂ってるんだろうな～。さて、どうやってごまかそうかな)

「何か、楽しそうですね？」

帰ってからの計画を立てていると、隣を歩くミーシャが不思議そうに首を傾げている。

「あぁ。友人に何か買っていこうかと思ってな。何が良いと思う？」

にっこりと笑いながら問いかければ、どんな人ですか？　と真面目に考えてくれるミーシャ。

何を見ても食べても驚きに目を丸くして、嬉しそうに笑う様子は素直でかなり可愛らしい。

もっとそんな顔を見てみたいと、必要もないのにちょこちょこ休憩を挟んだり、早めに宿をとって観光する為、旅路はいっこうに先に進んでいなかった。

半面、親子連れとすれ違うふとした瞬間に、今にも泣き出しそうな顔をするミーシャに胸が痛む。

そして、少女が母親を亡くしてまだ一月足らずしか経っていない事に気付かされるのだ。

明るく振る舞った夜に、一人ひっそりと泣いているのも知っていた。

隠しているつもりでも旅館の壁は意外と薄いのだ。

うっすらと腫れた瞼に気付かないふりで明るく話しかけるのは（ジオルドはそんなに繊細なタチでもない為）けっこう骨が折れたが、面倒だとは思わなかった。

そんな自分に、この健気で素直な少女を相当気に入っているんだと気付かされた。

（娘がいたらこんな感じなのかね）

お土産物屋でいろんなものを手にとっては眺めているミーシャを観察しながら、そんな事を思うジオルド、二十六歳であった。


「坊主、そこまでだ。今取ったもの、お姉ちゃんに返そうな」

露店の品物を夢中で眺めていたミーシャは、ジオルドの声に我に返り、振り向いた。

そこには、八歳くらいの少年の腕を掴んだジオルドが怖い顔で立っていた。

「うっさいな！　おっさん!!　何の事だよ！　離せ！　離せったら!!」

ジタバタと暴れ、どうにかジオルドの手から逃れようとする少年に、ミーシャは目を瞬かせた。

「ジオルドさん？　どうしたの？」

「……こいつがミーシャの財布を取ったんだよ」

肩をすくめながら教えられ、ミーシャは慌ててポシェットを探る。

「……ない」

お小遣いを入れた財布が確かに消えているのを確認して、ミーシャは困ったように少年を見つめた。

「えっと……君が取ったの？　なら、返してほしいな？」

「しらねぇよ、バーカ！」

ベェッと舌を出して悪態を吐く少年の頭に、ジオルドがゲンコツを落とした。

「優しくしてやれば、このガキは。さっさと返せ！」

そして痛みに悶絶する少年のポケットを勝手に探ると、小さな布製の財布を取り出した。そのまま、ぽけっと立っているミーシャに投げてよこす。

どうにか受け止め確認すれば、確かに自分の物だった。

「……よかった」

思わずつぶやくとぎゅっと握り締める。

中身の金額は本当に小遣い程度しか入れていなかったのだが、財布自体に強い思い入れがあったのだ。無くしたら、きっと途方に暮れていただろう。

細かい刺繍がびっしりと施されたそれは、母親が作ってくれたものだった。

緑の蔦と色とりどりの花が図案化された刺繍は、母の故郷の伝統的な図柄で子供の幸せを願う意味があるらしい。

「お守りよ」と渡してくれた時の笑顔を思い出し、ミーシャは泣きそうな顔でギュッと財布を抱きしめた。

「な、なんだよ！　あんた達、金持ちなんだろ！　それくらい、くれたって良いじゃないか」

物的証拠を見つけられ、いまだに腕をジオルドに掴まれたままの少年は、開き直ったかのように叫んだ。

「……フゥン、反省の色、無しか。さて、どうしようかな？　足腰立たなくなるまでぶちのめすか、警官に突き出すか」

不貞腐れた顔の少年に、ジオルドは冷たい目のままニヤリと笑ってみせた。

強面のジオルドがそんな顔をすれば、かなり怖い。

心なしか青くなった少年は、それでも口をへの字にしてジオルドを睨みつけた。

その気の強さにジオルドは内心口笛を吹き感心しながらも、さてこの場をどう収めようか、と思案する。

実質的な被害は無いものの、このまま無罪放免ではこの子供が同じことを繰り返すかもしれない。

（適度にお灸をすえて、二度とやらないようにするにはなにがいいかねぇ）

そろそろ、このやり取りに周囲の視線が集まり出した。

あまり注目を浴びるのは嬉しくない。事情を知らない者から見れば、小さな子供をいじめている大人に見えるだろう。

明らかに仕立ての良い服装と腰に差した剣が牽制となって声をかけて来るものは居ないが、怪訝そうな顔はしっかりと向けられていた。

「あのっ！　その子がなにか失礼なことを致しましたか？」

そんな中、一人の年配の女性が声をかけてきた。

騒ぎに駆けつけてきたのだろう。

苦しそうに息を切らしている女性は顔色も悪く、今にも倒れてしまいそうだ。

古びた服の袖口から覗く手首の細さに、ミーシャは眉をひそめた。

「バァちゃん！　走っちゃダメだ！」

今にも座り込んでしまいそうな女性の様子に、少年が駆け寄ろうとする。が、ジオルドの腕に阻まれてしまった。

「貴女のお孫さんですか？」

どうにかしてその手を逃れようと足掻く少年を無視して、ジオルドは年配の女性へと視線を向けた。

冷たくさえ感じるその視線に一瞬怯んだものの、その老婦人はしゃんと背筋を伸ばし頷いてみせた。

「はい。私の孫でございます、騎士様。その子はどんな粗相を致したのでしょうか？」

今や一重二重と囲む野次馬の中、臆す事なく伸びた背筋は気品すら感じさせた。

よくよく観察してみれば、身に纏っているものも古びてはいるが、元は良い生地でしっかりと仕立てられたものだというのが見て取れる。

（没落貴族の成れの果て、ってところか？）

頭二つ分は上から見下ろすジオルドにひるむことなく見上げてくるその瞳は、まっすぐで逸らされることはない。それは胸に己の正義を定めている者の瞳だった。

そこまでの観察を終えてから、ジオルドは、騒ぐ少年の手を離した。

この老婦人なら、間違った道に足を踏み込もうとする孫を正道に戻す事が出来るだろう。

「連れの財布に手を出したので、窘(たしな)めていたところですよ。手慣れていないしその様子なら初犯でしょうから、警官に突き出すつもりまでは無かったのですが……」

半分は囲む野次馬に向けての言葉だった。

庇う老婦人の出現で、ジオルドを見る周りの視線が、少々どころではなく不穏な事になってきていたからだ。

通りすがりの町とはいえ、子供をいじめる無頼漢の汚名など着たいものでは無い。

「……何て事を！」

ジオルドの言葉に老婦人の顔色がさっと変わる。本当なのかと問いかける視線に、駆け寄っていた少年の視線が気まずそうに逸らされた。

その様子にジオルドの言葉が真実であると判断したのだろう。少年の頭を押さえつけながら自身も膝をつき首を垂れる。

「この子の親は既に亡く、私が親代わりです。私の力が足りず貧しい思いはさせてしまいましたが、悪い事と良い事はしっかりと教えていたつもりでございました。それでも、人様の物に手を出すような子に育ててしまったのは私の罪でございます。どうか、お咎めはこの私に」

青ざめた顔で膝をつく老婦人にジオルドは慌てて手を差し伸べ、立たせようとする。

それをなんと勘違いしたのか、自分の頭を押さえつける祖母の手から逃れた少年が、庇うように立ちはだかった。

「婆ちゃんに手を出すな！　悪いのは俺だろ！　罰するなら俺にすれば良い!!」

睨みつける少年をジッと見つめた後、溜息をついたジオルドは「わかった」とつぶやいた。

険しい表情のジオルドに、勢いで「自分を」と主張したものの、何をされるのだろうと怖じ気付いた少年は、青ざめた顔でそれでも微動だにせず相手を睨みつけていた。

ここを退いてしまえば、咎めが祖母に行ってしまう。それだけはどうしても避けたかった。

「お待ち……」

自分の前に立ち尽くす孫を慌てて老婦人が引き寄せようとしたのと、少年の頭にゴンっと鈍い音と共にジオルドの拳が落とされるのはほぼ同時だった。

何が起こるのかと固唾をのんで見守っていた周囲は、響き渡った鈍い音とあまりの衝撃に頭を押さえて声も無く蹲る少年にあっけにとられた。

「……うわっ、いたそ……」

当事者であるはずなのにあまりの展開の速さについて行けなかったミーシャは、声も無く悶絶している少年の様子に思わずつぶやいた。

（たしかに……）

響き渡った音と少年の様子に、周囲の誰もが眉をひそめ同意の意を示した。

「ガキのイタズラの罰ならこんなもんだろ」

フンッと鼻を鳴らした後、ジオルドはいまだに蹲る少年を無理に立たせると、跪いたままポカンとしている老婦人へと向き直らせた。

「いいか。お前が「悪い事」をすれば、お前の大事な婆ちゃんが咎められ、責任を取らされるんだ。この姿を消して忘れるな！」

痛みに涙目になっていた少年は未だ地面に膝をついたままの祖母を見つめた。

自分の所為で、大切な人が地に跪く。

その現実が少年の心を締め付けた。

「……だって……だって……」

少年の瞳からボロボロと涙がこぼれ落ちた。

春先に体調を崩し、それ以来、寝たり起きたりを繰り返す祖母の姿。

医者にかかりたくとも貧しい暮らしの中では、満足に薬すら手に入れる事は出来ない。

このまま、死んでしまうのではないかと、たった一人の身内を失う恐怖に、少年は悪事に手を染める事を決意したのだ。

ほんの少しだけ。

裕福そうな人間から貰うだけだ。そいつらにとっては小遣いが減った程度の額。大した事は無いはず。

罪悪感を言い訳でねじ伏せて街の隅で獲物を物色する中で、ホワホワと楽しそうに笑う自分より幾つか年上の少女を見つけた。

艶やかな髪はよく手入れされていて、指先までアカギレ一つ無く滑らか。身につけているものだって、飾り気は無いが質の良いものだと幼い少年でも分かった。

「だって、婆ちゃんが死んじゃうの、嫌だったんだ。医者に……薬……だけでも」

どんな理由をつけたって悪事は悪事だ。

そうは分かっていても、幼い少年が祖母を助けたい一心でやった事と分かれば、同情の心も湧き起こる。

そんな周囲の目をピシャリと断ち切ったのは、スッと立ち上がった老婦人本人だった。

痩せてしまった腕を振り上げ、泣きじゃくる孫の頬をピシャリと打ちつけたのだ。

「そのような盗んだお金で命永らえてもなんの意味がありましょうか！　お前に罪をおかさせるくらいなら、さっさとこの命、断ち切ってしまえばよかった！」

青ざめた顔で言い捨てた言葉は凛とした響きを持っていて他を圧倒した。

泣いていた少年すらも、頬を流れる涙を拭う事も出来ず、ただ立ち尽くす。

固まった空気をそっと解したのはミーシャだった。

ただ無言でホロホロと涙を流す少年の顔にハンカチを押し付け、青ざめた顔で立ち尽くす老婦人の手をそっと包み込むように握った。

「とりあえず、場所を移しませんか？　顔色、悪いです。座れる場所へ……ね？」

二　老婦人の診察と不穏な気配

一時の激昂が過ぎてしまえば、もともと体調の良くなかったらしい老婦人の顔色はますます悪くなった。

横になったほうがいいと促すミーシャに「何もない家ですが……」と案内されたのは、町はずれにある古びた一軒の屋敷だった。

「手入れする者もいなくて」とつぶやくような言い訳とともに半ば壊れかけた大門をくぐれば、そこにはまさにお化け屋敷と称したくなるような有様が広がっていた。

かつては美しく整えられていたであろう玄関までのアプローチは、植えられた木々は手を入れられることなく伸び放題。足元もかろうじて人が通れる幅を残し雑草が覆いつくしていた。

屋敷自体も長く手入れされていないらしく壁は黒ずみ、屋根の色も褪せている。たくさんの窓のほとんどに厚いカーテンが引かれたままなのも、屋敷の陰気さに一役買っていた。

そして、かなり大きな屋敷にもかかわらず人の気配が見られない。

「二人で住んでいるの？」

何気なくミーシャが尋ねると、神妙な顔で隣を歩いていた男の子がこくりとうなずいた。

「父さんと母さんがいた頃は、もっといっぱい住んでたけど」

言葉少なに答える少年に先ほどまでのジオルドに噛みついていたような覇気は見られない。

祖母に叱られたことがよほどこたえたらしい。

錆びた蝶番のせいで不快な音をたてる玄関を入れば、まだ夕方には早いというのにどことなく薄暗く埃臭かった。

（体調が悪いのにこんな環境じゃ……）

眉を顰めたくなるのをこらえて通された居間は、調度こそ古びているものの清潔に整えられていて、ミーシャは、ほっと息を吐く。

この広い屋敷を、体調を壊した老婦人と幼い少年だけで維持することができず、最低限自分たちの居住区のみを整えて生活しているのだろう。

「改めてご挨拶させていただきます。マリアンヌ＝カーラフと申します。この子は、わたくしの孫でケント。この度は、誠に申し訳ございませんでした」

勧められたソファーに腰を下ろすと、向かいに座った老婦人が改めて名乗り、頭を下げてきた。

その隣ではケントと呼ばれた少年が神妙な顔で頭を下げてくる。

「そんな！　顔をあげてください。謝罪なら先ほどしていただきました」

ミーシャは、そんな二人に慌てたように顔をあげるように促した。

そんな事の為にわざわざ自宅まで押し掛けたのではない。

「あの、ですね。私、これでも薬師の端くれなんです。良ければ、マリアンヌさんの体を診させてもらえませんか？」

突然の申し出に、マリアンヌとケントは戸惑ったように顔を見合わせた。

目の前でニコリとほほ笑む少女は、まだ成人前の子供に見えた。それが、薬師？　見習いにしては、隣の男が師匠という風には見えない。

いいところのお嬢様と護衛、が妥当だろう。

現にケントもそう当たりをつけて手を出したのだ。裕福で甘やかされたお嬢さんなら、たとえ捕まってもお涙ちょうだいの身の上話に同情してくれるんじゃないかとのずるい計算があった。

「……あの、ありがたいお申し出なのですが、生憎薬師様に診ていただいて、お礼の品を包める状況ではございませんので」

少し困ったように断りを入れるマリアンヌにミーシャは慌てて首と手を横に振った。

「お礼なんて、そんなものいただく気はありません！　そうですね……これは、自己満足なんです。たまたますれ違っただけの縁ですけど、私は病に困っているマリアンヌさんを見つけて、それをもしかしたら解決出来るかもしれない。だから……」

幼い少年と祖母。

少年は方法を間違えてしまったけれど、お互いを思いやるたった二人きりの家族、という状況は、亡くしてしまった母親の事を思い出させてミーシャの胸を切なくさせた。

どんな事をしてでも助けたいと願うケントの行動も、悪い事だと分かっていても咎める事など出来ないほどに。

ミーシャだってあの時母親を助けられるのならば、悪魔とだって取引しただろうと思うからだ。

なぜだか泣きそうな顔で黙り込んだミーシャの姿に、マリアンヌは何か感じ取るものがあったのだろう。

「では、診ていただいてもよろしいですか？」

そう言って静かに頭を下げれば、ミーシャの顔がホッとしたように綻んだ。

椅子に座ったままのマリアンヌの前に立ち、ミーシャは脈を取り、目や耳、喉を覗き込み、心音や肺の音を聞いた。

その後、幾つかの質問をしながら触診をする。

先程の控えめな少女は消え、そこには自信に満ちた一人の薬師がいた。

その変化に半信半疑だったマリアンヌ達の表情も変わっていく。

「肺から異音がします。消化器官も弱ってるみたいですね。食欲も無く、熱も続いているみたいだし。ただ、咳はあまり無いし喉の炎症も少ない……。風邪、にしては少しおかしいんですよね」

マリアンヌに聞かせながらも、自分も頭の中で考えをまとめているのだろう。

少し遠い視線は、知識の泉を必死に探っているように見えた。

そんな様子を、ジオルドは一歩離れた場所から眺めていた。

ミーシャの薬師としての働きを見るのは初めてだったため、興味津々である。

隠そうとしていたようだが、ディノアーク公爵の屋敷の中でさりげなく話を振ってみれば、確かな腕を持っている事はすぐに分かった。

そもそも、怪我人があふれる屋敷に招き入れた時点で、本当に隠す気があったのかは疑わしい。

どうやら口止めもろくにしていなかったようで、怪我人の家族に軽く話しかければ、「ミーシャ様のおかげでうちの人は助かった」だの「私の腰が痛むのにもすぐ気づいてくださって」だの、キラキラした瞳で教えてくれた。

完全に信者の目だった。

一緒に旅に出て割とすぐにその事を聞いてみれば、しばらく視線をさまよわせていたものの、薬師であった母親に師事していたことを教えてくれた。

正確には、最初はどうにかごまかそうとしていたのだが、知識のないものに貴重な医学書や調薬書は触らせてもらえないかもとつぶやけば、すぐさま手の平を返した。

「一応母からはもう独り立ちできると許可は出ています。なので、父の所では怪我人の対処も任されていました。だから、一通りのことはちゃんと理解できます！」

そもそも、大国の図書館目当てでレッドフォードを目指しているミーシャにしたら、いまさらそれを取り上げられてしまっては意味がない。

すがるような目で見上げるミーシャに、ジオルドは笑いそうになるのをこらえるのに必死だった。

（いや、ちょろすぎだろう？　大丈夫か？　これ）

もちろん、大人なジオルドはそんな内心を気取らせるようなことはせず、重々しく頷いてみせた。

「ああ、それなら大丈夫だろう。普段は表に出してない禁書も見れるように交渉してやるよ」

「本当ですか⁉　すごい‼」

もろ手を挙げて喜ぶミーシャに、ジオルドはついに我慢できずに噴き出した。

ある意味ほのぼのとした時間を思い出していたジオルドは、目の前でテキパキと動くミーシャの変わりように目を見張った。

（薬師というより、まるで医師だな。いったいどんな教育を施したらこんな子供ができあがるんだ？）

そんな二人の横で、心配そうにそわそわしているケントの姿が微笑ましい。

先程までの威勢も不審そうな様子も消え、ただ祖母の様子のみを心配している姿は年相応に見えた。

口を挟みたそうにしているのにじっと我慢してすがるような視線をミーシャに投げかけている。

その中に無意識の信頼を見て、ジオルドは内心感心していた。

頼りなさそうな見た目の少女は、今や、しっかりと患者の家族に頼られる薬師へと立場を昇格させているようだ。

「肌を診せてもらってもいいですか？　ここではなんですので、良ければ寝室で」

さらなるミーシャの要求にも、マリアンヌは素直に従った。

「こちらです」

先に立って歩く背中を追いかければ、二階への階段を上がった奥の部屋へと案内される。

主寝室なのだろう。

大きな扉をジオルドが続いて潜ろうとすれば、険しい顔のミーシャに押しとどめられた。

「女性の肌を診るのです。遠慮してください」

パタンと閉じられた扉の前でジオルドはため息をつく。

ミーシャの行動に興味を惹かれるあまり常識がとんでいた自分に呆れていると、隣で小さな笑い声がした。

「大の大人が情けないの。あんた、ミーシャに頭が上がらないんだな」

「……口の利き方が悪いな。目上の人間に「あんた」はないだろ？」

生意気な口を利くケントの頭をぐりぐりと乱暴にかき混ぜれば抗議の声が上がった。

ひとしきり教育的指導とばかりに少年を弄っていると、嫌そうにその手を逃れた後、ポツリとつぶやいた。

「……なぁ、ミーシャって本当に何者なんだ？　市場で見た時はいいところのお嬢様って感じだったのに、あんな……。ばぁちゃん、大丈夫なのかな？」

少し心細そうなケントにジオルドは、もう一度手を伸ばし、今度は優しい手つきで自分が乱した髪をなでつけてやった。

「ばあちゃんが大丈夫かは俺には分からん。だけどミーシャの腕は確かだ。そこだけは保証してやるよ」

「……うん」

ケントがこくりと頷いた時、「もう良いですよ」とミーシャが扉を開いた。

中に招き入れられればバルコニーへ続く大きな掃き出し窓の前にマリアンヌが座って待っていた。

衣服の乱れはすでに無く、心なしか顔色も明るく見える。

「お婆ちゃんは大丈夫ですよ。肌を診せていただいたついでに幾つかのツボを刺激しておいたので、今日は無理をせず、このまま横になって水分を多めに取ってくださいね。食欲があるようなら普通に食べてくださっても大丈夫。ただ、先程お婆ちゃんとも話したけど、今日はケント君のベッドで一緒に寝てもらっても良いかな？　うつる病では無いから」

急いでマリアンヌの元に駆け寄ったケントに向かい、ミーシャが丁寧に説明する。

「薬は宿にあるので、調合して、後で届けにきますね。それまで、横になっていてくださいね？

ケント君、お婆ちゃんが無理しないようにしっかり付いていてあげて」

「分かった。でも、なんでこの部屋がダメなんだ？」

しっかりと頷くと、ケントは最後に疑問を一つ投げかけてきた。

それにミーシャはふわりと微笑む。

「悪いものがこの部屋に溜まっているのよ。後で薬と一緒に薬香を持ってくるから、それまではこの部屋には入ってはダメよ？　さ、下に行きましょう」

促され、ケントは素直に従いマリアンヌと先に立った。

一番最後を付き従いながらも、ジオルドは頭を掠めた疑問に内心首を傾げた。

（うつる病では無いのに、部屋に悪いものって？）

だが、先程の笑顔を思い出せば、この場でミーシャが説明してくれることは無いだろうと口をつぐむ。

もう一つ、ミーシャの手にある布に包まれた物を問いただしたい気持ちも一緒に押さえ込みながら。


「……ジオルドさん、お願いがあるんですが」

マリアンヌがベッドに入るのを見届けて、屋敷を後にしたミーシャとジオルドは、足早に宿へと向かっていた。

お化け屋敷一歩手前な屋敷の外観が見えなくなった頃、ミーシャはそう言ってジオルドに幾つかの調べてもらいたいことを小声で告げてきた。

「ここからなら、自分で宿まで戻れます。必要な薬を調合しておくので、その間にお願いできますか？」

「分かった」

本当は聞きたいことだらけだったが、先程までの笑顔の消えたミーシャの様子に承諾の意だけを伝える。

「だが、宿までは一緒に行くぞ。調べ物は人手がある方が良いからな」

ただ、一人歩きだけは許可できないと告げれば、しぶしぶ頷かれた。

「後、大丈夫とは思うんですけど、念のためマリアンヌさんたちに護ってくれる人をつけることは可能ですか？」

「……分かった」

頼まれた「調べ物」と合わせれば一気にきなくさくなってきたな、とため息をつきたい気分に陥りながらも、ジオルドはなんと無く、心が浮き立つのを感じていた。

随分と下にある少女の小さな頭を見下ろしながらも、ジオルドはミーシャの「お願い」を叶えるためどうしたらいいかを考え始める。ジオルドは、自分が何の違和感もなくミーシャのために動いている事に気づいていなかった。

三　救いたい想い

宿の部屋へと戻り、必要な薬草をより分け調合しながらもミーシャは思考の海へと沈んでいった。

マリアンヌの内診を行ったとき、ミーシャは拭い去れぬ違和感にさいなまれた。

所見、病の始まった状況の聞き取り、普段の様子。

一見、普通の気管支炎に見えるのだが、ミーシャの勘が何かおかしいと訴えかけていたのだ。

他に本人の気づいていない場所に何か症状がでているのではないかと、直接に肌を診せてほしいと頼んだ時は、断られてもしょうがないと思っていた。

成人女性が伴侶以外に首から下の肌を見せることは、あまり歓迎された事では無いからだ。

だから、マリアンヌがあっさりと了承の意を示してくれた時、ミーシャはすごくうれしかった。

出会ったばかりの自分を信用してくれたこともだが、この、違和感の正体が分かるかもしれないという事にワクワクしていたのだ。

少し浮かれた気分で足を踏み入れた寝室で、しかし、ミーシャは、一気に冷静になった。

鼻につくかすかな香り。

甘い花の香りに隠れたそれをかぎ取った瞬間、ミーシャの脳裏に「危険」の文字が激しく点滅した。

ミーシャは素早くマリアンヌの横をすり抜け、大きな掃き出し窓を開け放つ。さらに、その横に並ぶ半窓も次々と開け、吹き込んできた風にようやく深く息をついた。

「……あの……ミーシャ様？」

突然のミーシャの行動に驚いたマリアンヌの声に、ミーシャは我に返って舌打ちをしたい気分に陥った。

反射的に、一刻も早く換気を行うことしか頭になかった。「患者を不安にさせてどうするの」と脳裏の母親が怖い顔をしている。

「あの、ごめんなさい。空気がよどんでいるような気がして。少し寒いかもしれないけど、しばらくはこのままで良いですか?」

出来るだけさりげない口調を取り繕いながらも、ミーシャは窓辺へとテーブルセットの椅子を移動させ、マリアンヌにそこに腰掛けるように促した。

マリアンヌは、何も言わぬまま窓辺に歩み寄ると椅子に腰を下ろした。

しかし、ミーシャの下手な演技ではこの老齢の女性をごまかすことは出来なかったらしい。

椅子に腰かけたマリアンヌは大きく息を吐くとうつむけていた視線をあげ、まっすぐにミーシャを見つめた。

「この部屋に、何かがあるのですね?」

それは、問いかけというより確認だった。

澄んだ視線に射貫かれ、ミーシャは一瞬迷った後、覚悟を決めた。

マリアンヌは当事者であり、現在この家の当主だ。

何より、ミーシャの予想が当たっていた場合、通りすがりの小娘の手にはどうやったって手に余る事態になるのは目に見えていた。

「私、鼻が良いんです。薬師としての訓練の賜物でもあるんですが、母が言うには生来のもので、もともと通常の人よりも数倍の嗅覚があるそうです」

唐突なミーシャの言葉を遮ることなく、マリアンヌは、次の言葉を待った。

「この部屋に入った時、いくつかの香りに気が付きました。草花から抽出された香料、衣類に使われた洗剤、そんな中に普通ではあるはずの無い香りがあったんです。とても珍しい鉱物。半貴石として扱われることもあるそれは、実はある特別な方法で粉にして不純物を取り除き燻す事で毒になるのです。主な症状は体の倦怠感、息苦しさ、吐き気、微熱」

あげられる症状が全て自分に当てはまることに気づき、マリアンヌの顔色が悪くなる。

「何度かに分けて体内に蓄積された毒は徐々に対象者の体を弱らせていくため、知らない人が見れば、些細な病をこじらせ亡くなったように見えるでしょうね」

ミーシャはあまりのことに震えるマリアンヌの服をはだけ背中を露出させた。

そしてそこに目当てのものを見つけ唇をかみしめる。

白い背中の肩甲骨付近に、薄い紫の小さなあざのようなものが幾つか浮かび上がっていたのだ。

ミーシャも母親の教えの中で聞いただけで実際に目にしたのは初めてだったが、なぜかこれがそうだとはっきりと分かった。

「まだ、痣が薄い。今なら私の知っている毒消しの薬で間に合います」

「……ああ、神よ」

ミーシャの言葉に、マリアンヌは小さくつぶやくと両手で顔を覆った。

その震える肩にミーシャは黙ってはだけた衣服を着せかけると、そっと側を離れた。

「……息子夫婦も私と同じような症状で亡くなったのです。秋の終わりに体調を崩し、ゆっくりと弱っていきました。どんな薬も効かず、お医者様も首をかしげるばかり。やがて、この家は呪われているのだとどこからともなく噂が立ち、人は離れていきました。代々続いていた商売も続けていく事ができず、知人に後を引き継いでもらったのですが……」

小さな声で続く独白を聞きながら、ミーシャは壁際にある大きな暖炉へと近づいて行った。

すでに灰は白くなり火の気はないが念のためハンカチで口元を押さえたまま暖炉の中を覗きこんだ。

「あった」

暖炉の上部、部屋側に少しだけ張り出した部分の内側の壁部分が煤に隠れて分かりにくいがきらきらと光って見えた。何よりも、部屋に入った時に感じた香りがはっきりと残っている。

ここに砕いた鉱石を塗り付けたと考えて間違いはないだろう。

ここに毒を配することで、冷え込んだ夜に暖炉に火をともせば、温められた毒は気化し閉め切った部屋に満ちていく。

そして部屋の住人の体をじわじわと蝕んでいくのだ。

「この冬、何度火を入れましたか？」

険しい顔で暖炉から顔を抜き出し見据えてくるミーシャに、マリアンヌは少し考え込むように首を傾げた。

「お恥ずかしい話ですが、我が家の財政ではこの大きな暖炉にそう度々火を入れることは出来ませんでしたので、本当に数えるほどです。寒いときにはリビングで火を焚いてあちらのソファーで孫と二人寄り添って眠るようにしていたのです」

少し恥ずかしそうに答えるマリアンヌに、ミーシャはほっとしたように肩の力を抜いた。

「それは良かったです。もし毎晩のようにここに火を入れて過ごしていれば、取り返しのつかないことになっていたと思います」

遠回しに死を示唆されて、マリアンヌは再び顔をこわばらせた。

「……では、本当に、何者かがその暖炉に毒を仕込んだとおっしゃるのですね？　息子夫婦もその犠牲になったと」

震える声にミーシャは、考えをまとめるようにゆっくりと言葉を紡いだ。

「息子さん夫婦を私は診ていないのではっきりとは断言できません。でも、お二人が体調を崩されたときこの部屋で過ごされていたというのなら、可能性はあると思います。ただ、腑に落ちない点があるんです」

暖炉の上に置かれた香炉を持ち上げ眺めながら、ミーシャは首を傾げた。

「息子さん夫婦がお亡くなりになって何年が経ちましたか？」

唐突とも思える質問にマリアンヌは戸惑ったように、飾り棚の上のものを手にとっては戻す少女の華奢な背中を見つめた。

「ちょうど五年前のことになりますが……なにか？」

「その五年の間、マリアンヌさんはこの部屋で休まれていたのですか？」

くるりと振り返り、探るような視線を向けるミーシャに、マリアンヌは首を横に振った。

「いいえ。息子たちの部屋だった場所ですし、思い出が多すぎて辛くなってしまうので使ってはいませんでした。ただ、ある方がこの部屋は当主のものだしあなたが使うのが正しい姿だとおっしゃって。後、この部屋が一番造りがしっかりしていて隙間風もなく暖かいからと、放置して埃にまみれていたのを手を入れて整えてくださったのです」

それが何か？　と首をかしげるマリアンヌにミーシャは首を横に振った。

「いえ。……ずっと薬を吸い続けていたにしては症状が軽いと思ったので。この冬、数度だけ、だったからなんですね」

にっこりと安心させるように微笑みを浮かべて、ミーシャはマリアンヌの元に歩み寄った。

「薬の目処はつきました。早速宿に戻って薬を作ってきます。それで、申し訳ないのですが、この香炉をお借りして良いですか？　薬を煎じる炉の代わりにするのに丁度よさそうなので」

手にした大きめの香炉は、下で小さなろうそくに火を点けて上に載せた器の中で香油を温めるタイプのものだった。上に載せた器を適当なものに替えれば、確かに少量の薬を煎じるのには丁度よさそうに見える。

「ええ。頂き物で数度使ってしまいましたがそれでも大丈夫なのでしたら、どうぞお使いになってください」

「いただきもの？　息子さんの思い出の品とかでは無いのですね？」

凝った彫刻がほどこされた香炉は、装飾品としての意味合いも強いのだろう。

いわゆる「お高そう」な一品を手に確認をとるミーシャに、マリアンヌは少し寂しそうな笑みを浮かべた。

「ええ。同じようなものを息子たちは気に入ってよく使っていたのですが、この部屋を掃除するときに誤って落としてしまったそうで壊れてしまったの。お詫びにと同じような品を持ってきてくださったのだけど、香りをかげば息子たちの事を思い出してしまって……」

その後、少しでも早く薬を服用したほうがいいから、と香炉片手に宿へ向かいジオルドにいくつかの「お願い」をして、ミーシャは今は一人薬を調合していた。

だが、もっともらしいことを言って引き取ってきた香炉は、使われることなく窓辺のテーブルの上に置かれていた。

処方したい薬に、煎じる必要のあるものなどなかったから当然である。

さりげなく持ち出したのは、その香炉にも悪意の罠がしこまれていたからだ。

香炉のろうそくを置く部分の内側もきらきらと美しく輝いていたのだ。

ミーシャは手を止めると、憂鬱な視線を香炉へと投げかけた。

この香炉を準備した人物の事をミーシャは知らない。もしかしたら、マリアンヌにこの香炉を手渡した人物とは別の誰かが用意し、画策したのかもしれない。

(そうだったらいいのにな)

そう、願ってしまうのは、マリアンヌが香炉を渡してきた人物を少なからず信用していることが透けて見えたからだ。

好意を持った人物に死を願われるなんて、そんな悲しい現実を知ってほしくない。

ただでさえ、大切な家族を亡くしているのだ。

だけど、ミーシャは悪意というものは様々な形で襲ってくるものだということを知っていた。

そして襲ってくる悪意をはねのけるのがいかに大変かということも……。

つきりと痛む胸をそっと押さえ、ミーシャはぎゅっと目を閉じた。

浮かんでくるのは、少し足を引きずりながらも楽しそうに緑の森を歩き回り微笑んでいる母親の姿。

その後を追うように父も穏やかな顔で足を運んでいる。

ミーシャの知る一番幸せで大切な、もう、二度と見ることの叶わない風景だ。

「守りたいな」

互いを唯一と慈しむ瞳で思いやる老女と少年。

ミーシャは小さく首を振ると再び薬を作り出すために手を動かし始めた。

四　救いの手

ミーシャを宿に送り届けて自分が戻ってくるまでけして部屋から出ないようにと言い含めた後、ジオルドは「お願い」をかなえるために動き出した。

動きが鈍くなるので大人数で動くことを嫌っていたが、今回はミーシャという護衛対象がいた為、最低限ながら部下を連れてきていたのが幸いして人手には困らない。

他国であるため情報源は限られるが、まあ、そこは蛇の道は蛇。なんとでもなるだろう。

差し当たり部下の中でも小柄で目立たないものを、警備役に二人ほど割り振ってカーラフ家に向かわせた。庭木があれほどおおい茂っていれば、潜む場所には事欠かないだろう。

「しっかし、思った以上に面白い事をひっかけてくれるよな」

市場ですりの少年を捕まえたときには、まさかこんなことに巻き込まれることになるとは思いもしなかった。

ミーシャに頼まれたお願い事は三つ。

カーラフ家の評判と現在の立ち位置。

カーラフ家に現在立ち入っている人物とその周囲の関係。

そして、この地の司法のありよう。

なんでそんなことを知りたいのかと問うジオルドに、ミーシャはマリアンヌの症状が毒物中毒であること。その使われた毒が自然発生する事は無く、またかなり珍しいものであることを言葉少なに語った。

「今回の毒を体から抜くことは簡単だけど、根本を解決しなければまた同じようなことが繰り返される。そんなのいやだから」

うつむき加減につぶやかれた言葉は、人の命を脅かす悪に対する少女らしい潔癖というには苦いものを含んでいた。そして、少女が理不尽な悪意の結果母親を亡くしていることに思い至り、舌打ちをしたいような気分に陥る。


そして乞われるままに部下を動かし調べてみれば、ある意味わかりやすいお家乗っ取りの陰謀が浮き彫りにされた。

原因不明の病で亡くなった大商人の当主とその奥方。時同じくしてどこからともなく聞こえてくる黒い噂に呪いという物騒な声。

使用人の中にも体調を崩すものが現れるが、カーラフ家を離れると症状がなくなるとのうわさも流れはじめ、周囲では「カーラフ家は何か悪事を行い何者かに呪われたのだ」という話がまるで真実のように独り歩きし始める。

信用第一の商人が「呪い」の看板をしょって上手くいくはずも無く、カーラフ家は商売を知人の手にゆだね没落の一途をたどったようだ。

そして使用人すらいなくなった広い屋敷の中で、マリアンヌとケントはひっそりと息をひそめるように暮らしてきたのだ。

だが、一度は収まったかに見えた悪意の牙は再び二人に向けられる事となった。

原因は、カーラフ家が主力商品として扱っていた織物の製造元が、今の自分たちでは流通を上手く出来ないからと、マリアンヌが託した商人に反旗を翻し始めたからだった。

もともと地方の小さな村で細々と作られていた精密な織物を、数十年前、たまたまそこを通りがかった当時の若き当主であったマリアンヌの夫が気に入ったのが始まりだ。

土地が痩せてろくな作物が育たず、冬は雪で閉ざされる寒村の民が、何もすることのない冬の間に細々と作っていたものだった。

それを、カーラフ家が高額で買い上げることで、村は餓死者を出すことも、子供たちを口減らしのために売ったり、間引かなければならないという悲しい歴史からも逃れる事が出来た。

美しい織物として流通が出来上がるまでの間も、先々代当主は、こんなに払っては赤字だろうと眉を顰める周囲に「先行投資だ」と笑って、村人たちが暮らせるだけの金を融通し続けたのだ。

お金以上の恩義を感じていた村人たちは、「途中で放り出すようなことになって申し訳ない」と頭を下げるマリアンヌの為に、新しくやってくるようになった商人の高圧的な態度も我慢し続けていた。

だが、ついには取り決められた金額を払わないどころか、商人の手下が村の若い娘たちに乱暴を働こうとした事で我慢の限界を超えたらしい。

門戸を閉ざし、商品を渡さず、カーラフ家の血筋が戻ってこないのなら商売は取りやめだと声をあげる村人たちに商人たちは焦ったのだろう。

かといって、今更カーラフ家に頭を下げるのも面白くないし儲けが減ってしまう。

だったら、恩義を感じる先を徹底的に潰してしまえばいい。

織物が売れなくなって困るのは村人たちのほうだ、という傲慢な考えのなせる行動だった。

実際はそううまくいかないことは、少し冷静に状況を見れば分かりそうな物だったのだが。

数十年に亘り良質の織物を提供し続け、時に王族への献上物とまでなった事のある職人の村が、かつての貧しい村のままであるはずも無い。

村としても、村人一人一人の個人としても、富を蓄える事が出来た。

更に、カーラフ家の勧めや援助もあり、見込みのある子供たちに高等教育を受けさせ、商売のノウハウも学ばせた。

やろうと思えば、十分に村の人間だけで新たな商売を始めることのできる地力を、すでに得ていたのだ。

それでもカーラフ家をたてていたのは、金勘定だけの問題ではないという、先々代から続く深い恩義に報いるためであった。

仮にマリアンヌたちに不幸が起これば、さっさと手を切っていたことだろう。

まあ、恩義あるはずの相手を己の欲の為に害する人間に、義理人情の世界を説いたところで馬の耳に念仏だ。理解などしないし、鼻で笑っておしまいだろう。

「と、いうわけで、暖炉に細工をしたのもその香炉を贈ったのも同一人物だ。南のほうの怪しい商人とのつながりも浮かんできたから、ミーシャの言っていた毒物はそこから手に入れたんだろう。息子夫婦が気に入って使っていた香炉も、同じ人物からのプレゼントだったみたいだ。息子夫婦は香炉からの毒にやられたんだろうな」

二時間もすれば望む情報はざっくりとだが集まった。

カーラフ家の商売が立ち行かなくなり一番得をした人間であり、しかし、それが不自然にならない位置にいた人物。

裏表のある性格だと一部からは白い眼で見られていて、実際疑いの目で見る者もいたらしい。

だが、先代夫婦の死は病死にしか見えなかった為、どうすることも出来なかった。

「先々代に付いていた元丁稚さん、ですか……」

「先々代が引退するときに暖簾分けじゃないが一部援助を受けて店を持ったそうだ。先代との付き合いも深く、友人だと言っていたそうだが」

最悪の結果にミーシャの顔が曇った。

(マリアンヌさんになんて伝えたら良いんだろう)

十代の幼いころから面倒を見て仕事のノウハウを一から教え育てた相手が、大切な息子夫婦を殺し、さらには自分や孫まで手にかけようとしていた。

その真実は、どれほどマリアンヌを傷つける事だろう。

眉根を寄せ、ため息をつくミーシャの頭をポンポンと大きな手が撫でた。

「きついようならこっちで処理しておくぞ?」

気づかわしげな声に甘えてしまいたくなる気持ちをこらえて、ミーシャは首を横に振った。

「私の患者さんです。ちゃんと私の言葉で伝えます。薬も持って行かないといけないですし、ね」

どう聞いても強がり八割というところだが、ジオルドは何も言わずにただミーシャの小さな頭を撫でると口角を持ち上げてみせた。

「じゃあ、行こうか。きっと生意気な坊ちゃんが待ちくたびれてるぜ」

ニヤリと笑って促され、ミーシャも薬を入れた包みを片手に立ち上がった。

情報は集めた。

後は「どうするか」「どうしたいのか」を当事者に確認して動くだけだ。

覚悟を決めてしまえば、軽いとは言い難い足取りでも前に進むことはできる。

ミーシャは、ジオルドとともに先程歩いた道を辿り始めた。

「……そう。あの子が」

毒の話を聞き、ミーシャがあの香炉を持ち帰ったことで、薄々感づいていたらしいマリアンヌは、心配していたように取り乱すことは無かった。

ただ、沈痛な面持ちで黙り込んだだけだった。

俯いた顔の先。そろえた膝の上に乗せられた手が握りしめられ小さく震えていた。

息子同様に可愛がっていたつもりだった。

そんな相手の裏切りを知り、認めたくない現実との葛藤の表れだったのかもしれない。

ミーシャとジオルドは、ただ黙ってその様子を見守った。

どれほどの時間が過ぎただろう。

マリアンヌが俯いていた顔を上げた。

「村の皆さんに謝罪しなければなりませんね。ノウハウを持っているからといって、海千山千の商人たちの中で新たな販路を開くのは大変だろうと、余計な気遣いをして。結局皆さんの心労を増やしただけだった。いいえ。気遣いと称して、完全にこの手を離れてしまうのが寂しかったのかもしれないわね。あの織物はあの人の人生のようなものだったから。私のくだらない感傷で本当に申し訳ない。……きちんとカーラフ家とのしがらみから離して差し上げなくては」

その瞳の中に涙がにじんではいたけれど、もう、悲しみに沈んではいなかった。

その強さに、ミーシャは憧れた。

こんな風に自分も強くなりたいと。

「あの男のしたことは犯罪です。放っておくのですか？」

ジオルドの言葉に、マリアンヌは表情を曇らせた。

「確かに悔しいけれど、彼がやったという証拠が香炉と暖炉の形跡だけでは訴えるのは難しいでしょう？　どちらも「知らなかった」で通せてしまう。今の彼にはそれだけの力があるのです。対して、こちらは没落寸前の元商家でしかありません。むしろ、下手に騒ぎ立てれば名誉を傷つけられたとこちらが訴えられてしまうかもしれないわ」

「……そんな」

あまりに理不尽な言葉にミーシャは息を呑んだ。

大切な人の命が奪われ、自らの身も狙われ、それでも泣き寝入りするしか無いなんて。

「どうにか出来ないんですか？」

少女らしい義憤にかられたミーシャが、縋るようにジオルドを振り返ったとき、窓の外で何やら人の争う声が聞こえた。

「何かあったみたいだな」

素早い身のこなしで窓の方に駆け寄りながら、手ではミーシャ達にその場から動かないように指示を出す。

そして、ジオルドが窓から外を覗いたときには全ては終わっていた。

護衛のために庭に潜ませていた二人の部下が、五人の男達を捕縛している。

「何事だ？」

「はっ！　彼らが屋敷の敷地に侵入し火を放とうとしていたため、取り押さえました。いかが致しましょうか？」

ただの物取りならば、いきなり放火などと乱暴なことをするはずが無い。

しかも、時刻はまだ夕刻であり、荒事にも向かない時間帯である。

何か差し迫った理由があるのは一目瞭然であり、ジオルドは、ニヤリと人の悪い笑みを浮かべた。

「喜べ、ミーシャ。どうやら向こうから証拠がやってきたみたいだぞ」

楽しそうなジオルドの言葉に、ミーシャとマリアンヌは首を傾げた。


そこからは、まさに怒涛の展開だった。

放火未遂犯達は、我が身可愛さにあっさりと自供し、そこから例の商人へとたどり着くのはあっという間だった。

どうやら村の代表者がマリアンヌの元に直接乗り込もうとしたのに焦り、強硬手段に出たようである。

今までも村の代表達は、何度もマリアンヌに手紙を送っていたのだ。

それを、郵便配達人を抱き込んで、うまく握りつぶしていたらしい。

しかし、直接乗り込まれてはどうしようもない。

「良い人」の仮面が剥がれれば、隠してきた悪事が白日の下にさらされてしまうかもしれない。そのことを恐れての暴挙だったようだ。

ミーシャ達がその場にいたのも不味かった。

お忍びの旅路とはいえ、ジオルドは隣国のお偉いさんで、ミーシャは自国の公爵の娘で国の代表として隣国に招かれた賓客（ひんきゃく）である。

袖の下を渡された下っ端役人に誤魔化せる範囲はとうに超えていた。

その地を治める領主直々のお出ましに、隠されていた悪事はあっという間に白日の下に晒されたのである。

どうも商人がマリアンヌの命を狙った事は、数ある悪事の一角でしかなかったらしく、芋づる式にズルズルと多くの人間が捕縛される事になったのだが、またそれは別の話だろう。

ただ、領内の膿を出す良い機会となったと領主直々にマリアンヌに礼があり、不名誉な噂で没落していたカーラフ家の名誉回復に一役かう事になったのは嬉しいおまけだった。

その騒ぎの中、例の村の使者も到着し、どうして苦しいときに頼ってくれなかったのだと男泣きに泣かれ、マリアンヌが困惑する場面も見られた。


そして。

ミーシャは、ようやく一連の騒動の終わりが見えてきたからと招待され、ついでにマリアンヌの診察もさせてもらおうと屋敷へとやってきていた。

屋敷は、初めてミーシャが訪れた時とは大分様子が変わっていた。

たくさんの使用人が行き交い、庭も屋敷も綺麗に手入れされ、まるで別の場所のようだ。

恩人の窮地に次々と押しかけてきた村人達の仕業だそうで、マリアンヌは少し困ったように笑っていた。

お茶でも飲もうと、すっかり綺麗に整えられた応接室へと通された時、マリアンヌとジオルドが後始末の最終確認にきた役人に呼び出されてしまった。

残された子供二人は顔を見合わせた後、一緒におやつを食べながら、のんびり時間を潰すことにしてソファーへと座り込んだ。

壁際に控えていたメイドがすかさず、給仕してくれる。

もともとカーラフ家でメイドをしていて、その縁で村に嫁いでいた女性が急遽戻ってきていて、他にも掃除や洗濯ならできるからと何人もの女性たちが世話をしてくれているそうだ。

「なんか、急に坊ちゃんとか言われて居心地悪くてさ」

物心つくころには屋敷には人手がなく、自分のことは自分でする生活をしていたケントはどうにも人から世話をされることになじめないようで、困ったように肩をすくめた。

それに、父親の屋敷で同じ気持ちを味わったミーシャは激しく同意を示し、二人で笑いあった。

「多分、婆ちゃんとレイランの村に引っ越す事になると思う」

「レイランの村って、この織物の村?」

ケントの言葉に、ミーシャは足元を見た。

あまりにさりげなく使われていて誰も気付かなかったのだが、そこには見事な織りの絨毯が敷かれている。村の織物の一種だそうだ。

「そう。村の人間が、大事な恩人をこんなところに置いておけないって婆ちゃんの大説得大会になってるから。多分、もうそろそろ婆ちゃんが負けそう」

ケラケラと笑いながらクッキーをかじるケントに、ミーシャはお茶を一口飲んで、それから笑顔を浮かべた。

その様子が目に浮かぶようだ。

「そっか。ケント君は行ったことある?」

「父さん達が生きてる頃に何回かな。すっごい山奥で何にも無いけど、良いところだよ。みんな優しいし」

笑顔に少し影が差したのは、死んだ両親を思い出したからだろう。

原因不明の病気で亡くなった両親が、実は毒殺だった。

しかもその犯人は、ケントも知っている相手だ。

幼い頃抱き上げてもらったこともあるし、会えば、いつでも甘い菓子やちょっとした玩具をお土産に持ってきてくれた。

両親が亡くなってからは頻度が減ったけど、年に数度は顔を合わせていた相手だ。

少年の心に、複雑な影を落とさない訳がなかった。

それでも、ケントは前を向いて笑っていようと決めたのだ。

それは、逆境には立ち向かえという亡き父の教えでもあった。

良い商人とは、不屈の精神と飽くなき探究心を持っていなければなれないのだと、いつも口癖のように言っていた。

「あのさ。俺、もう少し大きくなったら婆ちゃんの知り合いの商人のところに働きに行く予定なんだ」

さらなる唐突な言葉に、ミーシャは目を瞬いた。

「マリアンヌさんと村に行くんじゃないの？」

驚くミーシャに、ケントは「行くけどさ」と照れくさそうに頬をかいた。

「俺、立派な商人になりたいからさ。その為には色々勉強しないとだし。学校行くより、叩き上げの方が向いてるかな、って」

ケントの瞳はキラキラと輝いて見えた。

その瞳には、希望に満ちた未来が映っているだろう。

自分よりも小さな少年が、両親の死をしっかりと乗り越え、前に進もうとしている。

それは、ミーシャに強い衝撃を与えた。

「……ありがとう。ミーシャに会えてよかった。おかげで婆ちゃんは助かったし、父さん達のことも分かった。この恩は、いつか絶対に返すよ」

呆然と見つめるミーシャに何を感じたのか、ケントは、早口でそういうと口の中に最後のクッキーを押し込み立ち上がった。

「婆ちゃん達、遅いから、様子見てくる！」

そう言って、風のように飛び出していったケントの耳がほんのりと赤く染まっていたことに、残念ながら呆然としていたミーシャが気付くことは無かった。

「強いなぁ。……見習わなくっちゃ」

一人残されたミーシャは、呆然とケントの話を反芻した後、そう呟いて唇をかみしめた。

まだ、今はあんな風に明るく笑えないし、前を向いて進むのはとても辛いけど。

「うん。がんばろ」

自分に言い聞かせるように声に出して、ミーシャは、意識して顔を上げ口角も上にあげてみる。

「薬師を目指すなら、ハッタリでも強がりでもいいから、いつでも余裕のある顔で笑っていなさい。頼るべき薬師の迷う顔を見れば、患者はより一層不安になるわ。ただでさえ、痛くて苦しくて辛い思いをしているのに、気持ちだけでも楽にしてあげなくっちゃ」

そう言って頭を撫でてくれた母親は、いつでも綺麗に微笑んでいた。

どんなに辛い時も、ミーシャはその笑顔を見れば大丈夫だと安心できたものだ。

不意に浮かんだ母親の言葉と笑顔にミーシャは、歪みそうになる笑顔を必死で保ち続けた。

(そうね、母さん。ハッタリでも強がりでも、とりあえず笑っとくわ。そうすれば、いつか本物になると思うから)


後に、大陸中どころか世界中に名を轟かせる大商人へと成長したケント＝カーラフは、生涯において『森の民』を友とし、敬愛を捧げたと伝えられている。

その献身の理由を尋ねられた時、彼は誇らしげな笑顔で答えたという。

「幼き頃、返せぬほどの恩を受けたのだ」と。

五　小さな命と紅と白の思い出

ゆっくりと走る馬車の中、ミーシャは何気なく腕を窓から差し込む光にかざしてみた。綺麗な糸とガラス玉で編まれた、組紐のようなものがそこには結ばれていた。

「それ、さっきケントに貰ってたやつか？」

正面に腰を下ろしたジオルドが、キラリと光を反射したガラス玉に眼を眇める。

「そうです。織物の糸を使って編んだんだって言ってました」

数種類の色で編まれた組紐は、綺麗な文様を描き出していた。

「ふぅん。土産物に喜ばれそうだな」

何気無い言葉にミーシャは目を見張って、くすくすと笑った。

「それ、ケント君も同じようなこと言ってました。村の人は端糸で手慰みに作るものなので、そんな事考えもつかなかったみたいで驚いてましたけど。多分あの様子なら商品化されるんじゃないでしょうか？」

なんでもケントが、村の男の一人が手首に結んでいる組紐に目を留めてつくり方を聞いたらしい。男の幼い娘が作ったそれはもっとシンプルな物だったが、やり方を聞いて、色の種類を増やしたりガラス玉を組み込んだりしてみたそうだ。

「試作品一号だ」と言っていたからこれからもっと種類も増えるのだろう。

「新しいものに目をつけ、それをより受け入れられるように進化させたのか。本当に商人向きかもな」

ジオルドは、少し呆れたように呟くと肩をすくめた。

幼い子供の発想と行動力は侮れない。

「すごいですよね。私も負けてられません」

組紐のガラス玉を撫でながらミーシャは微笑んだ。

「少し、そこら辺を歩いてきても良いですか？」

休憩の為馬車を停め、昼食のために簡単なかまどを作り出したジオルド達にミーシャは声をかけた。

何時もなら細々と手伝いを申し出るミーシャの珍しい願いに、ジオルドは手を止めて顔を上げた。

「あまり離れなければ構わないけど、どうしたんだ？」

「手持ちの薬草がだいぶ減ってしまったので少し探してこようかと。森の感じが幾つかの薬草の育成環境に合ってるようなので」

背後の茂みをチラチラと眺めるミーシャの顔は期待に輝いていた。

「山路に差し掛かってからやけに窓の外を気にしていると思ったら、そんな事を考えてたのか」

悪路に気分でも悪くなったのかと少し心配していたジオルドは驚きに目を見張った。

我慢強い子だから、たとえそうなっても弱音は吐かないだろうと、気を使って早めの休憩に入ったのに。

「ついていかなくても良いのか？」

明らかにうずうずしているミーシャに声をかけるも、首を横に振られてしまった。

「森の中は慣れてるので大丈夫です。危なそうなものには近づかないようにします。とりあえず三十分くらいで戻ってきますね！」

「早めに休憩入ったし、もう少しゆっくりでも大丈夫だぞ」

ジオルドの言葉に嬉しそうに頷くと、足取りも軽く緑の中へ消えていった。弾むようなその小さな背中を見送って、そういえば森で暮らしていたんだったな、と思い出す。

場所は違っても、同じような森の中。歩き方は心得ているのだろう。

あっという間に消えていった背中は迷いがなくて、水を得た魚のようだった。


ミーシャは、鼻歌を歌いながら首尾よく見つけた薬草を摘んでいった。

馬車の中は広いから、紐に結んで吊り下げておけば良い感じに陰干しになるだろう。

予想通りの薬草達を発見しては小さく歓声を上げるミーシャは、まるでおもちゃを与えられた子供のようだった。

「あ、ササヤがある。でも、すぐに煎じないとダメなんだよなぁ。少し、時間もらえないかなぁ？」

珍しい薬草を見つけて、少し迷った後摘み取る。今が旬の時期で新芽が一番薬効が高く、何にでも効く痛み止めになる。

軟膏にして怪我につけてよし、丸薬にして頭痛や腹痛などの内服にもよしで汎用性も高いのだ。

出来れば持っておきたい。

「ジオルドさん達騎士さんなんだから怪我も多いだろうし、イイよね」

つぶやきながら多めに摘み取る。

気づけば籠の中は数種類の薬草でいっぱいになり、約束の時間も過ぎようとしていた。

そろそろ昼食の準備もできた頃だろう。

「野宿でイイから山に泊まらないかな～」

ミーシャ的宝の山に未練たっぷりだが、約束の時間は守らなければならない。

少しのズレならともかく、大幅に遅刻しては心配をかけるだろう。

「食後にも採りに行ってもイイかな？　あ、でもササヤの始末もしなきゃ……」

つぶやきながら歩いていたミーシャが、その気配に気づいたのは偶然だった。

助けを呼ぶようなか細い小さな声。

まだ幼さを残す甲高い声は途切れ途切れで、しかも今にも消えてしまいそうに小さかった。

「……仔犬？」

キュウキュウと聞こえる声に迷ったのは一瞬。

ミーシャは声の聞こえる方へと走り出した。


「……ミーシャ？」

ミーシャが出かけて一時間近くたち、ジオルドがそろそろ捜しに行こうかとしていた時に、ミーシャは足早に戻ってきた。

片手に薬草の山盛り入ったカゴ、そして、もう片手にショールに包まれた何かを持って。

「遅くなってごめんなさい。お叱りは後で聞くから、今はこの子の手当てをさせて」

差し出されたショールの塊の中身は、白い仔犬のようだった。

ぐったりと眼を閉じていた仔犬は、新しい匂いを嗅ぎつけたようで眼を開き、小さく唸り声をあげた。

暴れるほどの元気はないようだが、ジオルドをにらみ警戒する瞳はただの仔犬にはない野性を宿していた。

「……コレ、毛色は白いが狼の子か？」

火の側に近づいて、持ってきた小鍋で摘んできたばかりの薬草を煎じ始めるミーシャの様子と、その傍らに張り付く小さな塊を眺める。

その毛は泥と血で汚れていたが、確かに白かった。

「たぶん。捨てられたのか親が死んでしまったのかは分からないけど、竪穴に落ちて動けなくなってたの。親がいるなら助けるはずだから、どっちかだとは思うけど」

狼の毛色はたいてい黒か灰色で、白というのはありえない。よく見れば目も赤っぽいのでアルビノなのだろう。

森に溶け込むことのない目立つ毛色は仲間から嫌われるから、捨てられたのかもしれない。

「イイ子ね。怪我を見せてちょうだい」

安心させるように低い声で話しかけながら、ミーシャは子狼の怪我の部分に手早く薬を塗り、舐めとらないように包帯を巻いていく。

大人しくされるがままになってはいるが、不快なのだろう。鼻に皺を寄せ、不機嫌そうに喉の奥で唸っている。

だが、その小さな牙も爪もミーシャに向けられることは無かった。

物珍しげにミーシャが治療を施す様子を眺めていたジオルドは首をひねった。

いくら子供とはいえ野生の狼が、人に対して牙を剥くことなく体に触れさせているのが不思議だったのだ。

足も怪我しているようだから逃げられなかったのだろうが、それでも、体に触れられれば噛みつくぐらいしそうなものなのだが。

「何か獣を大人しくさせる薬でもあるのか？」

白い狼の子は、スープの中に入っていた肉を小さく砕いて与えれば大人しく食べ、今は腹が膨れたからかミーシャの側で眼を閉じている。

まるでよく躾けられた犬のようだ。

「そんな薬、使ってないですよ。昔から不思議と動物に懐かれるんです」

ようやく自分の食事にありつけたミーシャは、パンにかじりつきながらそう言って笑った。

「いや、だが野生の狼だろう？」

なんでも無いことのように言っているが、かなり珍しい光景だ。

というか、普通ありえない。

自分もスープを飲みながら、なおも不思議そうに首をかしげるジオルドに、ミーシャは困ったように笑った。不思議がられても、本当に何か特別なことをしているわけではないのだ。

理由を聞かれてもミーシャだってわからないのだから答えようがない。

「怪我をしているし弱ってるからじゃないですかね？　この子も、私が治してくれるって分かっているんですよ、多分。懐いているわけではないから、不必要には触らせてはくれませんし」

チラリと傍らにいる狼に視線をやればパチリと目が開いてジッと見つめられた。

こんな風に、警戒していないわけではなさそうなのだ。

「それでもだなぁ。野生の生き物なんて弱っている方が警戒心が強くなるもんだろう？」

「う〜ん。多分、私に敵意がないからですよ？　真剣に「食べてやる」とか思ったらダッシュで逃げると思いますし」

ミーシャは森で暮らしていた時、基本は自給自足で肉を得るために罠を張り、ウサギや鳥を捕って食べていた。

もちろん、自分で捌いたし、料理もした。

肉食獣は肉に臭みがあるし、あまり大きなものは捕れても始末に困るので基本は小動物だけだったが。

不穏な会話に何か感じるものがあったのか、子狼がヒュンと小さな声で鳴いた。

それにミーシャはくすりと笑う。

「大丈夫。食べるつもりならわざわざ助けたりしないわよ」

器の中から肉の塊をすくい取り鼻先に落としてやると、子狼は匂いを確認した後パクリと食べた。

仲直り、終了である。

「この山を越えたら次の町、ですか？」

再びまどろみ出した子狼を横目で確認しながら、ミーシャは静かな声で今後の予定を尋ねた。

「そうだな。実は国境越えに二つの方法があるんだが、このまま山越えの道を行くのと、少し回り道になるが海路を使うのと、どっちがいい？」

食後のお茶を飲みながら、ジオルドはニヤリと笑ってみせた。

「海路って、海ってことですか？」

言葉を反芻して、ミーシャはコテンと首を傾げた。

山育ちのミーシャにとって、海は知識の中だけに存在する未知の場所だった。

森にあった湖の何倍も広く、水がしょっぱくて塩が採れる。

干物でしか食べた事が無いけれど、海でとれたという魚は川や湖のものとは趣が違って美味しかった。

『水の深さや場所によって色が変わるのよ。

風が吹けば波が起こり、水面が激しく動くの。

魚の他にも不思議な生き物がたくさん住んでいるわ。

何より、海に沈む太陽が見せてくれる光景はとても幻想的で美しいの』

昔、本を見ながら語ってくれた母親の言葉が思い浮かぶ。

思い出の中の風景を語る母親は、とても楽しそうに微笑んでいた。

「海、行ってみたいです」

このまま山を越えながら薬草を集めて歩くのも魅力的だが、未知への好奇心はそれにも勝った。

何よりも、あんな風にうっとりと母親が語ってくれた風景を実際に見てみたい。

キラキラと輝く瞳に見つめられ、ジオルドはあっさりと首を縦に振った。

「了解。ミーシャは初めてだし、船酔いしないように大きな船に乗ろうな～。まだ泳ぐには寒いけど、足つけるくらいは大丈夫だろうから、楽しみにしてろよ」

笑顔であげられる楽しそうな予定に、ミーシャは久しぶりの無邪気な歓声をあげたのだった。

ガタゴトと山道を進む馬車の中で、ミーシャは先程採ってきた薬草の選別をしていた。

一人で乗るには広い馬車内は、現在薬草で占拠されている。

充満した薬草の香りは、慣れない人間には苦痛だろうが、ミーシャにとっては嗅ぎ慣れた心落ち着く物だった。

ふと下げた視線の中に白い塊が映る。

馬車の隅に敷いた布の上で、子狼は眼を閉じて休んでいるようだった。

が、ピンとたった耳が、子狼が眠っているわけではない事を示していた。

拾ってまだ数時間。

懐くわけがないその態度は、野生としてはとても正しい。

たとえ小柄なミーシャが両手で簡単に抱えてしまえる大きさだとしても、綺麗な赤い目がまん丸の幼い顔つきだとしても。

本当はその毛についた泥や血を拭いてやりたかったが、子狼の拒絶にあい諦めた。

毛繕いは親愛の情を伝えるものだ。

（いつか、させてくれるかな？）

薬草をより分ける手を止めることなくボンヤリと考えたミーシャの脳裏に、ふと白い影が過ぎった。

それとほぼ同時に、自分をじっと見つめている赤い色が浮かび、ミーシャは薬草を持つ手を止めた。

（そうか、なんだか懐かしいと思ったら、この子、あの子と同じ色なんだ。あの子の方がもっと赤かったけど）

一度思い出すと、何故今まで気づかなかったのだろうと不思議になるほどに、鮮やかに思い出が浮かんでくる。

ミーシャは耳をピンっと立ててこっちの様子をうかがっている小さな狼を見つめて、ひっそりと微笑んだ。

（色もだけど、あの警戒心一杯なところもソックリかも）

子狼を驚かせないようにクスクスと小さな声で笑いながら、ミーシャはあの日の事を思い出していた。

五歳の誕生日を迎えた後、ミーシャは森の中を一人で探検する権利を与えられた。

その日から、家の周りから少しずつ探索範囲を広げ、一年たった頃には、母親と一緒に行った事のない場所にまでミーシャの行動範囲は広がっていた。

足の悪い母親では行けないような足場の悪い場所や、急な崖の先ですら、身軽なミーシャには楽しく遊べる場所でしかなかった。

更に探検した先で見つけた見たことの無い花や草をお土産にと持ち帰れば、かなりの確率で母親に「すごい」「えらい」と褒められるとなれば、幼い子供が喜んで森の中へと日参する立派な理由となる。

結果、幼い少女の行動範囲としては驚くほど遠くまで足を延ばしていたのだが、幸か不幸かそれを咎める大人はどこにもいなかった。

だから、その日もミーシャは鼻歌交じりに森の奥深くへと分け入っていたのだが……。

（……なんだろう？　なんだか、いつもと違う？）

細いけもの道をたどりながらも、ミーシャは戸惑ったように首をかしげた。

うまく言葉にすることは出来ない。しかし、森がなんだかいつもと違って感じたのだ。

それは、いつも賑やかな小鳥たちの声の少なさとか、走り回る動物たちの姿が見えない事だったのだが、ミーシャは、それが何を意味するのかよく分からなかった。

だから、好奇心の赴くまま、違和感の正体を探してそろりそろりと足を進め……そして、森の中に「あるはずのないもの」を見つけてしまう。

大きな古木のごつごつした根の間に、はまり込むようにして倒れている小さな人影。

「……子供？」

自分とさほど大きさの変わらない人影を、ミーシャはじっと木陰から見つめた。

真っ白な髪は、首筋を覆うほどの長さで、まっすぐに切りそろえられていた。髪が覆っているためミーシャの位置からは顔立ちをうかがうことは出来ないが、わずかにのぞく頬のラインは子供らしい丸さを帯びていて、髪が白いからと言って老人というわけでもなさそうだった。

最も、日ごろ母親と二人きりで暮らし、他に会う人と言えばたまに訪ねてくる父親とその友人たちしか知らないミーシャにとって「子供」も「老人」も物語の中でしか知らない存在であったのだが。

服は何の飾り気もないすとんとした長袖のワンピースのようで、それは、ミーシャが眠るときに着ている服によく似ていた。

裾の中に足を隠すように小さく丸まっている姿は、何者かから身を守ろうとしているように見える。

山深い森の中に寝間着姿の小さな子供が一人。

木の根の間に身を隠すようにして丸まる姿は、世間を知らないミーシャから見ても異様なものだった。

しばらく観察してほかに人がいなさそうなことと、ピクリとも動かないその姿に不安を覚えたミーシャは、恐る恐る足を踏み出した。

ゆっくりと距離を縮め二人の距離が二メートルほどまで近づいたとき、踏み出したミーシャの足元でパキリと小枝が小さな音をたてる。

とたん、今までピクリとも動かなかった人影がパッと身を起こした。

(あ、真っ赤だ)

そして向けられた瞳の色にミーシャは目を奪われた。

よく熟れたリンゴのような真っ赤な瞳。

僅かな怯えと強い警戒を帯びたそれは、まっすぐにミーシャを射貫いた。

「……きれいな色」

思わずぽつりとこぼれた声が緊張で張り詰めた空気を揺らした。

赤い瞳に戸惑ったような気配が揺れる。

「……何者だ。なんで子供が、こんな所にいる」

少しかすれた高い声は硬く高圧的で、子供が少年であることを伝えてきた。

他者を拒絶した声音はあくまで冷たく響く。

だが、唐突に問われたミーシャは、その質問に首を傾げた。

「だって、この森は私のお家だもの。あなたこそ、だあれ?」

不思議そうな顔で当然のように問い返され、少年の赤い瞳の中の戸惑いの色が強くなる。無意識のうちに、少しでもミーシャから距離をとろうと身じろぎした少年は、ぎゅっと眉を寄せ歯を食いしばった。

少年の細い手が反対側の腕のあたりをかばうように押さえ、そこに瞳と同じ色を見つけたミーシャは、驚きに目を見開いた。

「あなた、怪我してるの?」

そして、痛みにうめく相手が逃げる隙も与えぬ素早さで詰め寄ると、傷を覗き見た。

突然距離を詰められ驚いた顔で逃げようとする少年の体を押さえ、袖をまくれば二の腕にすっぱりと切れた十センチほどの傷があった。それほど深くなかったのかすでに血は止まっているが、なんの手当てもされずむき出しのそれにミーシャは眉を顰めた。

「私、お母さん、呼んで来る！」

しかし、立ちあがろうとしたミーシャの腕を細い指がつかんで止めた。

突然動いたことで傷に響いたのか、先ほどよりもさらに盛大に顔をしかめながら、少年の首が横に振られる。

「人を呼ぶのは、ダメだ」

「でも……」

助けを拒絶する少年に、今度はミーシャが戸惑ったように眉を顰める。

動いた衝撃で傷が開いたのか、傷口から再び血がにじんできていたのだ。放っておいていいとは、とても思えなかった。

「人を呼ぶというなら、どっちにしろお前が立ち去った後で俺はここから逃げるぞ」

明確な脅しにミーシャの眉間のしわが深くなる。

そのままに少年を見つめれば、赤い瞳がじっと見つめ返してきた。

（そっか、怪我してる動物さんと一緒だ）

そして見つめていれば、先ほどから少年に対して感じる既視感に答えが浮かび上がってきた。

森で暮らす中で、何度も出会ってきた傷ついた獣たちの浮かべていた色と同じだったのだ。

怯えと警戒。そして生にしがみつく強い気持ち。

赤い瞳に浮かぶそれらに気づいてしまえば、ミーシャの体からすとんと力が抜けた。

確かにこの瞳の持ち主ならば、自分の意に沿わないことをされた時点で姿を消してしまうであろうことは想像がついた。たとえ、その選択が死に近づくものであろうと。

野生の生き物はそういうものだと、森で生きてきたミーシャは誰よりもよく知っていた。

まあ、だからと言って相手は人間である。このまま放っておくわけにもいかないと、ミーシャは幼い知恵を振り絞って考えた。

（この子は、何かに怯えてて他の人に会いたくないんだ。だけど、とりあえず私とは話してくれてる。同じ子供だから？　じゃあ……）

ストンと少年の正面に座り込むと、ミーシャはじっと赤い瞳を見つめた。

「私が、傷の手当てをするのは、良い？」

「……お前が、か？」

少年の瞳が驚きに見開かれた。

背中に背負ったリュックの中には、今日のお昼ご飯と水の入った水筒、大きめの布が一枚入っていた。それから、母親に持たされた擦り傷用の軟膏ときれいな布の切れ端。それらを取り出して、ミーシャは少し考え込んだ。

「転んだりして傷を作ったら、まずは水できれいに流してから薬を塗る事」

しょっちゅう小さな傷を作って帰ってくるミーシャに、母親がそんな小言と共に持たせた薬がこんな風に役立つとは、持たせた母親自身すら、考えもしなかっただろう。
ミーシャがしょっちゅう作ってくる傷に比べると少年の傷はだいぶひどいが、何もしないよりは良いはずだ。

「少し痛いかも。ごめんね？」

緊張した面持ちでミーシャは、少年の傷に水筒の水を傾けた。幸い傷の中に泥や汚れは入り込んでいない様子だったけれど、念のため指先でこするようにして固まりかけた血も落としていく。

痛みはあるだろうに、少年は唇をかみしめ、じっと体をこわばらせて耐えてみせた。

ここで泣いて暴れられてしまったら、初めての行為に内心びくびくしていたミーシャまで驚いて泣いてしまっていただろうから、少年の判断は正しいものだった。

尤も、唇を噛み締めた理由はそんなものではなく、年頃の少年らしい意地と矜持（きょうじ）の表れであったのだが。

水筒一本分の水を使い切ったミーシャは、軟膏をたっぷりと傷に塗り込むと布で覆い、大きめの布を裂いて作った即席包帯でぐるぐる巻きにした。多少不格好ではあるが今のミーシャにできる精一杯をやりきり、ミーシャは大きく安堵の息をついた。

「……ありがとう」

その時、そんなミーシャに小さな声が降ってきた。

驚き顔をあげれば、どこか複雑そうな色を浮かべた赤い瞳と至近距離で見つめあうことになる。

ミーシャはじわじわと胸の奥から不思議な感情が湧き上がってくるのを感じた。自分のした行為が受け入れられ感謝されるのは、とてもうれしくて誇らしい。

少しくすぐったいようなそれに押されるように笑みを浮かべれば、赤い瞳が驚きに見開かれた。

それがなんだかおかしくて、ミーシャは、くすくすと声をあげて笑っていた。

「どういたしまして。あのね、私の名前はミーシャっていうのよ。この森にお母さんと二人で暮らしているの。あなたのお名前は？」

「……レン」

笑顔のまま尋ねれば、しばしの沈黙の後短い答えが返ってきた。

ぶっきらぼうなそれを気にした様子もなくミーシャは、覚えるように何度か口の中で小さく繰り返した後、お弁当の包みを掲げて見せた。

「レン、おなか空いてない？　これ、一緒に食べよう？　私は、水汲んで来るから先食べてていいよ？」

少年の膝の上にサンドイッチの包みを置いて空の水筒を持って走り出したミーシャは、心臓をどきどきさせていた。

初めて他人の治療をした高揚感と、自分がいない間に少年が姿を消しているのではないかという不安。

それらに押されるように一番近くの水場まで走り抜けたミーシャは、その勢いのままに小川の流れに顔を突っ込んで、ついでに水も飲んだ。

山の水は冷たい。

その冷たさに興奮していた頭が少しすっきりしたミーシャは、まるで犬の子のようにぶるぶると首を振って水を飛ばすと、急いで水筒に水を満たした。

それから、来た道を急いで駆け戻れば、果たして、レンは膝のサンドイッチの包みを開けることなくそのままにミーシャの帰りを待っていた。

そして、息を乱して傍らに立つミーシャを不思議そうに見上げる。

布は使ってしまったから、川の流れに顔を突っ込んだミーシャの前髪はびしょ濡れのままで、まだぽたぽたと水を滴らせていた。

「……お水。私は、飲んできたから」

こみ上げてくる気持ちを何と言い表していいのか分からずに、結局、ミーシャは水筒をレンに押し付けると自分の分のサンドイッチを取り出して齧り付いた。

不思議顔のレンは、しっとりというには盛大に濡れているミーシャの前髪を少し困ったように見つめた。

(水汲みに行ったはずなのに、なんであんなにびしょ濡れなんだ？)

本当なら、もう少し拭いた方がいいと思うのだが、レンは残念ながら着の身着のままだ。

ミーシャも気にせずそのままにしているが、きっと、拭くための布を自分に使ってしまったのだろうと、少し気まずい思いでレンは、自分の腕を見た。

巻きつけられたそれは、ミーシャがカバンの中から取り出して、小刀で細く切り裂いたものだった。

(天気もいいし、きっとすぐ乾くだろ)

結局、レンは何も言わずに、自分の分だと手渡されたサンドイッチにかじりつく。

なにかの肉と柔らかい葉っぱが挟まれただけの簡素なそれは、空腹も相まって不思議なほどおいしく感じた。

「本当に、一人で大丈夫？」

どう誘っても自分とは来てくれそうにないレンにミーシャは困ったようにもう一度尋ねた。

「しつこい。ここなら、獣だって来ないし、昨夜よりはよほど安全だ。暗くなる前にさっさと家に戻れ」

そんなミーシャに面倒そうな表情を隠そうともせずに言い切るとレンは背中を木に預けた。

「……だって」

それでも去ろうとしないミーシャにレンはため息を一つこぼし、しょうがなさそうに笑ってみせた。

「本当に大丈夫。ミーシャがここに連れて来てくれたおかげで今夜は安心して眠れる」

そう言ってレンは、ぐるりと辺りを見渡した。

そこは、大木を二メートルほど登った所にある木のうろの中だった。

子供二人が入ってもまだ余裕があるほどの大きさがあり、一人で森の探索を始めた最初の頃に見つけた場所だ。

秘密基地として使おうと、ミーシャが少しずつ床を平らに削って木の葉を敷き詰め、古い毛布を持ち込んでいた。

ある程度の高さがあるため、四つ足の獣は登っては来れないし、繁った木の葉がうまく下からの視線を遮ってくれている。

「じゃあ、行くね？　明日の朝には来るから。ご飯も持ってくるし、待っててね？」

「……わかったから」

頷くレンを置いてミーシャは後ろ髪を引かれる思いで家路に就いた。

いつもより遅い帰宅に母親が眉を顰めて小言を言ったが、ミーシャは、そんなことより残してきたレンが気になり、かなりの上の空だった。

食事をとり、布団に潜り込んでも、一人木のうろで眠るレンが浮かんでそわそわしてしまい、いつまでも眠りは訪れてはこなかった。

（レン、大丈夫かな？　寂しくないかな？　……どこか、行っちゃわないかな？）

じっと耳をすませば、家の外からは森の生き物たちの声が聞こえた。ミーシャはこの家の外で夜を明かしたことがない。まして、たった一人きりだなんて。

（どうか、レンが怖い思いをしてませんように）

綺麗な赤い瞳を思い浮かべ、ミーシャはそっと祈りを捧げた。


そして、翌朝。

母親に怪しまれないギリギリの食料と薬を手に入れたミーシャは、途中で果物を摘みつつレンの待つ秘密基地まで急いだ。

そして、そこにレンの姿を見つけ、安堵の息をついたのもつかの間。

不自然に赤い頰に、ミーシャは目を見開いた。

「熱が出たの⁉」

ミーシャの声が頭に響いたのか、嫌そうに眉をひそめるレンの額を触れば燃えるように熱かった。

「ちょっと待っててね！」

急いで小川に走り、冷たい水にタオルを浸して持ってくる。

額に置くと、火照った体に冷たさが心地よかったのかレンが目を細めた。

「やっぱり、毛布一枚じゃ寒かったんだよ。どうしよう」

「……落ち着け。大丈夫だから。熱には慣れてるんだ」

オロオロとするミーシャと対照的にレンは冷静だった。その冷たく澄んだ赤い瞳に見つめられ、ミーシャの興奮が少しずつ収まっていく。

(熱……の時、母さんはどうしてくれてたっけ?)

母親が薬を作る様子を眺めながら、傍で過ごすのがミーシャの雨の日の過ごし方だった。

様々な薬草を扱う母親は、いつも独り言のように小さな声でそれぞれの効果や扱い方を教えてくれていた。

(薬を母さんから貰うのはダメ。レンの事がバレちゃうから。今の時期、採れる薬草で熱を下げる効果があるのは……)

もっと真剣に母親の言葉を聞いていれば良かったとミーシャは、心の底から反省した。そうしていれば、今、目の前で苦しんでいるレンを助けることができたのに。

目の前のレンが苦しんでいることに対しての動揺と不真面目だった過去の自分に対しての後悔で混乱している頭の中をひっくり返して、どうにか役に立ちそうな知識を引っ張り出すとミーシャは森に飛び出した。

そして、解熱効果のある草の実を見つけ平らな石の上ですりつぶす。

ぐちゃぐちゃになったものを、秘密基地に置いていた手作りの不恰好な木のコップに、水と共に入れかき混ぜる。

「飲んで」

緑色のかなり不気味な事になったコップの中身を見て、レンの顔がしかめられた。

「熱を下げる効果があるの。母さんから教えてもらったから本当よ」

力説するミーシャを胡散くさそうに見つめるレンに困ったミーシャは、一度渡したコップを取り上げると中身を口に含んだ。

かなり苦みが強く青臭いが、薬と思えばギリギリ耐えられる味が口いっぱいに広がる。

多少涙目になりながらも飲み込んだミーシャは、半分になったコップをレンに戻した。

「飲んで。毒なんかじゃないから」

それでもしばらく迷った後、レンはようやくコップの中身を口にした。

途端に、くっきりと眉間にしわが寄った。

見た目通りというか、レンの想像以上にまずかった。

具体的に言うと苦みとえぐみが同時に襲ってくるうえに、石で適当にすり潰したため、喉に何かがひっかかり、いつまでも何とも言えない青臭さが主張する。

口直しに、自身も涙目のミーシャは、小さな飴を手渡した。

先日父親が持ってきてくれたお土産の一つでミーシャの好物だ。

砂糖ではなく花の蜜を集めて作った飴は、濃厚なのに後味が爽やかでとてもおいしい。

数があまりないので一日一個と決めて大事に食べていたものだったが、レンにあげるのは何故だかちっとも惜しいと思わなかった。

二人で口の中で飴を転がしながら、ミーシャは黙ってレンの腕の傷を治療した。少し傷の周りが赤くなっているものの、化膿はしていない事にミーシャはホッと安堵の息をついた。

これで傷が膿んでしまったのなら、本当にミーシャの手には負えなかったからだ。

傷や発熱による消耗と熱冷ましの薬の副作用で、強い眠気に襲われているレンがうつらうつらしはじめる中、ミーシャは手早く薬を塗り替え包帯を巻きなおした。

半日ほど眠り続けたレンの熱は少しずつ下がってきたようで、ミーシャはホッと胸をなでおろしながらも、水を飲ませたり採ってきた果実を食べやすい大きさに切ったりと細々と世話を焼いた。

熱のため少しぼんやりとしたレンは、昨日のツンケンした様子が薄れていてとても可愛かった。

そして二日目を過ごし、夕方になる頃にはレンの熱もだいぶ下がっていた。

「まずい薬のおかげでだいぶよくなったみたいだ」

「そんな意地悪を言うレン君に、夜のお薬をプレゼントです」

憎まれ口が叩けるくらいに回復したレンに、ミーシャはにっこりと笑ってコップを押し付けた。

もちろん、中には青臭い香りを放つ緑色の液体で満たされている。

「……なんか、朝より多くないか？」

「よく効くみたいだから、量を倍にしといたよ！」

「適量をよこせよ。たくさん飲めばいいってもんじゃないだろ！」

言い合って、しばしのにらみ合いの後、あきらめたのはレンの方だった。

薬の効果があったのは体験済みだ。むしろ、今まで飲んだどの薬より、即効性があったとレンは思う。

（ただ、死ぬほどまずいけどな……）

ため息の後、潔くコップの中身を飲み干し口を押えて耐えるレンに、妙な慈愛のほほえみを浮かべたミーシャは、そっと飴を手渡すのであった。

再び訪れた夕暮れの中、昨日と同じようなやりとりが繰り返される。

一人で残すのを渋るミーシャに呆れ顔で帰るように促すレン。

「誰かさん特製の激マズ薬のおかげで、熱もほとんど下がったし大丈夫だ。そもそも、腕の傷からの熱だから、ある程度はしょうがないんだよ。痛み止めの薬草も足してくれたんだろ？」

意地悪で夕方の薬の量が増えていたわけでないことに気づいていたレンは肩をすくめた。

ばれていると思っていなかったミーシャはそっとうつむく。朝は、熱で朦朧としてたし、大丈夫だと思ったのだ。再び警戒されて、自分も飲むのは避けたいというずるい考えもあったため、目を合わせづらい。

「いや、明らかに色が朝と違ってたし、味もさらにすごかったからな？　人に飲ませるんだからちゃんと説明しろよな」

「ごめんなさい。飲んでくれてありがとう」

呆れたように笑うレンに、ミーシャは、お詫びの気持ちも込めてもう一つ飴を進呈する。

何が入っているのかわからないものをそれでも飲んでくれたレンの信頼が、とてもうれしかった。

「じゃあ、行くね？　ちゃんと寝てるんだよ？　お腹すいたら、置いてある果物とか食べてね？」

しぶしぶと木を下りたミーシャを、樹上からレンが呼び止めた。

「本当に感謝してる。ありがとう」

落ちてきた素直な感謝の言葉と笑顔に、見上げていたミーシャはポカンと口を開けた。

赤い瞳に警戒した色はなく、とても柔らかくほころんでいた。

（まるでお花が咲いたみたい）

見惚れるミーシャに「アホヅラになってるぞ」と笑う顔すらやっぱり綺麗で、ミーシャは怒ることも忘れて見とれてしまった。

そんな自分がなんだか照れくさくって、ミーシャはへへッとごまかすように笑う。

「またね！」

そして手を振って走り出したミーシャをレンがどんな顔で見送っていたのか、振り返らなかったミーシャは気付くことが出来なかった。


そして、次の日の朝。

たくさんの食料を手に走ってきたミーシャが見たのは、空っぽの秘密基地だった。

キチンと畳まれた古びた毛布の上に残されていたレンの瞳の様な赤いピアス。それがなければ、ミーシャはこの二日間が夢だったと思っていたかもしれない。

それは確かにレンが身につけていたもので、片一方だけのそれを握りしめミーシャは少しだけ泣いた。

寂しいのとは違う、でも胸が締め付けられるような苦しさがなんだったのか、その時のミーシャには分からなかった。


ガタンっと馬車が大きく揺れて、ミーシャは我に返った。

薬草を手に随分長いことぼんやりしていたようで、ミーシャの手の熱を吸って薬草が少ししんなりしていた。

慌ててそれを束ねて窓枠に吊るした後、ミーシャはふと思い出して守り袋の中を探った。

そして、小さな雫形のそれを取り出す。

指先ほどの小さなピアスを陽にかざせば、鮮やかな赤い光を撒き散らした。

赤い石を雫形に削り金具をつけただけのシンプルなそれは、あの日、レンと名乗った少年が残していったものだった。

結局、誰にもその存在を伝えることのなかった人物の残したものを身につける訳にもいかず、また、片方だけのそれを着けるのも変な気がして、こっそりとしまい込んだままになっていたのだ。

初めて治療して、感謝された。

あまりにも拙い行為を思い出せば恥ずかしくもなるが、あの日の経験がミーシャに「薬師」としての道を選ばせたキッカケだとはっきりと言える。

誰にも言えない、ミーシャだけの大切な思い出だ。

「元気でいるかな……」

小さな呟きに答える声はなく、ただ小さなピアスだけがミーシャの指先で鮮やかな赤い光を散らしていた。


「これは、また。楽しそうなことになってるなぁ」

送られてきた報告書という名の手紙に目を通し、ライアンはくつくつと喉を鳴らして笑った。

その様子を、トリスが非常に嫌そうな顔で見ている。

「で、あの馬鹿は、今度は何をやらかしたんですか」

それでも、立場上確認しないわけにもいかず、しぶしぶ口を開いたトリスに、ライアンは気安い仕草で持っていた紙の束を放り投げた。

「行儀が悪いですよ」

それに小言を言いつつも、受け止めた手紙を開いて、目を通していくトリスの眉間のシワが深くなっていく。

「あの男は、他国でなにをやっているんですか⁉」

通りすがりの町のお家騒動に首を突っ込んだ挙句、その領地を揺るがすほどの大捕物になっていた。協力に感謝を伝える領主の印が捺された正式な書類まで挟まっていて、トリスの眉間のシワどころか顔色が凄いことになっている。

「ちゃっかり領主を味方に引き込んでいるところがジオルドだよな。絶対に勝手なことをしたとお前から怒られることに対する対策だろ、コレ」

対する王であるライアンは、楽しげに爆笑していた。

「笑い事じゃありませんよ。他国の領地の問題にこんなに関わって、この後始末を誰がつけると……」

「そりゃあ、お前だろうなぁ」

ぶつぶつと文句を言うトリスにライアンはあっさりと引導を渡した。

「あぁ、私の休暇がまた潰れる」

トリスががっくりと項垂れるのに、さすがに少し哀れになったライアンは慰めともつかない言葉を口にした。

「まぁ、悪いことをしたわけでもないし、実際に感謝されているようだし、そこまで大事にもならないだろう」

「……では、ライアン様が後始末をつけてくださいますか？」

「え？　面倒」

しかし、自分に流れてきそうになればあっさりと切り捨ててしまうのだから、言葉だけの慰めなど何の意味も無い。

「……で、いつ頃戻って来るので？」

こうなったら、帰ってきたら八つ当たりだろうが何だろうがこってり油を絞ってやる、と不穏なことを考えて暗い笑みを浮かべるトリスに若干引きながらも、ライアンはもう一枚の紙を手渡した。

そして。

「ミーシャが海を見たこと無いそうだから、船使って帰ってくる？　ついでに二〜三日港町で遊んでくる？　……って、なに考えてるんですか、あのアホは⁉　これ以上問題起こす気ですか‼」

仮にも一国の王の執務室に悲痛な悲鳴が響き渡った。

六　初めての海

ガタゴトと山道を揺られる事二日。

途中で登り坂から横にそれ、山並みに沿うように中腹あたりを走る道を更に進む事、三日目。

「ミーシャ、起きろ。もう直ぐ見えるぞ」

ウトウトと船を漕いでいたミーシャは、馬車の外から響くジオルドの声に意識を取り戻した。

（見える……なにが？）

ボンヤリとうまく動かない頭で考えていると、コンコンと馬車の窓が外からノックされた。

「おーい、海が見えたぞ～」

「……海！」

その言葉が耳に飛び込んできた瞬間に、ミーシャは、馬車の木製の窓を思いっきり押し開けた。

途端に押し寄せてくるのは、鼻に馴染んだ濃い緑の森の香り。

だが、下り始めた山道の先に小さく街並みが見え、更にその先に空とは違う青い色が見えた。

「アレが海……」

まだ遠すぎて実感は薄いけれど、焦がれていた風景が確かに眼下には広がっていた。

湧き上がる感動に目を離せずにいると、トンっと膝に軽やかな感触がする。

視線を下せば「どうしたの？」と言わんばかりの赤い瞳がジッとミーシャを見上げていた。

あの日助けた子狼は結局、ミーシャのお供として一緒に連れて行く事になった。

直ぐに走れるようになれるほど足の怪我は軽くなく、然りとて、子狼の足が治るのを待って旅路を休むわけにもいかない。

では、治った頃に放てばいいのでは、という案もあったが、こんな小さな子供が今までいた場所から遠く離れた土地で、上手くやっていけるかと言われれば微妙なところだ。

うっかり他者のテリトリーに踏み込み、制裁されるのが関の山だろうというのが目に見えていた。

一度手を差し伸べたものを死地に放つのも寝覚めが悪い。

野生の世界は厳しいのだ。

様々な言い訳を自分自身や周囲に積み重ね、ミーシャはその小さな子狼を手元に置く事に決めた。タオルに包まれて馬車に乗せられた子狼も、最初は警戒して隅の方で小さくなっていたが、やがて何くれと世話を焼いてくれるミーシャを保護者と認めたらしい。

もともと狼は社会性のある生き物だ。

慣れれば人社会に適応する事も可能なのは過去の前例もある。

『レン』と名付けられ、気づけばミーシャの膝の上でくつろぐようになった子狼の逞（たくま）しさに、周囲の目は呆れ半分安堵半分というところだったが、概ね好意的に受け入れられていた。

何より、レンと共に戯れるミーシャの表情は穏やかで、年相応の無邪気さがあった。

ミーシャに自覚はなかったが、少女が母親を亡くした経緯は周知の事実であり、時折その瞳に暗い影が過るのに気づいていて、みんな心配していたのだ。

余計なお荷物ではあるが、それでミーシャが少しでも慰められるなら……と、周囲の大人達は見守ることに決めたのだった。

「海の水はしょっぱいんだって！　一緒に舐めてみようね」

毎日せっせとブラッシングしているおかげでふわふわのツヤツヤになった白い毛を優しく撫でつけながら、ミーシャは期待に輝く目をレンに向けるとニッコリと笑いかけた。

「ひゃん！」

何だかよくわからないけれど、どうやら自分の主の機嫌がいいことを感じ取り、レンは尻尾をぱたぱた振りながら元気よく同意の声を上げた。

海辺の町は活気にあふれていた。

他国からの船も出入りする大きな港をもつこの町は、ミーシャの国の貿易の要でもあるそうだ。

見たことのない肌の色や顔立ちの人がそこら中にあふれ、少し耳をすませば聞いたことのない言語が飛び交っているのが分かる。

店先に並べられているものだって不思議な形の果物や異国情緒あふれる飾り物など、見たことのないものでいっぱいだった。

馬車の窓から外を眺めながら、ミーシャは早くあの中に入りたくてわくわくする心を抑えられずにいた。

「まるでお祭りみたい！」

これまで通過してきた町々もそれぞれ活気があったが、ここは一段と賑わっているように見えた。

今にも身を乗り出さんとしているミーシャにくつくつと笑ってジオルドが注意を促す。

「宿に着いたらどこにだって連れて行ってやるから落ち着け。窓から落ちちまうぞ」

その言葉にミーシャは慌てて窓から出していた顔をひっこめた。

先ほどまでの興奮とは別の意味でミーシャの頬が赤く染まる。

ジオルドに指摘されて、まるで自分が幼い子供のような行動をとっていたことにようやく気付いたのだろう。

つい先ほどの行動は気のせいですよ、と言わんばかりに居住まいを正し、綺麗な姿勢で座席に座ったミーシャは、つんと澄ました表情で取り繕ってみせた。

尤も、好奇心を抑えきれない綺麗な翠の瞳はちらちらと窓の外に向けられていて、ちっとも隠せてはいなかった。

ジオルドは可愛さに噴き出しそうになるのをどうにかこらえると、ミーシャの視線を探りながらどこに連れて行こうかと本日の観光計画を練るのだった。


「すごい！　広〜い‼」

最初に来たのは海岸だった。

海辺の宿の窓から海岸が見え、ミーシャの視線がそこに釘付けになってしまったためだ。

目の前にどこまでも広がる青い海は、空との境界線があいまいにぼやけて解け出している。

大きく息を吸い込めば嗅いだことのない不思議な香りがした。

「そうだ！　味！　水の味を確かめてみなきゃ！」

充分に海の広さを堪能した後、ミーシャは次の目的を思い出し、そろそろと波打ち際に足を進めた。

白い砂がさらさらと足元で崩れる感触が楽しい。

思わず座り込んで手ですくってみれば、砂は細かい粒子でできていて、さらさらと手のひらから零れ落ちていく。その中に小さな貝殻を見つけ、ミーシャはにっこりとほほ笑んだ。

「ジオルドさん！　靴、脱いでもいいですか〜？」

後ろの方でミーシャを見守っていたジオルドは、手を上げて了承の意を示した。

それからついでに、一緒に来ていたもう一人の護衛に適当なサンダルを購入してくるように指示を出す。

長旅に適した革の編み上げブーツは、この町ではいかにも浮いて見えたからだ。

そんな背後のやり取りにも気づかず、ミーシャはいそいそと靴を脱ぎ、再びゆっくりと歩きだした。

砂に足が埋まり、指の間に入り込んでくる感触にミーシャはくすくすと笑った。

初夏の太陽に暖められた砂は暖かく気持ちいい。

やがて波打ち際が近づいてくると、サラサラだった砂は水を含んでしっとりとした感触になってきた。

その変化すらも珍しくてミーシャはゆっくりと慎重に足を進めた。

そうしてついた波打ち際。

ミーシャは寄せては返す波と砂の描く文様に息を呑んだ。

「なんて美しいのかしら……」

きらきらと光を反射させ波が躍れば、それに合わせて砂も様々な形を残す。

だけどその優美な波紋は次の波にさらわれて、あっという間に別の形へと塗り替えられてしまうのだ。

あまりにもはかない一瞬の、だからこそ美しい波と砂の芸術。

身動きすることも忘れて見とれているミーシャの隣に、いつの間にかやってきたジオルドが並んだ。

「足をつけてみないのか？」

声をかけられ我に返ったミーシャが顔をあげジオルドを見上げた。

翠の瞳に見つめられ、ジオルドは無意識のうちに息を呑んだ。

ほんのりと上気した頬に少しうるんだ瞳はキラキラと輝いている。そこに浮かんだ恍惚とした色はミーシャの顔を大人びて見せていた。

「……ええ。入るわ」

囁きのような声と共に交わった視線が断ち切られ、ジオルドは自分が息をつめて固まっていたこすぎた。
太陽のせいだけではない。気のせいというにはジオルドは十分に大人で、その衝動には覚えがあり
大きく息を吸い込めば心臓の動きがやけに速く大きく感じる。ジンワリと湧き上がる汗は初夏の
とに気づいた。

「うわっ……まじか、俺」

思わず座り込んでうな垂れているジオルドを尻目に、ミーシャは慎重に波に近づいていく。

つま先に波が触れた。

少し冷たく感じたが、直ぐに気にならなくなる。

それよりも、ミーシャは寄せては返す波と戯れる事に夢中になっていた。

水が揺れるたびに足元の砂が流れて、少しずつ指先から砂に埋もれていく。

そっと指を動かせば砂が舞踊り波と共に去って行き、再び足が現れた。

ミーシャは無心に同じ事を繰り返す。

聞こえるのは波の音だけ。

初めて聞いたはずの波音は、なぜか包み込まれるような安心感と心地よさを与えてくれた。

ふと、その音に紛れるように何かの声が聞こえた気がしてミーシャの意識が無我の境地から浮上した。

足元から顔を上げた時、波間に何かキラリとした光を見つける。

水が反射したのとは違う光に、ミーシャは何気なく手を伸ばした。

そうして指先に触れた硬い何かを摘み上げる。

「……青い……石？」

それは青く光る指先ほどの大きさの丸い石だった。

まるで海の色を写し取ったような深い青は、光に透かせばキラキラと青い光をまき散らした。

その美しさに息を呑んだ時、再び波音に紛れるように小さな声が聞こえた気がした。

ミーシャは辺りを見回すが、側にいるのは砂の上に座り込みこっちを見ているジオルドと、さらに後ろの方の堤防に立つ護衛の騎士のみだった。

その誰の声とも思えなくて、ミーシャはもう一度耳を澄ますけれど、寄せては返す波の音が聞こえるばかりだった。

「……気のせいだったのかな？」

首を傾げたミーシャは「そろそろ市場の方に行ってみないか？」と呼ぶジオルドの声に慌てて海から上がった。

拾った石を無意識にポケットの中にしまいこみながら……。

「ついでに昼も市場で適当に食べる予定なんだがそれでいいか？」

「はい！　さっき、とっても美味しそうな匂いがしていたから気になってたんです」

渡された布で足を拭き、涼しげなサンダルを履きながらウキウキと答えるミーシャは、ジオルドに導かれるままに市場の喧騒の中に踊るような足取りで進んでいく。

ミーシャの頭の中は美味しい食事に対する期待でいっぱいで、先ほどの不思議な声のことはすっかり消し飛んでいた。

そんなミーシャのポケットの中で、青い石が、かすかに揺れ淡い光を放つ。

『……さみ……し……』

七　『森の民』との出会い

市場の入り口にあたる場所でミーシャは驚きのあまり立ち止まった。

馬車の窓から見ていたから、少しは分かっていたつもりになっていたけれど、その認識は甘かったと言わざるをえないだろう。

間近を行き交うたくさんの人達。

耳に飛び込んでくる多種多様な言語。

カラフルな色遣いの布は不思議な柄で、他にも見たことのない道具や変わった形のツボが所狭しと積みあがっている。もちろん、野菜や果物も大量に並べられていて、見ていて楽しかった。

更にミーシャの敏感な嗅覚は、食欲をそそる料理の匂いや異国情緒あふれる香水の香りまで、あらゆるものを敏感にキャッチしている。

存分に五感を刺激され、情報量の多さにミーシャはクラクラしてきた。

だが、圧倒されていたのもほんの僅かな時間だった。

それよりもミーシャの本来持つ好奇心の方が圧勝した。

興奮に頬を染め目をキラキラ輝かせる少女の姿に、付き添っていた大人達は微笑ましげに顔を緩める。

「さて、お嬢様。どこから回りますか？」

その筆頭であるジオルドは、ワザと気取った仕草で恭しく腕を差し出してみせた。

それにビックリしたように目をパチパチとさせた後、ミーシャはニッコリと笑ってその腕に飛びつく。

「ご飯！　ご飯食べたいです。この町の名物があるなら是非それで！」

「ははっ、了解」

勢いのある主張にジオルドはおもわず噴き出すと、ミーシャを食べ物の屋台が集まっている一角へとエスコートした。

魚介類を串に刺し、タレや香辛料をつけてこんがりと焼いたものや、穀物とともに炊き込んだもの。真っ赤な汁に白い団子が浮かんでいたり薄く焼かれた生地で野菜や肉がくるくる巻かれたものなど見たことのない料理もたくさんあった。

一通り眺めた後、ミーシャは初めて見た「蒸し饅頭」に挑戦することに決めた。

ミーシャの手のひらほどもあるそれはパンよりも柔らかな白い生地でホカホカだった。

両手に持ってかぶりつくと中には海老や魚などを粗めに潰し刻んだ野菜と混ぜこんだものがたっぷりと詰まっていた。

魚介の旨味がたっぷりと詰まった饅頭のあまりの美味しさにミーシャは、小さな子供のようにパタパタと足を振ってしまう。

その様子にくつくつと笑いながらジオルドが飲み物を差し出した。

冷たく冷やされた果汁を数種類合わせたものはサッパリとしていて、濃い味の饅頭とよくマッチしていた。

「ホラ、こっちも食べてみろ。美味いぞ」

ジオルドが差し出した皿の上にはこんがりと焼けた魚の串焼きがのっていた。

ひと口毟って食べてみれば、数種類の香辛料と塩で味付けをして焼いたもののようだった。シッカリと脂の乗った魚は、香辛料のパンチにも負けることなく見事なハーモニーを醸し出している。

「こっちも美味しい！」

ミーシャは、思わず感嘆の声を上げるとニッコリと笑った。

その無邪気な笑顔に、ジオルドだけでなく付き添っていた護衛の騎士まで「コッチも美味しいです」「いや、これもなかなか……」と次々と料理を運んでくる。

ミーシャは差し出される皿を少しずつ味見させてもらい、あっという間に満腹になってしまった。

「あぁ、デザートまでたどり着かなかった」

思わず残念そうな目で、甘味を売っている屋台を見つめるミーシャに、周囲から笑いが起こる。

「まぁ、市場を歩き回っているうちに腹に隙間もできるだろう」

笑いながらも慰めるように髪を撫でるジオルドの手を笑って受け入れると、それじゃあ早速、とミーシャは立ち上がった。

異国の品を扱った雑貨屋や、珍しい果物が山のように積まれた屋台など、次々と冷やかして歩いていたミーシャが、ふと何かに気づいたように立ち止まったのを見てジオルドも足を止めた。

白いテントの前には乾燥させた葉や木の実らしきものが籠に盛られ、上からはこれまた乾燥させた草らしきものが束になって吊り下げられている。

「薬草、か？」

奥行きのあるテントは薄暗く、外からでは中の様子までは良く見えなかった。

「薬屋さんだと思うの。アレとそっちは見た事ある薬草だから。だけど、コレは知らない。ジレの実に似てるけど……」

「そいつはレイバンの実だよ。腹痛の薬になる」

幾つかの葉や実を指さして考え込むミーシャに、突然店の奥の方からしわがれた声が飛んできた。

「ジレの実と良く似ているから、駆け出しの薬師はたいてい間違えるんだが、あんたは良く見極めたね～」

面白がっているような声音と共にテントの奥の方から出てきたのは小柄で白髪の老婆だった。

腰は曲がり小さな顔はシワだらけで彼女が過ごしてきた長い年月を思わせたが、シワに埋もれたその目だけはまるで若い娘のようにキラキラと輝いている。

「ほぅ。綺麗な髪に瞳だ。久しぶりに見たねぇ」

ミーシャを見つめてニヤリと笑うと、老婆は不意に膝を折りお辞儀をした。

「森の恵みに感謝を」

唐突に告げられた言葉に、ミーシャはハッと息を呑んだ。

それは幼い頃に、遊びに来た伯父さんに教えてもらった「秘密の挨拶」だった。

もし、どこかでその言葉をかけられたら、返事をしてみたらいいと笑っていた。

「ちゃんと挨拶返せたら、友達になってもらえるからしっかり覚えろよ」とそういって。

だけど、この挨拶を習ったことは母親にも秘密にするように約束させられた。母親に秘密なんてしたことがなかったから、ドキドキしたのを覚えている。

もっとも、娘の挙動不審にすぐに気づいたレイアースに、ラインは、ミーシャの知らないところでしっかりと説教されていたのだが。

まさか、こんなにも早く自分が側にいれなくなるなんて、レイアースも思いもしなかったのだろう。

今回『森の民』の存在を知って、あの挨拶が一族につながるものなのではないかとミーシャは気づいたのだ。

本来、ミーシャが知ってはいけない挨拶だったのだろうが、気まぐれを起こしたラインの行動が、今花開こうとしていた。

ミーシャは急いで老婆と同じように膝を折ると素早く指先を折り、開き、組み合わせる。

パッと見ただけでは何をしているか分からないほど、素早く複雑な動きは、覚えるのに大変苦労したものだった。

そうして最後に両手を心臓の前で重ねておいて目を伏せる。

「大地の慈愛に感謝を」

しばしの沈黙が流れる。

(……ダメ？　やり方間違えた？　それとも、私の勘違い？)

ミーシャの心臓がドキドキと音を立て、こみ上げる緊張に耐えきれずにそろりと目を上げれば、老婆が楽しそうに目を細めたところだった。

老婆の左手が薬指と親指で丸を作った状態で横に二回振られた。

「清き水に生命を。初めまして、緑に愛されしお嬢さん」

「……はい。初めまして！」

それはミーシャの予想通り、古より伝わる『森の民』の挨拶だった。

故郷を離れ暮らす同士達を繋ぐ秘密の言葉と仕草。

その全てを正確にやり取りすることで、彼らは「仲間」を認識していたのだ。初めて会う母親と伯父以外の『森の民』にミーシャはワクワクしながら視線を向けた。

そして……。

「……目、翠じゃないんですね？」

髪が白髪なのはしょうがないとして、シワに埋もれた瞳は濃い灰色だったのだ。

（ジオルドさん、『森の民』の特徴は白金の髪と翠の瞳って……）

どれほど見つめてもその瞳はやはり灰色のままで、ミーシャは困惑のあまり黙り込んでしまった。

「私の旦那がそうだったんだよ。もう大分前に死んじまったけどねぇ」

そんなミーシャをジッと観察していた老婆は人の悪い笑みで種明かしをする。

それからチラリとミーシャの背後に立つジオルドに視線をやった。

「だから私はチョイと薬草に詳しいだけのただのババァだよ。神秘の技なんて知らんし、利用価値なんざ、なぁ〜んも無いからね？」

見透かしたような瞳でこっちを見つめる老婆にジオルドは苦笑して、無意識に入っていた身体の力を抜いた。

突然始まったミーシャと老婆の不思議なやり取りにあっけにとられつつも、何か起こりそうだと構えていたのをあっさりと揶揄され、どうにも毒気が抜かれてしまう。

ここに来て、三人目の『森の民』かと少し期待したのは確かだった。

（まぁ、勘違いだったみたいだけどな）

そうして、始まった薬草談義を聞くとはなしに聞きながら、ジオルドはスッカリ気を抜いてリラックスしたのだった。

一方、ミーシャはといえば。

「コレは何て名前なんですか？　どんな効能が？」

店内の見知らぬ薬草を指さしては老婆を質問攻めにしていた。

何しろ大きな港町だけあって国内外の珍しい薬草がてんこ盛りなのである。ミーシャの薬師としての本能が暴走したとしてもしょうがないと言えよう。

そんな少女の暴走を、老婆は、まるで微笑ましいものでも見るような顔で眺めつつ、請われるままに質問に答えてやっていた。

そうして、興味を惹かれるままにどんどんと店の奥へと入り込んでいくミーシャも、それを眺めるジオルドも、それが老婆のさりげない誘導の因とは気づかなかった。

狭い店の中。

入り口から中に入ってくる様子の無いジオルドをさりげなく横目で確認した老婆は、山と積まれた薬草の陰で自分たちの姿の大半が隠れてしまう一角へとミーシャを押し込んだ。

ミーシャの背中の半分くらいは見えているはずだから、ジオルドが警戒して様子を見に来ることも無いだろう。

「静かにお聞き。あんた、親はどうしたんだい？　無理に攫われたわけではないんだね？」

表情は穏やかなまま、突然真剣な口調で問いただしてきた老婆にミーシャはキョトンとした。

だが、老婆の瞳に自分を気遣う光を見てとり、ミーシャは素直にコクリと頷いた。

「母は亡くなりましたが父はいます。隣国へ勉強に行く途中なの」

素直に答えるミーシャの様子に嘘が無いか窺っていた老婆は微かに頷いた。

脅されて無理強いされている様子も無いし、衣類も整い健康状態にも異常は見られない。

少女の言葉に嘘はなさそうだ。

店先に少女が現れた時、老婆は目を疑った。

同胞のこんな幼い少女が故郷を出る事など稀だったからだ。

老婆の目には、少女がまだ村で大切に保護されている年頃に見えた。

しかも、少女はあまりにも無防備に自分を晒しており、身を守る術も持っているようには見えない。

目つきの鋭い男を筆頭に何人かの護衛がついてはいるようだったが、『森の民』の掟を考えればあまりにも異様な状態だった。

「そう。お前の親は身を隠す術は教えなかったんだね？　その髪も瞳も、晒して歩くには危険を引き寄せる恐れがあるというのに……」

老婆はミーシャの言葉で、亡くなった母親の方が同胞だったのだろうと当たりをつけた。

そして、その死はあまりにも突然で思いがけないものだったのだろうと。

でなければ、こんな幼い娘を同胞以外に託し、他人に預けるわけが無い。

老婆はそっと葬送の印を切ると見知らぬ同胞の死を悼んだ。

故郷を出て放浪を選んだ同胞が、人知れず死ぬことはさほど珍しいことでも無い。

死ぬも生きるも自分次第。

自由を選んだ代償は自分で取るしか無いのだ。

だが、幼い娘を残して逝った母親の無念はさぞ大きかった事だろう。

「母親以外の同胞は誰か知っているかい？　誰か知っているなら、確実では無いけれど、連絡できるように取り計らってやるよ？」

適当な薬草を手に持って見せながら、老婆はそっと囁く。

端から見たならば、それは薬草の説明をしているように見えた事だろう。

ミーシャは老婆の言葉に目を輝かせた。

母親以外の同胞と言われて浮かぶのはたった一人。たまに訪ねてきていた伯父だけだった。

いつものように訪ねてきた伯父は、もぬけの殻となった森の小屋を見てさぞかし心配するだろうと分かってはいたのだが、ミーシャには伯父に連絡をする術が無かったのだ。

森の小屋に手紙を残す事も考えたが、人気の無い場所に大切な事を記した手紙を残すのには躊躇いがあった。

何より、自分には未知の存在である『森の民』に繋がるかもしれない情報を、不用意に残すのはあまり良く無いのでは無いのかと考えたのだ。

言葉の端々から、父親も祖父も伯父が訪ねてきていた事を知らなかったのでは無いかと窺えたためでもある。

「伯父がいます。一人でいろんな所を転々としているんです。定期的に訪ねて来てくれていました」

「名は分かるかい？」

「正式には……。私はラインおじさんって呼ぶように言われていました」

ミーシャの言葉に老婆の目が驚きに見開かれた。

「なんと！　じゃあ、あんたもしかして、レイアースの娘なのかい⁉」

「母さんを知っているの⁉」

老婆の抑えた叫びにミーシャの目も丸くなる。

まさかこんな所で母親の名前を聞く事になるとは思ってもみなかった。

「あぁ、知っているも何も……」

老婆の瞳に涙が滲んでくる。

いつの間にか掴まれたミーシャの腕に痛いくらいの力が加わってくるが、ミーシャはそれを振り払う事なく目を潤ませる老婆をじっと見つめていた。

しばらく黙りこんだ老婆は小さく首を振ると気を取り直したかのように手を離し、自分の握りしめていた場所をそっと撫でた。

「悪かったね。懐かしい名前を聞いてビックリしちまったよ。いろいろ話したい事もあるけど、そんな余裕もなさそうだ」

チラリと動いた老婆の視線を横目で追いかければ、何時までも出てこないミーシャの様子を窺っているジオルドの姿があった。

「明日の午前中にまたおいで。それまでにいろいろ用意しておくから。護衛の人間には欲しい薬草があるとでも適当に言っとけばいい。どうせ分かりゃしないよ」

ニヤリと笑う老婆の瞳にもう涙の影は見えなかった。

促すようにそっと背を押され、ミーシャはコレだけは、と疑問を口にした。

「母さんとは……」

「友人だったよ。いつも一緒にいたもんさ。あの日、あの子が故郷を捨てて去っていくまで……」

ようやく耳に拾えるくらいのかすかな声には懐かしさと寂しさが滲んでいた。

その言葉に再び浮かんできた疑問をミーシャが口に出す事は無かった。

優しく、でも決して抗えない力強さで店の入り口の方へと押し出されてしまったからだ。

「ずいぶん夢中になっていたみたいだな」

入り口から差し込んでくる光の眩しさに目を眇めるミーシャに、からかうような響きを持った声が飛んでくる。

「……珍しいものがたくさんあって……。お待たせしてすみません」

モゴモゴと答えながら、ミーシャは光が眩しくて良かったと思った。

変な顔をしていても、眩しさの所為だと思ってもらえるだろうから。

「じゃあ、注文のものは明日には仕入れとくからヒマな時間にでもおいで」

老婆のしわがれた声が背中から飛んでくる。

「はいっ、お願いします」

慌てて振り返るとぺこりと頭を下げた。

「おっと、忘れてた。ちょいとお待ち」

そんなミーシャに一度店に引っ込んだ老婆が、大きな布を持ってきた。

「これをあげるから被ってお行き」

長く垂らしていたミーシャの髪をぐるりと器用に編み込んで、布を頭に被せると綺麗に巻きつけてしまった。

そうして老婆は、突然の老婆の行動にあっけにとられているジオルドに視線を向けた。

「余計なものを呼び寄せる危険が無いわけじゃないさね。あんたらも気をつけな」

思いの外鋭い視線にジオルドは我知らず背筋を伸ばす。

「瞳の色はどうしようもないが、髪はどうとでもなるだろ？　ちっとは考えな」

明らかに不機嫌そうな声音で言われればぐうの音も出ない。

確かに、自分が知っていたのだから他にも『森の民』の特徴を知っている人間がいてもおかしくは無いだろう。

老婆の言う通り、危険を心配するならば隠してしまうのも手だ。

そんな簡単な事も思いつかなかった自分に肩を落とす。

「ありがとうございます」

頭をさげるミーシャに老婆は肩をすくめてみせた。

「旦那が苦労していたからねぇ。あの人は面倒だって剃っちまってたけど、女の子はそうはいかないだろ？　そいつは間に合わせだから、市場で可愛い帽子でも買ってもらいな」

サッサと行けというように手を振られ、ミーシャはその場を後にした。

聞きたい事も知りたい事も沢山あったけれど、あの様子ではもう相手にはしてもらえないだろう。

残念だけど、「明日またおいで」と言っていたし話を聞くチャンスはあるはずだ。

ミーシャは気を取り直すと歩きながらぐるりと市場を見渡した。

まだ、半分も見て回っていない。

興味を惹かれるものはまだまだ沢山あるし、しっかりとこの時間を楽しまなくては損だろう。

そうやって頭を切り替えると、ミーシャは未知との遭遇を果たすべく少しだけ足取りを速めた。

人混みに紛れていく小さな後ろ姿を見送りながら、老婆はため息をついた。

まさかこんな所でこんな出会いがあるとは思いもしなかった。

ゆっくりとした動作で店の奥へと引っ込むと、薬草の山の陰に置かれたイスに腰を下ろす。

「……そう。レイ……。あんた死んじゃったの……」

つぶやかれた声は先程のしわがれ声とは似ても似つかぬ澄んだものだった。

そっと皺の寄った手が顔を覆う。

指の隙間からポロポロと涙がこぼれ落ちた。

脳裏に浮かぶのは、幸せそうに笑う少女の姿。

「後悔はしないわ」

そう言って愛しい男と共に去っていった親友は、当時まだ十六だった。

山深い故郷で共に育ち共に学び、いつか一緒に世界を旅して回ろうと未来を語り合っていたけれど、怪我した男を拾った事でその未来は夢と消えてしまった。

「幸せだった？　……精一杯、生きた？」

何度も訪ねて行きたいと思っていた。

それでも、どこかで裏切られたような憤りがあって素直になれなかった。

いつか自分も恋をすれば、愛を知ればレイアースの気持ちがわかって、素直に会いにいけるんじゃ無いかと思っていた。

なのに、気づけば十年以上の月日が過ぎ、会えないままに友はこの世を去ってしまった。

後悔ばかりが胸を襲う。

「ズルいよライン、自分ばかり」

もう一人の年上の幼馴染を思えば、恨み言が口を衝いて出る。

反対する周囲の中、笑顔で妹を見送った兄は、最後まで妹の味方として側にあったのだろう。

ひとしきり泣きじゃくった後、ようやく老婆は顔を上げた。

涙で潤んだ瞳はその色を変え、薄暗いテントの中で翠の光を放っている。

「そうだ。準備、してあげなきゃね」

そう言って立ち上がった老婆の、さっきまで九十度近くに曲がっていた腰はシャッキリと伸びていた。

「……やだ、瞳の色が落ちちゃってる。やっぱり、まだ改良が必要みたいね。研究部をせっつかなきゃ」

側にあった鏡を何気なく覗き込みつぶやく言葉は、剣呑な響きに満ちている。

「メイクはさすがにこれくらいじゃ取れないみたいね。まぁ、こんな事でいちいち溶けてたら大問題だけど」

ため息と共にテントの奥へと進んでいく老婆は、涙と共にセンチメンタルな気持ちも流してしまったようだ。

スタスタとした足取りは本来の年齢を感じさせる機敏なものだった。

やがて店の奥でバサバサと音がして、茶色の髪と瞳をした若い女が出てきた。

テントの前に出していた薬草を店の中に引き込み、垂れ幕を落として簡単に店仕舞いをすると奥へと声をかける。

「じゃあ、お婆ちゃん、行ってくるわね～～」

颯爽と歩き出した女は市場の中へと消えて行った。

八　竜神様の奉納舞

その音が耳に飛び込んできたのは偶然だった。

散々市場を歩き回り疲れた足を休めるためにミーシャは、屋台で買ってもらった飲み物を建物の陰に隠れて飲んでいたのだ。

そうすると、市場の喧騒に交じって遠くから太鼓や笛の音らしきものが聞こえてきたのだ。

「何の音かしら？」

ミーシャの無意識のつぶやきを拾ったジオルドは、何事かと同じように耳を澄ませた。

「気になるなら行ってみるか？」

もともと特に予定も無い市場散策である。

好奇心のままに少し横道に逸れたところで、どうって事は無いのだ。

「行ってみたいです！」

ミーシャは嬉しそうに頷くと音をたどって歩き出した。

市場から横道へと外れどんどん進んでいく。

密集した住宅街のごちゃごちゃと入り組んだ道を、ただ音を頼りに右へ左へと歩いていけば、不意に堤防へと出た。

唐突に目の前に現れた海にミーシャは目を丸くして駆け寄った。

堤防に身を乗り出すようにすれば、すぐ側に海がある。

どうやら船着場を兼ねているらしい堤防は、大小様々な漁船が雑多に並んでいた。

「ミーシャ、あっちだ」

海に見とれるミーシャをジオルドが促す。

堤防に沿って少し進んだところが広場になっていて、そこに舞台が設置されていた。

そこには十人ほどの人影があり、音はそこから聞こえてきていたのだ。

「何しているのかしら？」

ミーシャは首を傾げ、じっと舞台の方を見つめた。

自分より小さな子供たちが舞台の上で何かしているようだ。

太鼓や笛も子供達が演奏しているようだが、なかなか様になっている。

中央で二人、手にひらひらと翻る布を持ち踊っていた。

「あぁ、そんな時季か」

同じように隣で眺めていたジオルドが、突然何か納得したような声を上げた為、ミーシャは驚いてジオルドを見上げた。

「時季？」

「夏が始まる前に豊漁と海の事故が起こらないようにと竜神様に奉納舞を捧げるんだ。確かその年に十歳～十二歳になる子供達が音楽と踊りを担当するんじゃなかったかな？」

記憶を探るように少し目を伏せながらも答えるジオルドに、ミーシャは再び舞台の方へと視線を向けた。

「まだ十歳くらいなんだ。でも、上手ね？」

「そうだろ⁉　今年は特に評判がいいんだよ～」

突然背後から響いた声にミーシャは小さく跳び上がった。

前に夢中になりすぎて、誰かが近づいていたことに全然気づいていなかったのだ。

慌てて振り返れば、自分より頭一つ下の位置にニコニコと笑う男の子の姿があった。

「こんな遠くにいないで近くで見ていきなよ。今日は本番前のリハーサルだから衣装つけて通しでやるんだよ」

人懐っこい笑顔でミーシャの背中を舞台の方へとグイグイと押していく。

「見物人連れてきたよ～」

あっという間に広場まで連れてこられてしまったミーシャが、目を白黒させているうちに何故か歓迎ムードの中舞台の真ん前に席を作られてしまった。

「いいのかしら？」

忙しく動く人々の中、ジオルド達と共に用意された椅子に腰掛け、ミーシャは、困惑しながらも周りを見回していた。

明らかに部外者で、どうにも居心地が良く無い。

「当日はもっと沢山の人に囲まれるんだから、知らない人の目になれるのはいい事なんだよ。だから、見ていってくれる人が居るなら大歓迎さ！」

ミーシャが思わずぼそりと呟くと、ミーシャを引っ張ってきた少年が隣に座りながら笑顔で言い切った。

幼い少年の口から出たとは思えない大人びた言葉にミーシャは目を瞬かせた。

「って、先生達が言ってたから大丈夫」

だからペロリと舌を出しながら付け加えられた少年の言葉に、ミーシャは思わずクスリと笑ってしまった。

そうして、そういう理由なら大丈夫だろうとリラックスする。

「僕、まだ小さいから参加できないけど、次の奉納の時には絶対踊り手になるんだ～。今から踊りの勉強もしてるんだよ」

そんなミーシャに構う事なく、少年は憧れにきらめく瞳で舞台の上を見つめていた。

舞台の上では、楽器を手にした子供達が端の方に座り準備を始める。

皆、白一色の飾りの無いシンプルなシャツとズボンを身につけていた。

うつむき加減の頭に白い布をかけ、表情も半分ほど隠れているが垣間見える顔はみな、真剣そのものだった。

(そうか。あの舞台に立つのはこの近隣の子供達にとってとても誇らしい事なのね……)

ミーシャは、その様子に一つの結論に至ってうっすらと微笑んだ。

「じゃぁ、遠慮なく見物させてもらうね」

「うん。とっても綺麗なんだよ」

その時、トーン、と太鼓が一つなった。

途端に、ざわついていた空気がピリッと引き締まる。

一定のリズムでトーン、トーンと太鼓が鳴り響く。

いつの間にか場を静寂が支配し、太鼓の音だけが響き渡っていく。

不意に、それに笛の音が被さった。

次いで木琴のような楽器が。

さらに、ザーッザーッとまるで波の音を模した音が重なっていく。

どこか荘厳な音楽の中、舞台の両端より一人ずつ人影が滑り込んできた。

シンプルな白い服に青いオーガンジーのような薄手の布をヒラヒラと幾重にも巻きつけた男の子と、少し時代がかったドレスを着た女の子。

ドレスと言っても、動きやすいようにだろうか薄手の生地を幾重にも重ねたそれは、ターンをする度にフワリと広がり花か妖精の羽のように美しい軌跡を描いた。

二人の踊り手がクルクルと踊る。

息を呑んでその様子に見とれていたミーシャは、暫くしてその踊りにストーリー性がある事に気づいた。

出逢い、恋に落ち、そして……。

「今年は評判がいい」と称されていた訳はその舞台を見れば一目瞭然だった。

とても十歳前後の子供たちが奏で、演じているとは思えないほどの完成度だったのだ。

特に踊り手の、主人公を演じる少女の表現力は群を抜いていた。

台詞ひとつ無い踊りなのに、交わす視線が、伸ばされる指先が、躍動する身体の一つ一つが意味を持ち、何かを訴えかけてくるのだ。

その少女の熱が、全体を引き締め舞台のレベルを上げているように見えた。

「……凄い」

「見事だな……」

思わず感嘆の言葉が、ミーシャとジオルドの口から零れ落ちる。

ソレを聞き留めた少年が、誇らしげに笑った。

「あれ、僕の姉ちゃんなんだ。将来踊り手になりたいって小さい頃から先生に師事してるんだよ。僕も、姉ちゃんみたいになりたくって一緒に習ってるんだ」

舞台から目を離す事なくそう言った少年の瞳はキラキラと輝いていて、彼が本当に姉の事を尊敬している事が伝わってきた。

こんな風に憧れられる姉は幸せだろうなぁ、とミーシャは思った。

そして、ちらりと浮かんだ自分の半分だけ血の繋がった姉弟を思い浮かべ、慌てて打ち消した。

比べるのもおこがましい、というか虚しさしか感じない。

一度会っただけの相手を、しかもあんな態度を取られた相手を、姉弟と思えるわけも無い。

ミーシャにとって二人は血が繋がっただけの、他人よりも遠い存在だった。

姉に至っては……。

薄暗い思考に囚われそうになって、ミーシャは急いで考える事をやめ、舞台の上に意識を集中させた。

美しい物語の中に没頭してしまえば、頭を過ぎったドロドロしたものがゆっくりと遠ざかっていく。

その事に心のどこかでホッとしながら、ミーシャは舞台の上の夢物語に浸っていった。

「……凄い。なんて言ったら良いかわかんないけど、本当に凄いね！」

「あぁ、オレも色々な舞台を見た事はあるが、その中でも上位に入る。このまま巡業できそうなレベルだと思うぞ」

ミーシャとジオルドの手放しの賞賛に、子供達は顔を見合わせ擽ったそうに笑った。

今までたくさん練習してきて、教えてくれた大人達や親には「よく出来ている」と褒めてもらえてはいたが、やはり、初めて会う人達から賞賛されるのとは違う。

その嬉しさは、「大丈夫」とは思っていてもどこか不安だった本番への自信になった。

「あの踊りは何か基になるお話があるの？」

そういえば、と、ミーシャは気になっていた事を尋ねていた。

子供達は顔を見合わせると口々に答えてくれた。

「竜神様の恋のお話なの」

「地上に遊びに来た竜神様が町の娘に恋をするの」

「娘も好きになるんだけど、反対されるんだ」

「悲しいお話なの」

「悲しくないよ！　娘と二人で海に帰るんだもん」

口々に喋り出されてミーシャは聞き取る事ができずに、思わずジオルドを振り返った。

子供達の交流を邪魔するのも野暮だろうと、少し離れた場所で大人達と話をしていたジオルドは、その視線に気づき苦笑してミーシャの方へとやってきた。

「いっせいに言われたって訳わかんねぇ〜よ。誰か一番詳しい奴が教えてくれ」

突然やってきた大人の言葉に子供達は顔を見合わせた後、踊り手の少女が前に進み出てきた。

「この辺りに伝わっている伝説のひとつが題材になっているんです」

少し恥ずかしそうに小さな声で話す少女の姿に、舞台の上で舞っていた堂々としたオーラは微塵もなかった。

未だに衣装を身につけていなければ、本人とは気づかなかっただろう。

だが、あそこまで見事に踊りきるという事は物語を誰よりもシッカリと知り解釈しているという事なのだろう。

幼い少女の語り口調はとてもシッカリしていて、気づけばまだ少し騒がしかった子供達まで静かに少女の語る物語へ耳を傾けていた。

『むかしむかし、まだこの町が小さな漁村だった頃の事。

村にとても美しい女の子がいました。

姿形は勿論、心根も美しかった少女は村のみんなに愛され大切に育てられていました。

やがて娘が年頃になった頃、海岸に一人の若者が流れつきました。

とても美しい青年で、見つけた少女は一目で恋に落ちました。

目を覚ました青年は怪我をして記憶をなくしていました。

多分先日の嵐で難破した船に乗っていたのだろうと、気の毒に思った村人は青年を助けてあげる事にしました。

最初に青年を見つけた少女も勿論、一生懸命看病をしてあげました。

そんな少女に、青年も恋をしました。

最初はどこの誰とも知らない青年を少し警戒していた村人達も、怪我が治ったら助けてもらったお礼にと一生懸命働く青年に心を許していきました。

そうして、二人の恋を見守る事にしたのです。

二人は優しい村人達に見守られ、ゆっくりと恋を育んでいきました。

幸せな時が流れ、二人はやがて結婚の約束をしました。村人達はみんな喜んでお祝いしてくれました。

次の満月の日に結婚式を挙げよう。

ところがその時、美しい娘の噂を聞いて領主様の息子がやってきました。

そうして、娘の美しさにたちまち虜になってしまったのです。

領主様の息子はどうにかして娘を手に入れようと、青年に有りもしない罪を着せて牢屋に入れてしまいました。

そうして娘に、自分と結婚するなら青年を許してやろうと囁いたのです。

娘は泣いて、泣いて、たくさん泣きました。

大好きな青年以外と結婚なんてしたくありません。

だけど、このままでは青年は無実の罪で殺されてしまうでしょう。

青年を助けたくて、娘は泣く泣く領主様の息子の言うことに頷きました。

喜んだ領主様の息子は、娘に青年を牢屋から出す事を約束しました。

だけど疑り深い領主様の息子は、牢屋から出した青年が娘を取り返しに来る事を恐れ、家来に命じて青年を縄でぐるぐる巻きに縛ったまま、崖から海に突き落としてしまいました。

そうとは知らない娘は、青年が無事に生きている事だけを心の支えに、泣きながら花嫁衣装を縫っていました。

涙の滲んだ目ではうまく針が動かせず、白い衣装に幾つもの赤い血が滲んでいました。

そうして、約束の満月の夜。

領主様の息子と結婚式を挙げた娘は、どうしても自分の心に逆らえず、神父様の言葉に頷く事ができなかったのです。

声が出せず黙り込む娘に怒った領主様の息子は、青年を海に突き落として殺してしまった事を娘に伝えました。

お前の愛する男はもう死んでいるのだ、と。

あまりの事に驚いた娘は、神殿を飛び出し青年が突き落とされた崖に走っていくと、そのまま飛び降りてしまいました。

追いかけてきた人々は、落ちていく娘に悲しみの声をあげました。

そうして娘の姿が波間に消えた時、奇跡が起こったのです。

青い海が煌めき、娘を抱いた青年が浮かび上がってきました。

実はあの青年は娘に恋をした竜神様が人間に変身した姿だったのです。

竜神様は、最初は海に連れて帰ろうと思っていたのですが、村人達に大切にされ、また、村の皆を大切にしている娘を見て、引き離すのは可哀想だからと自らが陸に上がる決心をしたのでした。

村人たちは死んだと思った二人が生きていることに喜び、二人を祝福しました。

竜神様は、嘘の罪で自分を殺そうとした領主様の息子に罰を与え、娘は、竜神様の花嫁になりました。

そうして、竜神様は花嫁と共に海へ帰り、優しくしてくれた村人達を海から見守ってくれるようになりました』

「そうして、竜神様の守護に村のみんなは感謝を捧げ、二人の幸せを願うために奉納舞をするようになったんです」

少し伏し目がちに語り終えた少女は、ふわりと柔らかな笑みを浮かべた。

ミーシャはその笑顔に見とれながら、ホゥ、とため息をついた。

「じゃあ、この町は竜神様に愛されている町なんだね」

ミーシャの言葉に少女は嬉しそうにコクリと頷いた。

「そう、だと嬉しいです。私、このお話が大好きでずっと舞ってみたいと思っていたから」

そっと胸の前で両手を握りしめ語る少女の瞳はキラキラと輝いていて、とても美しく見えた。

その瞳の輝きが自分をここに引っ張ってきた少年とそっくりで姉弟なんだなぁと、ミーシャは目を細めた。

(こうして憧れは続いていくのね)

時間が許すなら是非明後日のお祭りも見に来てほしいとねだられて、ミーシャはジオルドを振り向いた。

旅の途中で立ち寄っただけの身としては、今後の道程がどうなっているのかはジオルド次第だったからだ。

「いいんじゃない？　急ぐ旅でもないし」

どこかで悲鳴があがりそうな事をサラリと言い切るジオルドに、そんな裏事情は知る由もないミーシャは満面の笑みを浮かべた。

「じゃぁ、絶対見に来るね！」

宣言するミーシャに子供達がはしゃぎ声を上げた。

明日も練習しているから遊びに来てとねだる子供達に、ミーシャは何か差し入れを持ってこようと心に誓い頷いた。

市場で子供の好きそうなものを買ってこようと計画を立てれば、心が浮き立つのを感じる。

そんなミーシャの笑顔をジオルドは「やっぱり子供は子供といるのが一番だよな～」なんて事を考えつつのんびり眺めていた。

九　朝焼けの中

そこは青一色の世界だった。

ゆらりゆらりと光を透かして揺れる視界が、そこが水底であることを伝えてきた。

でも、息は不思議と苦しくなくて、少しぼんやりとした思考にミーシャはココが夢の世界だとなんとなく気づいていた。

どこからか微かに聞こえるすすり泣く声に、ミーシャはゆっくりと首を巡らし声の主を捜す。

すると水底の砂の上に座り込んでいる背中を見つけた。

白くゆったりとした服を着ていた。

長い髪は、海の色に溶け込む深い青のグラデーション。

顔は見えないけれど、男の人なのは雰囲気で分かった。

そうして、その腕には白い何かを抱いている。

美しいレースに彩られた白いドレスとベール。

それは花嫁衣装のようだった。

ベールに包まれた頭をしっかりと胸に押し付け、守るように抱き締めて、泣いていた。

聞いている人の胸が痛くなるような哀しい声。

泣き声に交じり、微かに名前らしきものが聞こえるが良く聞き取れない。

ああ、彼は愛しい人を亡くしたんだ。

そう気付いたのはその泣き声の持つ哀愁が最近聞いたことのあるものだったから。

《泣かないで》

そう、言ったはずのミーシャの言葉は、音になることはなかった。

近寄ってその背を撫でて慰めたいのに、先ほどまでは自由に動いた体は、いまは不思議とピクリとも動かなかった。

ただ、その場に立ち尽くし、微かに震える背中を見つめていることしかできない。

胸が苦しくて……、その男(ひと)の悲しみがうつってしまったかのように苦しくて哀しくて、ミーシャの頬を涙が伝って海にとけた。

(泣かないで……泣かないで……)

ピクリとも動かぬ体にもどかしさを感じながら、ミーシャは彼の涙を止められるのならなんだってするのにとすら思ってしまう。

（だって、あの悲しみを私は知ってる。一人で乗り越えるのはとても苦しいのも……）

だけどやっぱりミーシャの体は動かなくて、『寂しい』『哀しい』と泣く背中をただ見つめ続ける事しかできないのだった。


フッと、唐突にミーシャは目を覚ました。

寝起きでうまく動かない体でゆっくりと首を動かすと、サイドテーブルの上に置かれた青い石がぼんやりと光っているのが見えた。

柔らかな青い光がとても綺麗で……そして哀しく見えた。

緩慢な動きで体を起こしたミーシャは、そっと青い石を摘み上げた。

ミーシャの掌の上で一度二度と瞬いた後、石はその光を収めていった。

（アレはあなたの記憶？）

光を無くしただ掌の上にある石をじっと見つめながら、ミーシャは心の中で問いかける。

答えが返ることはなかったけれど、ミーシャはそれが真実に近いのだろうと思った。

夢の中の青い髪の男の人。

ゆらゆらと光の揺れる水底の哀しい声。

「……あれは、誰？」

石は沈黙を守り、何も答えることはなかった。

結局、あのまま目が覚めてしまったミーシャは、コッソリと宿を抜け出すとまだ日が昇らない海岸線をゆっくりと歩いていた。

水平線が薄っすらと色を変えてきているから、日の出ももう直ぐだろう。

一緒に目を覚まして付いてきたレンが、水際で波と戯れて駆け回っている。昨日はまだ足の傷の調子が良くないからと一日宿で留守番させられていたため、喜びもひとしおのようだ。はしゃぐレンの様子にミーシャは目を細めた。

ミーシャの手の中には、あの青い石が握り込まれていた。

何気なく拾ってしまったけれど、コレは海に返すべきものなんじゃないかと思ったからだ。だけど、いざ海を見ているとどうしても波間に投げ込むことができなくて、迷う心のままに海岸を歩いているのが現状だった。

(何しているのかしら、私)

ただの夢だと割り切ってしまえば簡単なのだ。

昨日聞いたおとぎ話が心に残っていて夢に出てきただけ。そう、考えれば、それが正解な気もするのに……。

そぞろ歩いていると、前方に誰か人影があるのが見えた。

海に向かって立ち尽くす人影に近づけば、それは自分とあまり変わらぬ年頃の少女だった。

「……アイリスちゃん?」

そっと呼びかけたのは昨日知り合った少女の名前。

舞台の上で見事な舞を演じきったあの子だった。

「あ、ミーシャさん」

呼びかけに海を見ていた視線をこちらに向けて、アイリスはほんわりと微笑んだ。

穏やかなその笑顔は、見た人を優しい気持ちにさせる。そんな笑顔だった。

「どうしたんですか？　こんな朝早く」

「……なんだか目が冴えちゃって。アイリスちゃんは？」

「私は日課みたいなものです。好きなんです。日が昇る直前のこの時間が」

再び視線を海へと戻し、呟いた横顔はひどく大人びて見えた。

「そっか……」

なんとなく、かける言葉が思いつかなくて、ミーシャは、ただ黙ったまま隣に並ぶと同じように少しずつ明るくなっていく水平線を見つめていた。

「あの昔話。どう思いました？」

つぶやきは波音にかき消されてしまいそうなほど微かな声だった。

「竜神様は幸せになれたでしょうか？」

不意に不思議な夢の中でみた泣いている誰かの後ろ姿が浮かんで消えた。

「どう……かな？　お話の通りなら、幸せだったんじゃないかな？」

曖昧に答えれば、アイリスは微かに微笑んだ。

「村娘の名前は伝えられていないんです。どこの誰だったのかすらも。まるで誰かがわざと隠してしまったかのように。わたし、あのお話を聞くたびになんでか胸が苦しくて泣きそうになるんです。小さな時から、ずっと」

つぶやくアイリスの目に涙はなかったけれど、ミーシャはなぜかアイリスが泣いているように見えた。

「少し大きくなって分かりました。あまりにも一途に娘を愛する竜神様が切なくて……愛おしい。

「……神様相手に不遜ですよね」

微かに目を細めるアイリスの横顔がとても大人びて見えて、ミーシャは眼を瞬いた。

一瞬、別人の面影がアイリスに重なって見えたのだ。

「伝えたいんです。『娘』は竜神様に出会えて、愛されて、幸せだったって。私の舞に乗せて少しでも。……見ていてくださるかは、分からないですけど」

アイリスが口をつぐみ、その場を沈黙が支配した。

ミーシャは、やはりなんと言っていいのかよく分からなかった。

だから、自分より年下だけど、不思議と大人びて見える少女の横顔をただ黙って見つめていた。

沈黙の中、ゆっくりと朝日が昇っていく。

どこか荘厳なその風景を、ミーシャは呼吸も忘れてみとれていた。

……夜が遠ざかっていく。

不意にアイリスが、両手を上げて大きく伸びをした。

そうして、ミーシャを振り向きにこりと笑う。

「変なお話をしちゃって、ごめんなさい。なんでかな？　お母さんたちにだって言ったことなかったのに」

少し照れくさそうに笑うアイリスに、先程までの不思議なほど大人びて見えた面影は無かった。

朝ごはんの準備を手伝わないといけないというアイリスと、また今日も練習を見に行く約束をして別れたミーシャは、レンを呼び戻してゆっくりと宿までの道を戻っていった。

（なんだろう。胸がモヤモヤする……）

足元にじゃれつくレンを適当にあしらいながら、ミーシャは思考の海へと沈んでいった。

昔話。明け方の夢。アイリスの言葉。

全てがごちゃごちゃになって一塊に沈んでいた。

きちんと整理できれば、答えが見えてくるはずなのに、足りないピースが見つからない。

「ミーシャ、どこに行っていたんだ！」

ミーシャのそんな胸のモヤモヤは、怖い顔で宿の門前に立っていたジオルドを見つけた瞬間、飛んでいってしまったのだが。

あまりにも早朝で、宿の人間も起きていなかったため、伝言を頼むことも出来なかったのだ。

というか、みんなが起きだす前にコッソリと戻る予定だったため、あまり気にしていなかったというのが正しい。

「……ごめんなさい。目が覚めて朝日見に行っていました……」

こういう顔をした人間に、下手に言い訳したら火に油を注ぐようなものだというのを経験で知っているミーシャは、しょんぼり顔で頭を下げた。

頭上から、深い深いため息が落ちてくる。

「今度から、どこかに行くときは絶対に声をかけてくれ。ミーシャに何かあったら、信用して預けてくれた公爵閣下に申し訳がたたないからな」

きっと色々言いたいことがあるだろうに、全て呑み込んで一言で終わらせるジオルドを、ミーシャは驚きの瞳で見つめた。

今までの経験則から説教一時間コースを覚悟していた為、なんだか拍子抜けする。

と、同時に、下手に説教を受けるよりもこみ上げてくる罪悪感にミーシャは、建前ではなく心の底から反省した。

「はい。ごめんなさい。自覚します」

今度こそ、心の底からの謝罪をすれば苦笑とともに頭を撫でられた。

「分かったならいい。朝飯食うぞ。ここの朝食用のパンは美味いんだ」

そっと促され食堂にエスコートされる。

その後、自分を捜しに出ていた他の騎士達にもきちんと謝罪して、ミーシャはようやく朝ごはんを口にした。


朝食を食べてひと息つけば、思い出すのは昨日の老婆との約束だった。

窓から陽の位置を確認すれば、まだ、太陽はそんなに高く昇ってはいなかった。

「……市場のお店って、どれくらいで開くの？」

「朝食代わりに使う者もいるし、早い店ならもう開いているとは思うが？」

ミーシャがソワソワとした様子で確認すれば、食後のお茶を飲んでいたジオルドが不思議そうに答える。

その答えにミーシャは肩を落とした。

（流石に早過ぎるよね）

いくら年寄りが朝早起きだといっても、早朝から店を開くかといえば、そうでは無いだろう。

まして、あそこは薬草を売る店で食事を提供する店でも無い。開店時間はもっとゆっくりだと考えるのが普通だ。

（ちゃんと訪ねる時間を決めとけば良かった。……落ち着かない）

母親は薬師だったし、たまに訪ねてくる伯父もそうだったけど、二人の口から『森の民』なんて言葉を聞いたことはなかった。

ミーシャは『森の民』について、ほとんど何も知らない。

ミーシャが知っている『森の民』の話は、全てジオルドが教えてくれたものだ。

だから、今回、本物の『森の民』と親しかった人から話を聞けると思えば、ソワソワとして落ち着かない気持ちになるのだった。

（そういえば、母さんが父さんと出会ったきっかけは、怪我をした父さんを治療したからだって言ってた。昨日のおばあさんは母さんが「村を出た」って言ってたし、父さんに聞けば、もう少し詳しい事が分かったのかな？）

ふと思い出したミーシャは、ため息と共にその考えを振り払った。

別れた時の父親の顔を思い出せば、とてもではないが傷を抉るようで気が進まなかった。

思い出話を穏やかな気持ちで語るには、もう少し時間が必要だろうと思えた。

父親にも、自分にも。

ソワソワしていたと思えば、沈んだ表情で俯きカップを手の中で弄びだしたミーシャを、ジオルドは痛ましそうな顔で見つめた。

この小さな少女は、ふとした拍子にこんな表情をして黙り込んでしまう。

それは、何気無い会話の中であったり、何気無い風景に目を留めた瞬間であったりと様々だが、いずれも亡くしてしまった人を思い出しているのは容易に想像がついた。

ジオルド自身も多くの戦場を駆け抜け、親しい友や苦楽を共にした部下を亡くした事はあった。

それは、とても辛く苦しい経験だった。

だが、死を覚悟し、常に死を身近に感じていた戦場での自分と、今回のミーシャの経験を重ねる事はできない。

覚悟もなく、唯一無二の存在を唐突にもぎ取られた苦しみは計り知れなかった。

そう思えば、ジオルドはミーシャになんと声をかけていいのかも分からなくなってしまう。だから、ただ、ミーシャが自分の力で思考の海から抜け出してくるのを、そっと見守るしかできなくなるのだ。

同じように感じているのか、ジオルドの腹心の部下である他の騎士たちもチラチラと気にはしているようだが、声をかけるものはいない。

横目で窺いつつも、先ほどの会話の続きをさりげなく続けている部下達を見て、ジオルドは、大の大人がみんなして何をやっているんだろうな、と少し呆れた気分になる。

まぁ、その大人の中にしっかりと自分も入っているのだが。

「特にする事も無いならもう市場に行ってみるか？　朝市は、観光客向けというより地元の住人向けの店が多いから、昨日とは違う活気があって楽しいぞ？」

そっと声をかければ、フッとミーシャの瞳に意思が灯る。

「地元の人？」

「あぁ、野菜や果物、魚なんかだな。朝は生鮮食料品が中心なんだ」

興味を示したミーシャにジオルドが笑顔で答える。

「うん。行ってみたい。どうせ、宿に閉じこもっていてもすること無いし」

ミーシャはにっこりと頷いた。

新しいことを知るのも見るのも大好きだった。

森に住んでいた時には知らなかった事が、外にはたくさんある。

「じゃあ、取り敢えず一回部屋に戻って準備してから出発だな」

ジオルドの言葉にミーシャはいそいそと立ち上がった。

今日はどんな事と出会えるのだろうと思えば心が浮き立つ。

先程までの憂鬱な気持ちをサッサと隅に押しやったミーシャは、早朝の散歩で疲れてウトウトしているレオを抱き上げ、自分へ与えられた部屋へと足早に戻って行った。

十　道連れ志願者

朝の市場も活気にあふれていた。

色とりどりの野菜や果実が綺麗に並べられ、主婦らしき女性と店主の値引き交渉が声高にそこかしこで行われている。

食べ物を売る屋台では、穀物を煮たおかゆのようなものや、パンに野菜やハムを挟んだもの等、昼に比べるとボリュームが少なめでサッパリしている物が主流のようだった。

昨日とはまた違った顔をみせる市場にミーシャは、大きな目をまん丸に開き辺りを見渡した。

昨日は乾物が主流だった魚介類も、今は取れたてピチピチと言わんばかりのツヤツヤとした魚達が並んでいた。

中には未だに活きて跳ねているものまでいて、何気なく覗き込んだミーシャは驚きに小さな悲鳴を上げ、周囲の笑いを誘っていた。

「塩で茹でて食べるとうまいぞ？　買ってくかい？」

小さな桶の中でカシャカシャと蠢いている大量のカニに目を奪われていると、店主の親父さんがからかい半分の顔で声をかけてきた。

「ん～～食べてみたいけど、私、宿に泊まっているので、調理できないんですよ」

しかし、いかにも観光客な子供から予想外の返答が返ってきて、魚屋の親父さんはあっけにとられることになる。

求めていたのは「生きたまま茹でるなんて！」のような可愛らしい反論とそれによって起こる微笑ましい空気であって、決してそんな冷静な言葉ではなかった。

ミーシャにしてみれば、食べる為に動物の命を奪うのは自分が生きていくための必然であって、そこに残酷だのという思考は無かった。

獲った以上は美味しくいただくのが礼儀とすら思っている。

「この海老も大きいなぁ～。川エビとは全然違う」

ニコニコと笑顔のまま、これまた新鮮にピチピチ跳ねている大きな海老を指さしているミーシャに、魚屋の親父さんは、一本とられたとばかりに笑った。

「そこの屋台に持って行って、俺から買ったって言えば焼いてくれるぜ？　安くしとくがどうだい？」

「え？　良いんですか？」

笑いながら斜め向かいにある屋台を指さす親父さんにミーシャは目を輝かせ、自分のお腹具合と相談した。

（朝食食べたばっかりだけど、海老一尾くらいなら何とか……。一尾じゃ流石に悪いからジオルドさん達にも食べてもらって……）

良し、いける！　と判断したミーシャは、ニコニコ笑顔のまま親父さんと海老の値段交渉を始めた。

そして。

「おいっしぃ〜〜!!　昨日も食べたのに、味が違う気がする！」

ミーシャは目の前で焼かれた熱々の海老を口に含んだ途端、驚きの声を上げた。

身がプリプリで弾力があり、かみ切ればジュワッと中から肉汁が溢れる。海老自体の味もしっかりとしていてコクがある。

更に、海老の甘みを絶妙な塩と焼き加減が引き立てていた。

「プリプリジューシー……」

海老が刺された串をしっかり握ったのとは逆の手で、自分の頬を押さえ目をうっとりと細めるミーシャはとても幸せそうで、何気なく周りでそれを見ていた人々が「そんなに美味しいなら」と釣られたように魚屋へと押しかけた。

突如、大勢に押しかけられた魚の親父さんと連動して忙しくなった海鮮焼き屋台の若者は、うれしい悲鳴を上げることになった。

しかし、知らず売り上げに貢献していた当のミーシャは、海老に夢中で微塵も気づいていない。

そんな様子を、ジオルドは、自身も焼きたての海老をかじりながら笑って見ていた。

あの後、海老を食べ終わったミーシャの元になぜだかご機嫌の魚屋の親父さんが、茹でたての蟹を持ってきてくれた。

突然のことに驚いて辞退しようとするミーシャに「嬢ちゃんが気に入ったんだ。食べてってくれぃ！」と親父さんは笑顔で押し付けてきた。

ジオルドの取成しもあり、あまり断るのも悪いと受け取った蟹も、熱々で美味しかった。

上手にむけないミーシャに親父さんが剥いて渡してくれたのだが、硬い殻を魔法のように手早く剥いていく手腕が見事で思わず歓声を上げてしまった。

いつの間にか周りには沢山の人がいて、みんな海老だの蟹だの食べていたので、やっぱりあそこは人気のあるお店だったのだろう。

そんな風に考えながらもミーシャはそっと自分の腹部をさする。

「……食べ過ぎたよぅ」

海老一匹のつもりがついつい調子に乗りすぎたようで、胃が重たくて苦しい。

「お婆ちゃんのところに行こう。で、胃薬分けてもらおう」

ブツブツつぶやきながら歩いていくミーシャの後ろを、ジオルドがクスクス笑いながらついていく。

ジオルドは一応止めたのだが、蟹の美味しさにミーシャが止まらず暴走した結果なので、笑われたからといってミーシャに文句を言う権利はない。

しかし、背後で静かに笑われるというのも、なかなか癪に障るものがあるのだ。

だから、目的地のテントの前で「薬師として秘密の話があるので中まではついてこないでください！」と拒否してみたのは、半分は意趣返しのつもりだった。

尤も、薬師の知識の中には悪用されないために門外不出のものもあり、そう不自然な主張でもなかった為、ジオルド達は微妙な顔をしながらも店の前で待つ事を了承してくれた。

（良かった。コレで気兼ねなくお話しできる）

少し罪の意識を感じながら、ミーシャは吊り下げられている薬草の束をくぐるように店内に入った。

「お婆ちゃん、いらっしゃいますか？」

光を嫌う薬も多い為に薄暗い店内の中は、そこかしこに薬草が積まれていて見通しが悪い。

辛うじて人が一人通れる幅の通路を辿りながら、ミーシャは奥に向かってそっと声をかけた。

「こっちじゃよ。よく来たね」

すぐに返ってきた声を頼りに、ひときわ大きな薬草の山の後ろを覗き込めば、そこには小さなテーブルと椅子が二つ置かれていた。

そうして、なぜかすっぽりと頭まで黒いローブを被った老婆が座っていた。

「護衛の男達は外だね？」

仕草で向かいの椅子に座るように示され、ミーシャは、素直に腰掛けながら頷いた。

「薬師としての話があるからと遠慮してもらいました」

ミーシャの言葉に老婆はくつくつと喉を鳴らした。

「そりゃぁ、いいね。普通の薬師や医師でも、他の人間にゃ知られたくない秘密なんて山のようにある」

機嫌よく笑う老婆をミーシャはジッと見つめた。

深くフードを被っている為、かすかに覗いた顎以外、その顔を伺い知ることはできない。

確かに少ししわがれた声は、昨日聞いた老婆のものだったけれど、ミーシャはどこか違和感を感じてしょうがなかったのだ。

同じ人物だとは思う。けど、何かが違う。

探るような視線に、老婆の動きが止まった。

「勘の良いのは良いことよ。長生きできるわ」

そう呟いた声は、先程までの老婆のものとは違う若い女性のものだった。

突然の変化に驚き息を呑んだミーシャの前で、フードがゆっくりと外された。

サラリと白金の髪がこぼれ落ちる。

シッカリと合わされた瞳は神秘的な森の色をたたえていた。

自分と同じ色彩を持つ老婆に、ミーシャは呆然と見入った。

母親と伯父以外に初めて会った自分と同じ色彩を持つ人物。

しかしミーシャの中で、その人に会えた喜びよりも驚きの方が勝っていた。

「なんで？　昨日は……」

愕然とするミーシャに老婆は、随分と若々しい声でクスクスと笑った。

「擬態していたのよ。この色は随分目立つし、知られすぎているからね。ほら、これも」

そう言うと、老婆の手が自分の顔にかかり……。

「ひっ⁉」

めりめりと引き剝がされていく皮膚に、ミーシャは目を大きく開き、鋭く息を吸った。

辛うじて悲鳴を上げなかったのは、理性のどこかでここで大声をあげてジオルド達を呼び込むこ

とはできないと判断した為だろう。

そうして、顔から肌色の何かを剥ぎ取った後には、艶やかな肌を持った若い女性の顔があった。

「改めて、初めまして。私の名前はミランダ。あなたのお母さんとは幼馴染として一緒に育ってきた仲だったのよ?」

柔らかな微笑みは、どこか母親のレイアースに似ているところがあった。

レイアースも良くミーシャを驚かしてはこんな風に笑っていた。

すっかり昨日とは別人となってしまった相手をぼんやりと見つめる。

人間驚きすぎるとかえって反応が鈍くなるものだということをミーシャは、初めて知った。

「……あ、はい。よろしくお願いします」

「それ、どうなっているんですか?」

とりあえず気になったことを質問していたのはもはや反射のようなものだった。

ミーシャの好奇心は筋金入りで、本人の意識とはどうやら別物のようだ。

「ある植物の木の根を煮詰めて加工してあるの。それを顔に直接塗りつけて別の顔を作っていくのよ。よく出来たマスクみたいなものね。乾くと本物の皮膚のような質感になるし、こうやって引きはがさない限り、そう簡単には外せないの。欠点は汗を浸透させないから長時間つけていると蒸れてきちゃうことね。今後の課題よ」

簡潔に説明したミランダは、外したものを広げてミーシャに渡してくれる。

それは昨日会った皺くちゃのお婆さんの顔で、ペラリと掌に乗っている様はなかなか不気味だった。

「髪は染めたりカツラだったとして、眼は?　眼はどうしてたんですか?」

昨日は確かに灰色だった。

勢い良く身を乗り出すミーシャに、ミランダは机の下をゴソゴソと探った後、小さなガラスの小瓶を数本取り出した。

「コレを目に点眼すると虹彩が同じ色に染まるの。で、こっちをもう一度落とす事で定着できる。ただし、コッチは本当に取れやすくて水で濯ぐとすぐに落ちちゃうのよ。……涙もダメね。流れちゃう」

そっとつまんでランプにかざしてみれば、茶色や青、そして昨日の老婆と同じ灰色もあった。

「……これも『森の民』が作ったんですか？」

瞳の色を変えるなんて聞いた事もない。それを言えば、こんな薄い膜のようなもので顔を変えてしまう事だって初めて聞いた。

こんな物まで作り出してしまうなんて、完全に「薬師」の域を超えていると思いながら、ミーシャは手の中のものをまじまじと見つめた。

(王様や貴族が気にするはずだわ。こんな知識、手に入れられたら国の有り様まで変わってしまいそう)

「自分達の身を隠す為に考え出されたものなのよ。どんなに他の血を入れても、何故かこの色彩は消えなかったから。黒髪の人間と子供をつくっても子供達の四人に三人はこの色になるの。まるで呪いのように」

ミーシャの顔が引きつっているのを見て、困ったようにミランダが教えてくれたのは、驚くべき一族の悩みだった。

「遺伝の法則が、私たちの一族には何故か適用されなかった。もしくは、私たちの血がそれだけ強いのかもしれない。詳しい事は未だに分かっていないわ。だからと言って、晒して歩けば知識を欲しがるもの達に狩られることになる。新たな知識を求めて村を飛び出した者達がたくさん犠牲になったわ。私達はただ病や傷に打ち勝つ方法が知りたかっただけなのに……」

少し伏し目がちのミランダの表情が、如実に一族の辿った歴史を物語っていた。

ミーシャは、苦難の道を辿ったであろう過去の先祖達に思いを馳せた。

それでも諦めなかった先人達の英知の結晶がコレだというなら、恐ろしいものと怯えるのは失礼というものだろう。

思えば、一族を飛び出した母親がミーシャにその存在をけして話さなかった事も、幼い子供の無邪気な口から情報が漏れるのを恐れたためだろう。

隠れ住む村の場所を特定されてしまえば、どんな悲劇が起こるのか、考えるだけでも恐ろしい。

「でも、アレだけ見事に擬態できるって事は、気づいてなかっただけで『森の民』とすれ違ったりしてたかもしれない、って事ですか？」

ふと、思いついて問いかければ、ミランダは首を横に振った。

「他の誰かはともかく、ミーシャがすれ違った事は無いと思うわ。だって、別段隠す事なく、そのままで旅してきたのでしょう？　見かけたなら、私のようにどうにか接触してくるはずだもの。自分がどうしても接触できなかったとしても、情報を回して見守る体制が出来てたはずよ」

「見守る体制……ですか？」

ミーシャはなんだか不思議な気分になる。

（それまで存在も知らなかった相手を、ただ同じ色彩を持っているからという理由だけで、そこまで気を使ってくれるの？　赤の他人なのに？）

「一族の結束を強める事で生き延びてきたから、ね。少々面倒な時もあるけど、帰る場所があるからこそ外をフラフラできるって感じなのかもね」

ミランダの笑顔は優しくて、ミーシャはなんだか切なくなった。

話ですら知らない「故郷」。

飛び出した母親は、帰りたいと思わなかったのだろうか？

「まぁ、一族の情報網からもすり抜けちゃう不届きものはどの時代にも居たんだけど、実はあなたの伯父さんもその一人なのよね〜」

しんみりしてしまった空気を変えるように、ミランダが突然伯父の存在を出してきて、ミーシャはキョトンと目を見張る。

「ラインは今の一族の中でも飛び抜けて自由人でね。本来は二十をこえないと独りで村を出る事はできないのに、ここで学ぶことはもう何もないって十五の頃には飛び出してしまったの。レイアースが村を出てからは特にひどくて、気ままにあっちこっちフラフラとして連絡もろくにしないし。でも数年おきに戻ってきては驚くような新しい知識を披露するものだから、誰も止める事が出来ないのよ」

少し困ったように語られる姿は、気まぐれに訪ねてくる伯父のイメージと見事に一致していて、ミーシャはおもわず噴き出してしまった。

「笑い事では無いのよ？　おかげでこの緊急事態にも捕まえる術が無いんだから。とりあえず、見かけたらあなたの事を伝えるように情報は回したけど、いつになるか、本当に見当がつかないの。ごめんなさいね」

申し訳なさそうに肩を落とすミランダに、ミーシャは慌てて首を横に振った。

「気にしないでください。もともと、連絡取れるなんて思っていなかったんですから！　いつか、でも、伝わるなら、嬉しいです」

「そう？　そう言ってもらえると助かるわ」

まだ少し困った顔のまま、ミランダはニコリと笑った。

そうして、唐突に笑顔のまま落とされた爆弾発言に、ミーシャは今度こそ大きな声を上げる事になった。

「それで本題なのだけど、ラインが捕まるまで私が保護者代理としてあなたに付き添おうと思うのだけど、どうかしら？」

十一　『森の民』ミランダ

のんびりと薬屋の店先で仲間と談笑していたジオルドは、突然店内から響いたミーシャの声に瞬時に踵を返し、店内へと飛び込んだ。

積み上げられた薬草の山にぶつかり崩すのも気にせず、ジオルドは最短の距離で店の奥に駆け込んだ。

そうして、椅子に座っているミーシャを見つけると、抱き上げて背中へと庇い、向かいに座っていた黒いローブの相手へと対峙した。

その全てが、ミーシャが驚きに声を上げてしまってから瞬きの間に起こった。気がつけば背中へと庇われる形になっていたミーシャは、現状が理解できず、眼を瞬かせるしかなかった。

と、背後から続けざまに騎士が二人駆け寄ってくる。

前をジオルド後ろを騎士の二人に囲むようにされ、ミーシャは、ようやく状況を把握し、慌ててジオルドの背を叩いた。

「ジオルドさん、違うの。ミランダさんは敵じゃないし、何も嫌なことされてないから」

そうして、顔を出そうとするが、後ろの騎士の一人にやんわりと肩を押さえられ遮られる。その行動に、ミーシャの焦りがどんどん増す中、涼やかな笑い声が響いた。

「あら、まぁ。中々素敵な反射神経ね。護衛としては合格よ」

クスクスと目の前で笑う女をジオルドは無言で睨みつけた。

白金の髪に翠の瞳。

あまりにも鮮やかなその特徴は間違いようもなく、目の前の女が『森の民』であることを示していた。

からかうように笑う女の顔は整っていて、どこかミーシャに共通するものがあった。

が、間違いなく『森の民』だとしても、ジオルドにとっては見知らぬ女であり、護衛対象に迂闊に近づける訳にはいかない。

狭い店内で長剣は邪魔にしかならないと、代わりに抜いたナイフを油断なく構える。

「そんなに警戒しないで？　ミーシャの言う通り、私にこの子を傷つける意思はないわ。『森の民』の結束は聞いたことがあるでしょう？　私はここの店長に『森の民』の子供がいると聞いて駆けつけただけ、よ？」

柔らかな微笑を見せ、何も持っていないと言うように両手を広げてみせる女に、ジオルドはわずかな迷いの後、ナイフを下ろした。

一方、ミーシャはミランダの言葉を聞いて「老婆」とは別人の振りをするのだと気づき、コッソリと肩を落とした。

一体ミランダはいくつの顔を使い分けて生活しているのだろう？　と、いうか、「老婆」を出せと言われたらどうするつもりなのか？

そんなミーシャの疑問をよそにミランダは微笑を浮かべたまま、自己紹介を始めていた。

「改めて、初めまして。ミーシャの騎士様方。私はミランダ。今回、おばば様から連絡をいただいて、『森の民』の代表として幼い一族の娘の保護に来たものです」

優雅に膝を折り、淑女の礼をとるミランダにジオルドは戸惑いの視線を向けた。

「保護と言われても……。こちらも彼女の父親から正式に請われて、隣国までの護衛についているのです。いくらあなた方が『一族の娘』と言われても、お渡しすることはできません」

困った顔を作りながらも『実父の依頼』と言う盾を掲げて首を横に振るジオルドに、ミランダはゆっくりと頷いた。

「ミーシャに簡単な経緯はききました。私たちの手に渡してくださらなくても結構です。その代わり、あなた方の道程に、私も加えてはくださらないでしょうか？」

突然の申し出に、その場に動揺の気配が広がる。

相見えることも難しいと言われている『森の民』が二人も揃った事を、どう対応すればいいだろうかと、さすがのジオルドも戸惑ったようだった。

このまま自国に連れて行けば、確実に王は喜ぶだろうが、だからと言って彼女が味方になるとは限らないのだ。

何しろ『森の民』の本質は、自由気ままと知れ渡っているのだから。

尤も、ここで断ったとしても勝手についてくるであろうことは容易に想像がつく、とジオルドは内心でため息をついた。

見えにくいところでうろちょろされるくらいなら、いっそ目の前にいてくれた方がマシだ。

「あの、ミランダさんは良い人なんです！」

口を開こうとしたジオルドを遮るようにミーシャが口を挟んだ。

ジオルドの沈黙を悪い方に捉えて、不安に駆られたようだ。

どうにか許可を得ようと、ミーシャは弁護を試みる。

「ミランダさん、お母さんの幼馴染だったそうです。小さな頃から一緒にいたって。私、お母さんのお話、聞きたいです！」

庇われていた背中から前に回り、見上げるようにして、言い募るミーシャは必死である。

亡くしてしまった母親の思い出を語れる人を手放したくない。

そんな切なる思いが伝わってきて、ジオルドは困った顔でそっとミーシャの小さな頭を撫でた。

「分かったから、そう必死になるな。同行を断るつもりはないから」

小さな子供をあやすように頭を撫でながらそう告げられ、ミーシャは、頬を赤く染めた。

だけど、すぐに恥ずかしさよりもミランダが一緒に来てくれるという現実が嬉しくて、ミーシャはにっこりと笑う。

「ミランダさん、ありがとうございます」

そうして、深く頭を下げれば、ミランダに笑われてしまった。

「そこは許可をくれた彼にお礼を言うところではないかしら？」

クスクス笑いながらも、乱れてしまったミーシャの髪を優しい手つきで整えてくれる。

その手の心地よさに目を細めてから、ミーシャはクルリとジオルドに振り返った。

「ジオルドさんも、許可をくれてありがとうございました」

「どういたしまして」

ぺこりと頭をさげるミーシャに、ジオルドも笑って答えた。

「話がまとまったところで、旅の日程をお聞きしても良いかしら？」

出発は、明日の奉納舞を楽しんでからとの話をすると、ミランダは、出発の準備をもう少ししてから夕方に宿に再び訪ねてくる事を約束して、何処かへと行ってしまった。

名残惜しそうに遠ざかる黒いローブの背中を見送っているミーシャに、ジオルドは笑ってその肩に手を置いた。

「夕飯にはまた会えるんだから、そんな顔すんな。行きたい場所は無いのか？　明日の奉納舞が終わったらこの町ともおさらばだぞ？」

明るくそう言われて、ミーシャは少し考え込んだ。

「昨日のおとぎ話に出てきた娘が飛び込んだ崖って本当にあるんだそうです。すごく景色が良いって言っていたから、行ってみたい、です」

ふと、今朝方会ったアイリスが教えてくれた話を思い出したミーシャの言葉に、ジオルドは首を傾げた。

「そんな場所あったかな？」

「町の古い神殿の裏の道を山側に登って行ったところだって聞いたけど。明確な記録があるわけじゃ無いけど、状況的にそこだろうって」

「……とりあえず、行ってみるか」

町のはずれにあるその神殿は、古い石造りの荘厳な建物だった。

中に入れば、入り口から真正面に青を基調とした美しいステンドグラスが見て取れた。

幾何学的模様を描くそれが何を表しているのかは明確には分からなかったけれど、陽の光を透かした青いガラスたちは輝き、すべてを柔らかな青に染めていた。

「まるで海の中にいるみたい」

あまりの美しさにため息が漏れる。

そっと光に手をかざせば、掌まで青く染まるようだった。

「まさしく、海を表しているのですよ」

うっとりと見とれるミーシャに不意に声がかけられた。

驚きに振り返れば、黒い僧衣を着た年老いた神父が、祭壇横の入り口から入ってくるところだった。

「驚かせて申し訳ありません。珍しいお客様につい出てきてしまいました」

ふんわりと微笑む神父の顔には深いシワがいくつも刻まれ、彼の過ごしてきた年月の長さを表していた。

シワに埋もれるように細い目が優しく綻んでいるのを見て、ミーシャは驚きにこわばっていた体から力を抜き、急いで膝をついた。

「かってに入り込んでしまって申し訳ありません」

謝罪するミーシャに、老神父はやんわりとした仕草でミーシャの手を引き立たせた。

「神の家の扉は、いつでも誰のためにでも開いているのですよ。遠慮することはありません」

そう言うと手を引き、ミーシャを祭壇の前にまで導いてくれた。

「この町の成り立ちをご存じですか？　あの出来事に感銘を受けた職人が、後にコレを作り奉納したと伝えられているのですよ」

間近で見上げれば、濃淡様々な青いガラスが複雑な文様を描きはりあわされているのが分かった。

「海、ですか？」

「ええ。神の姿を象るのは恐れ多いから、と。海はかの方そのものであるから、海を表現しようと考えたそうです」

ミーシャは改めてステンドグラスを眺めた。

確かに一部分は波立っているようにも渦巻いているようにも見える。

「では、ここが伝説の舞台になった神殿ですか？」

ミーシャの質問に、老神父は残念そうに首を振った。

「いいえ。元あった神殿は津波によって流されてしまいました。その時、貴重な文献や資料も随分海に呑まれてしまったそうです。この建物は、その後に建てられたものですから、舞台となった神殿とは別の物となります」

「……こんなに古そうなのに」

首をかしげるミーシャに、老神父はクスリと笑った。

「そうですね。もう直ぐ三百年になりますから、古い建物であることには間違い無いでしょう」

「三百年！」

その途方も無い数字に、ミーシャは驚きの声を上げた。

人が産まれ死にいくよりももっと長い年月、この神殿はこの場所に立ち町と海を見守ってきたのだ。

それは、どんな時間だったのだろう。

思いを馳せるミーシャに代わり、ジオルドが例の崖の行き方を聞いてくれた。

神殿の裏の山道を登ったところらしく、親切な老神父は、山道の入り口まで案内してくれた。

結構な急勾配を黙々と歩く。

そこは、人一人が歩くのがやっとの細い獣道だった。

恋人の死を知らされた花嫁はどんな思いでこの道を駆け抜けたのだろう。

そんなことを思いながら歩いていたミーシャは、白いドレスを翻し、走っていく後ろ姿の幻を見た気がした。

視界が開けたのは突然だった。

張り出した枝をかき分けるようにして抜けた先はちょっとした広場になっていて、その先は一面の青。

「うっわぁ～～」

思わず崖ギリギリまで進み出れば、慌てたジオルドに肩を掴まれた。

その慌てように（大げさだなぁ）と思いながらも、何気なく足元を覗き見たミーシャは息を呑んだ。

遥か下の方で岩に砕かれた波が、白い泡を立てながら打ち付けていた。

確かに、ここから落ちればただではすまないだろう。

「コレは、確かに神様の手でも借りない限り助からなさそう……」

吹き付ける潮風以上の寒気を感じ、ミーシャは一歩後ろに下がった。

ミーシャの手が命を救いとれるのは、少なくとも生きている人間に限る。死んでしまったものに薬は効かないのだ。

「でも、ここからの眺めはすごくきれい」

しっかりと捕まえてくれるジオルドの手を頼りに、ミーシャはウットリと海を眺めた。

左手に町も小さく見えることに気づきミーシャは指さして示す。

「神殿が津波にのまれたなら、町も一緒に津波の被害にあったのかしら？　そんな事、誰も言ってなかったけど」

木々に埋もれて神殿は見えないけれど、位置的に考えても神殿だけが被害にあったとは考えにくいだろう。

それとも、わざわざ言うほど、津波の被害回数って多いのだろうか？

ふと浮かんだ疑問に答えてくれる声は無かった。

十二　ミランダとの交流

崖からの眺めを楽しんだ後、少し遅くなってしまった昼食を食べ、港に造られた舞台へと向かう。

昨日とは違い舞台は様々な飾りで飾られ、荘厳な雰囲気を醸し出していた。

舞台前にも席が造られ、貴賓席のように区切られたスペースまで出来ていた。

なんと、この土地の領主様もやってくるらしく、ミーシャの予想以上に大きなお祭りだったようだ。

(お祭りというより、神事に近いのかな?)

ミーシャは、打ち合わせをしている大人達の中に、先ほど神殿であった老神父を見つける。

目があったミーシャは、小さくお辞儀をしておいた。

「ミーシャ姉ちゃん」

後ろから軽い衝撃が来て、たたらを踏んだミーシャはどうにか踏みとどまった。

振り返ると、昨日、リハーサルの見物に誘ってくれた少年が腰のあたりに抱きつき、キラキラの笑顔で見上げている。

「トーイ君」

名を呼べば嬉しそうに跳び上がる素直な仕草が可愛い。

「本当に、また来てくれたんだね!」

「うん。またお邪魔しちゃった。今日は、おやつ持ってきたんだけど、みんな時間あるかな?」

手にした袋を掲げれば、周りから歓声が上がった。

いそいそと近づいてきたたくさんの人懐っこい手に「こっち」「こっち」と導かれた先は、子供達の控え室らしかった。

観客席の横に張られた天幕の一つへとグイグイと引っ張り込まれる。

「昨日より、子供達が多くない?」

ひしめき合っている子供達にミーシャは驚いて、隣に手をつないで立つトーイに尋ねるとコクリと頷かれた。

「昨日は主要メンバーだけだったから。今日は後ろで踊ったり、コーラスの子達もいるんだ。僕も、コーラスに参加するんだよ」

昨日の倍近くはいる子供達に、お菓子足りるかな？　と悩みながらも、ミーシャはトーイに手を引かれるままに奥の方まで入っていく。

「あ、昨日のおねえちゃん」

すると、一角に見覚えのある子供達が集まっているのが見えた。

主要メンバーは、やはり練習で長い時間を共に過ごす事で特別な団結力が培われるのだろう。

「こんにちは。また遊びに来ちゃったよ」

笑顔でお土産もあるよーと紙袋を掲げて見せながら、ミーシャは一人足りないのに気付いた。

「アイリスちゃんは？」

何気無いミーシャの言葉にサッと子供達の顔が曇った。

その反応に、繋いでいたトーイの手にぎゅっと力が入る。

驚いてミーシャがトーイを見下ろせば、さっきまで笑顔だった顔が悔しそうにギュッと顰められた。

「あいつら、また……」

小さな呟きと共に子供達のすぐ後ろにあったさっきとは違う出口から、外に飛び出したトーイをミーシャは、反射的に追いかけた。

出口というか天幕の隙間だったため、子供なら楽に抜けられるが大人にはキツかったらしく、引っかかっているジオルドを視界の端に留めながらも、ミーシャは走っていく小さな背中を追いかけることを優先した。

トーイ自身も当てがあるわけでは無いらしく、建物の陰や茂みの陰など人目につきにくいところを覗いて回っているようだった。

そうして、何ヶ所目かの建物の隙間を覗いた時、数人の人影を見つけた。

行き止まりの小さな路地。と、いうより建物と建物の隙間なのだろう。

壁を背に立っているアイリスの前に少し年かさらしい少女が三人、立ちはだかるように立っていた。

ちょうど先頭に立つひときわ目立つ派手な赤いワンピースの少女が、アイリスの肩を突き飛ばしたところだった。

「お前ら、何してんだよ！」

少女達をかき分けるようにしてトーイがアイリスと少女達の間に体を滑り込ませ、姉をかばうように両手を広げた。

「あらあら、小さな騎士様の登場ね」

バカにしたように鼻を鳴らす赤いワンピースの少女に他の少女達も意地の悪い嗤いをもらす。

「アイリス、捜したわ。神父様が呼んでいるのよ」

その時、何気無い風を装って割って入ってきた聞き覚えの無い声に、少女達は振り返った。

そこに、見覚えの無い顔を見つけて、サッと目線を交わす。

そして、同じ年頃の少女とはいえ、第三者の介入は歓迎できるものでは無いと判断したらしく、ツンっと顎を上げアイリスの前から踵を返した。

「いい事？　わかっているでしょうね！」

最後に念を押して去っていく少女達の背中を、ミーシャはあっけにとられたように見送った。

相手を見下す様は手慣れていて、同じ年くらいの少女とは思えない『女』の顔だった。

「姉ちゃん、大丈夫？　怪我とかしてない？」

俯き立ち尽くすアイリスの顔をトーイが心配そうに覗き込む。

泣きそうな弟の顔に、アイリスは弱々しいながらもどうにか笑顔を浮かべてみせた。

「大丈夫。ちょっと色々言われていただけだから。ありがとう」

そう言ってそっと弟を抱きしめるアイリスの体は少し震えていた。

「結局、あの子達は何しに来たの？」

抱きしめあってお互いを慰め合う姉弟にミーシャは疑問をぶつけてみた。

本当に意味が分からなかったからだ。

途端に、トーイの顔が嫌そうに歪む。

「あいつ、いやな奴なんだ。普段はこの町に居ないんだけど、十歳になった時、奉納舞の一月くらい前にこの町に来るようになって、毎年無理やり娘役をしてたんだ」

「無理やり？」

不穏な言葉にミーシャはさらに首をかしげる。

「この町に住む子供達にとって娘役と竜神役は憧れなんです。もちろん、どんな役だって大切だけど、やっぱり特別というか。あの子は母親がこの町の出身で、貴族の方に見初められて別の町に嫁いで行ったそうです。母親の希望もあって娘役に固執したみたいで」

「本当なら、その年で一番踊りが上手な子がなるはずなんだ。あんな奴より、絶対姉ちゃんの方が上手なのに……」

肩を落とすアイリスに悔しそうなトーイ。

二人の様子を見れば何があったのかはなんとなく察せられた。

「でも、今年はあいつも十三で舞台に立てない。みんなホッとしてたんだ。やっと、ちゃんとしたものを竜神様に捧げられるって。なのにあいつ、姉ちゃんにイチャモンつけて娘役降りろって。今年も自分がやるんだって」

トーイの口から伝えられるあまりにも身勝手な行動にミーシャは目を見張った。

「そんな事、出来るの？」

ミーシャの言葉にアイリスが首を横に振る。

「この舞台は竜神様に捧げる神事の一つでもあるんです。遥か昔より十から十二の年の子供達が舞うのが取り決め。それは、流石に覆せないと、大人達も拒否しました。だけど、あの子は諦めてないんです」

アイリスの口からため息がこぼれる。

だけど、俯きかけた視線を上げて、アイリスはニコリと笑った。

「だけど、今年は私だって譲る気はありません。今年私は十二なので、私にだって最後のチャンスなんです。小さな頃から憧れてずっと頑張ってきたのですもの。竜神様に捧げる舞を、踊りたい気持ちは負けません」

キラキラと力強く輝く瞳はとても綺麗で、ミーシャはやっぱり見とれてしまう。

何かを一心に目指す心はなんて美しいんだろう。

だけど、純粋な子供達はまだ知らない。

世の中には、とても醜い悪意が存在している事を。

そうして、純粋なものを壊す事にこそ、悪意は喜びを見出すのだという事を。

「リハーサル、はじまっちゃうね。行こう？」

「はい！」

ミーシャの促しに動き出した三人の背中を見つめる淀んだ瞳がある事に気付けていたら、あるいは物語は少し変わっていたのかもしれない。


約束通り、夕食前に宿にやってきたミランダは髪と瞳を茶色に染めていた。

色彩が変わるだけで、人の印象は随分と変わる。

ミーシャは色を変える術を教えてもらっていたので直ぐに気づく事が出来たが、髪の色は変えられても瞳の色は変えられないという先入観のあるジオルド達はなかなか気づく事ができず一悶着あった。

結局、ミーシャの懇願で部屋まで招き入れた後、水で瞳を洗って元の色に戻して見せなければならなかった。

「でも、目の色を変える事ができるってバラしてよかったんですか？」

流石に色を変える工程までは見せられないとジオルド達を追い出した部屋の中、ミーシャはミランダに尋ねた。

再び目の色を変えるため準備をしていたミランダは朗らかに笑う。

「まぁ、知ったところで真似は出来ないでしょうし、大丈夫よ。流石にマスクの存在までは教えられないけど」

「……あれ、ですか」

薬剤を混ぜているミランダの手元を真剣に覗き込みながらミーシャは苦笑した。

確かに、老婆の顔が剥ぎ取られる瞬間はちょっとしたホラーだった。

「髪の色どころか顔そのものまで変える技術があると知れたら、その技術を得ようとまた騒動が起こりそうだもの」

小さな吸い取り棒で薬液を慎重に目に落としたミランダは、色が定着するまで極力瞬きをしないようにしかめっ面で耐えていた。

「この時間が一番大変なのよね。もう少し短時間で済むように早く改良できたら良いんだけれど」

「瞬きをしちゃ、ダメなんですか？」

手鏡を睨みつけるミランダにミーシャはこてん、と首を傾げた。

「薬剤の表面を乾かさないといけないのよ。じゃないと色が滲んじゃう」

「……乾かす……」

ミーシャはつぶやくと、暫く真剣な表情で考え込んでいた。

突然黙り込み、自分の世界に入り込んでしまったミーシャをミランダは横目でチラリと眺めた。

無意識なのだろう。指先で唇を触る仕草が考え事をするときのレイアースと同じで、懐かしさに瞳が潤みそうになる。

(ダメダメ、ここで泣いたらまた最初から)

あと少し、と耐えようとしているミランダの耳にポツリとミーシャの声が飛び込んできた。

「セラの液を混ぜたら？」

「え？　セラ？」

唐突な言葉に、ミランダは驚いて鏡からミーシャに視線を移した。

セラとはこのあたりの森でよく採取される蔓性の植物で、若葉は湯がいて食べる事ができ、蔓は乾かしてカゴを編んだりする。

薬師だけではなく、一般の人も良く採取する植物だが、薬師には薬師の使い方があり……。

「セラの蔦から採れる汁は傷につけると早く乾かす作用があるでしょ？　……それを応用できないかと……思ったんだ……けど」

どんどん自分を見つめるミランダの目が真剣になってきて、ミーシャはなんだか居心地が悪く自信がなくなってくる。

つい、母親と薬の改良をしているときの癖で思いついたままに口にしてしまったけれど、やはり、トンチンカンな事を言ってしまったのだろうか。

黙り込んでしまったミランダを不安な気持ちで見つめていると、不意にガバッと抱きつかれた。

「すごいわ！　ミーシャ。誰もその薬草の事を思いつかなかったのに。そうね、多分、うまくいくと思うわ！　早速研究部に試してみるように文を送らなきゃ!!」

はしゃいだようにミーシャを抱きしめブンブンと振り回すミランダに、ミーシャは目を回しそうになりながらも、自分も嬉しくなって笑ってしまった。

「あのね、育ちきって茎が茶色くなった蔦の方が採れる量は少ないけど液が透明でサラサラしてい

るのよ。液体に混ぜるのなら、そっちの方が適していると思うの」

ニコニコと話すミーシャの頭をミランダは驚きながらも撫でた。

「ミーシャは良く観察しているのね。凄いわ」

若い蔦の方が茎が緑で瑞々しく樹液もたくさん採れるため、そちらを採取するのが一般的だ。わざわざ少ししか採れない育ちきった蔦を集める人間はいなかったし、まして、その差異を比べようと思いつくなんて。

(直感力と観察力。ラインとレイアースの良いところをそのまま引き継いだみたいね)

幼馴染の兄妹を思い出して、ミランダの胸がまたかすかに痛んだ。

「その点も、ちゃんと伝えておくわ。ただ、故郷の方にセラはあまり自生していないから、温室で一からの栽培になってしまうかもだけど」

ミーシャのサラサラと流れる髪を撫でながらミランダは淡く笑った。

色こそ同じだけれどミランダの髪はふわふわの癖っ毛でこんな艶やかな美しさはない。

羨むミランダにレイアースはミランダの癖っ毛の方が可愛い、といつも返していた。

そうして、無い物ねだりね、と二人で笑いあうのがいつもの流れだった。

「髪、結んであげるわ。私、うまいのよ？」

「嬉しいです！　指通りだけは良いけど、真っ直ぐすぎて自分じゃ上手く纏められないの！　編込みとか絶対無理で、途中で髪がサラサラ逃げちゃうし。ミランダさんの髪、ふわふわでお姫様みたいで羨ましいです」

昔を思い出し少ししんみりとした気分になりながら、何気なく告げれば、嬉しそうに前に座り込んだミーシャが、唇を尖らせて自分の髪を一房摘み、文句を言った。

その仕草も言葉も丁度思い出していた光景そのままで、ミランダは思わず噴き出してしまった。

「レイアースも同じような事を言ってたわ。私はあなた達の髪の方が綺麗だと思うけど」

クスクス笑うミランダがなんだか幸せそうに見えて、ミーシャも髪を結んでもらいながらなんだか幸せな気分だった。

自分の知らない母親の話をしてくれるミランダは、ミーシャの中でとても大切な人になっていた。

「あら？　コレ……」

ミーシャの髪を結い終わったミランダは何気なく眺めた部屋の中で、キラリと光る青を見つけてソレを手に取った。

「海で拾ったんです。綺麗だから、持ってきちゃったんですけど……」

まさか自然発光していて、なんか怖かったから置き去りにしてました、なんて言えないミーシャは微妙な表情だが、そんなことには気づかない様子でミランダは手にした青い石を、明かりにすかしたり手のひらで転がしたりと観察に余念がない。

「海の雫、かしら？　私が見たことがあるものより透明度は高いし硬そうだけど」

「海の雫？」

初めて聞く言葉にミーシャは首を傾げた。

それに、ミランダは頷いてみせる。

「稀に海岸で見つかるのだけど塩が固まり結晶化したものよ。どういった条件下で結晶化するのかはまだ判明していないらしいけど。削って舐めればしょっぱいはずよ？」

「……お塩なんですか？」

「そう。岩塩の一種とされているけど。削ってみる？」

予想外のところから石の正体を解明されて、ミーシャは面食らってしまう。

尤も、それだと光っていた説明がつかないのだけれど、なんとなく、その事を言い憚られ、ミーシャは言葉を呑み込んだ。

「……海の雫……かぁ……」

手のひらに返された小さな青い石を転がしながら、ミーシャは小さく呟いた。

十三　消えたアイリス

（あぁ、また、この世界に来ちゃったんだ……）

ゆらりゆらりと光が揺れる青の世界。

そこが水底だと、ミーシャはもう知っていた。

ただ、前回と違うのはそこに泣いている人の姿が無い、という事だ。

（あの人が呼んでいるんだと思ったのに、違うのかしら？）

ミーシャは、不思議に思ってキョロキョロと辺りを見渡した。

だが、そこにはただ青い静寂の世界が広がるばかりだった。

（そういえば、海の中だと思うのに、魚の一匹もいないって変よね……）

魚影どころか海藻の一つも生えていない。

地面はサラサラとした白い砂に覆われていた。

そっと足先で砂を探れば、すぐに甲の部分まで砂に埋もれてしまう。だけど、初日に波と戯れた時と違い、どこか感触が遠く感じた。

「なんて孤独で寂しい場所」

ポツリと呟くと不意に耳元で苦笑する気配があった。

『突然現れて随分失礼な事を言ってくれるものだな』

耳で聞くというより、頭に直接響く不思議な声に驚いたミーシャは再度あたりを見渡した。が、やはり、どこにも人影は見つけられなかった。

『我の姿は見えぬよ。海に溶け込んでいるからな。夢路通いし娘よ、それよりそなたは何しにここへ参ったのだ？』

再び頭の中に声が響き、ミーシャはそのむず痒いような感覚に顔をしかめた。

『昨日も来ておっただろう？　幻に必死に語りかけているから、煩くて目が覚めてしまった』

「幻？」

意味が無いとわかっていてもどうにも違和感が拭えず、ミーシャは自分の耳のあたりをゴシゴシと指でこすりながら首を傾げた。

『そうだ。アレは我の夢の中より出でし幻。過去の記憶とも言うがな』

「あなたが、あの男の人なのですか？」

『そうとも言えるし違うとも言える。アレは我から分かれた一部。長き時に飽いて、戯れに作ったものよ。嵐の夜に風の悪戯で陸に流れ着き、人の娘に心を奪われた哀れな我の一部』

その声の主の語る言葉は、アイリスから聞いた竜神様の物語と重なった。

「では、あなたが竜神様なのですか?」

ミーシャの言葉にくつくつと楽しげな笑い声が返ってきた。

『まぁ、間違いでは無いな。その名もまた我の一部。人の子らが我につけた名前の一つだからな』

「じゃぁ、あなたはどなたですか?」

『そなたは知りたがりなのだな、緑の大地に愛されし娘よ。まぁ、良い。友との絆に免じて答えようぞ。我は海に宿るもの。この海全てを統べるもの』

あまりにもざっくりとした答えに、ミーシャはかえって訳が分からなくなる。それは竜神とはまた違うものなのだろうか?

『さて、我は答えたぞ。今度はそなたが答えよ。いかにしてこの場に来た』

質問を返され、ミーシャは困ったように首を横に振った。

「来ようとしてここにたどり着いたのでは無いので、その質問に対する答えを私は持っていません。私こそ、何かに呼ばれてきたのかと思っていたくらいですから」

ミーシャの返事にしばしの沈黙が返る。

ミーシャはどこに視点を置いていいのか分からず、些か居心地の悪い思いをしていた。

(《海にとけている》そして《海を統べるもの》かぁ。じゃぁ、私は今声の主の中にいるってこと?)

どうにか現状把握に努めようとしているミーシャの脳裏に再び声が響いた。

『そなたからは海の気配がする。だが、我の加護ともまた違う。なんぞ拾ったか?』

「……青い石を、波間で見つけました」

ミーシャが問いかけに素直に答えれば、何やらため息のような気配がした。

『それ、だな。おそらくアレが我の中に戻る前に落としたものだろう。それを媒介にこちらへ呼ばれたか……』

何やら呆れたような気配に、ミーシャは不思議な気持ちになる。

声の主が「アレ」と呼んでいる存在がお話の中の「竜神様」なら、なんで寂しいと泣いていたのだろう。娘はどこに行ってしまったのか？

『人は自らの過ちを隠すために嘘をつく。娘は花嫁になる前に、輪廻の輪に戻ってしまった。残されたアレは嘆き悲しみ我の中に戻ったが、諦めきれぬ心が娘を求めて彷徨っている。一度分かれて心を持ってしまえば、すっかり元通りとはいかんらしくてな。アレが我の中で哀しいと嘆くものだから、面倒でここ百年ほどは眠っておったのだが……』

ミーシャの顔に疑問が出ていたらしく、声の主が律儀に答えを返してくれる。

「私がここに来たことで、起こしてしまったのですね。申し訳ありません」

思わずミーシャが謝罪をすれば、クスクスと笑う気配がする。

『まぁ、良い。そなたこそ巻き込まれた被害者だしの。それに、明日は奉納舞があるのだろう。浮かれた空気と信心で水が騒めいている。久しぶりに人の世界を覗いてみるも一興』

機嫌の良さそうな気配にミーシャはなんとなくホッとした。

幼い頃より人里離れた森の中で暮らしてきたミーシャは、普通の人よりも不思議な存在を身近に感じてきた。

神か、それに近いものの機嫌を損ねれば、ロクなことにならないのは、経験で知っていた。

彼らは総じて、気まぐれで時に悪戯好きだった。

森を駆け回る幼児は格好の悪戯の対象だったらしく、ミーシャは何度か酷い目にあっていたし、その倍くらい助けられてきた。

(尤も、ここまでハッキリと会話をしたのは初めてだったけど)

海は広い。

その海を統べるもの、というくらいだから、森ですれ違ったものたちとは、力の強さが違うのだろうと、ミーシャは勝手に解釈をして納得した。

『さてここにあまりに長居すればそなたの体にも障りが出る。もうそろそろ体の元へと戻るが良い』

「はい……。でも、戻り方が……」

声に意識を引き戻されたミーシャは困ってしまって口ごもる。

いつの間にかここに至った身としては、帰り道など知る由もない。

『やれやれ。手間のかかることだな』

少し呆れた声の後、ふわりと自分を取り巻く水の気配が変わった事を感じた。

何か、温かいモノに包み込まれたような。

まるで母親の胸の中に抱きしめられたような安心感にミーシャは思わず、ほうっと息を吐いた。

『少し目がまわるかもしれんから閉じておいたほうが良い。ではな、森の娘。久々に楽しませてもらった。森のによろしゅうな』

そんな声を最後にミーシャは自分の体がふわりと浮き上がり、ぐるぐる回りながら何処かに吸い込まれていくように感じ、次いで意識をなくしていった。


目が覚めれば、宿屋のベッドの上だった。

体を起こそうとして、ふらりと眩暈を感じ、ミーシャは無理をせず、再び身体を横たえた。

ジッと目を閉じたまま、先ほどまでのやり取りを反芻する。

夢と呼ぶにはあまりにも鮮烈な記憶は、前の夜に見たときと同じだが、ミーシャは、昨日にはなかった倦怠感を感じていた。

言葉を交わしたことで、体に負担がかかったのだろうと思えば、少し煩わしい。

そっとサイドテーブルを見れば、例の青い石がしっかりと鎮座していた。

ミランダの仕業か、下に真っ白いハンカチが敷かれ、なんだか偉そうに見える。

ミーシャは、昨日と同じく明け方の薄闇の中でほんのりと青く光る石を指先でつまみ上げた。

おとぎ話の中の竜神様だったものが落とした何か。

ミーシャはそれが涙のように見えた。

声の主が語っていた話を思い出す。

(輪廻の輪に戻ってしまったってことは、娘は死んでしまったってこと、だよね。一人残された、って言っていたから、竜神様は本当は間に合わなくて、海に身を投げた時に娘はそのまま死んじゃったのかしら？　それなら、白いドレスを抱いて泣いていた姿にも説明がつく。もしかしたら、竜神様は、娘を亡くしてしまった悲しみで町を壊しちゃったのかな？　神殿は津波で壊れたって言っていたし。竜神の怒りを恐れた町の生き残りの人が、町の再建とともに物語を作り変えた……とか？)

淡く光る石を指先で転がしながら、ミーシャはぼんやりと考えていた。

想像通りなら、感じていた数々の違和感もすっきりする。あながち間違いではないのだろう。

人間は人知を超えた力や存在を畏怖するものだ。

「……あなたはどうして私の手に流れ着いたの？　どうして、あの場所に導いたの？」

ミーシャの問いに石は、ただ静かに淡い光を返すだけだった。


トーイが飛び込んできたのは突然だった。

あの後二度寝をしてしまったミーシャは、ちょうど遅い朝食をとり終わり、食後のお茶を飲んでいたところだった。

そこに、まるで弾丸のように飛び込んできた小さな影に目を瞬かせた。

「姉ちゃん、会ってない？　いなくなっちゃったんだ！」

叫ぶような声に、ミーシャは反射的にトーイの元へと駆け寄った。

ずっと走り通しだったのか息は荒いのに、顔色は驚くほど青白い。

ミーシャは波打つ肩を宥めるように優しく撫でながら、トーイの唇にコップを当て、中の水を飲み干すように促した。

このままだと幼い少年の心と体のバランスが崩れ、倒れそうに見えたためだ。

喉も渇いていたのだろう。

反射的に水を呷り、結果、喉に詰まらせて咳き込んでしまったトーイの背中を適切な力で叩いてやる。

「大丈夫よ、トーイ。だから、落ち着いて。アイリスがいなくなってしまった前後を詳しく教えてくれる?」

　穏やかな声につられたように何度か深呼吸をした後、トーイはすがるような視線をミーシャに向けた。

「今日の舞台は神事でもあるから、姉ちゃんと竜神様役のジーンは決まりで早朝に禊があるんだ。そのために、迎えが来て朝日が出る前に神殿へ行ったんだよ。それで、詳しくはわかんないけど、禊の泉に入る時は一人になるらしくって、で、そこからいつまでたっても姉ちゃんが出てこないから、おかしいって神父様が見に行ったら誰も居なくって。神殿中捜しても居なくって……それで……」

　ついには言葉が続かずにボロボロと涙をこぼし出したトーイをミーシャは優しく抱きしめた。

「……どこ、捜しても……いないんだ。あの女が、怖気づいて逃げ出したんだって言い出して……。そんなわけ、ないのに……姉ちゃんがどんなに頑張ってたか、ぼく、しってる」

　しゃくりあげながらも訴えるトーイを抱きしめながら、ミーシャは何度も頷きを返す。

　アイリスの輝く瞳を見た者なら、誰だってトーイの言葉に頷くだろう。

「何か、あったんだ。姉ちゃんが自分の意思で消えるわけ、ない。助けて、ミーシャ姉ちゃん。姉ちゃんを、たすけて!」

　トーイの悲痛な声は、食堂中に響き渡った。

　それにミーシャは、そっとジオルドと視線を交わしてからしっかりと頷いた。

「もちろんだよ。一緒にお姉ちゃん、見つけよう。大丈夫。絶対、見つかるから」

　涙に濡れたトーイの目としっかりと視線を合わせ、ミーシャは頷いた。

「とりあえず、闇雲に捜したって混乱するだけだよ。神殿に行ってみよう。何か分かってるかも。ね?」

そっと宥めるように背中を撫でられ、トーイはコクリと頷いた。

そうして、立ち上がろうとしたが、神殿から姉がいなくなったと使いが来てから、混乱のまま闇雲に姉の姿を求めて走り回っていた体は相当に疲労を溜め込んでいたらしい。

トーイは膝が震えて、立ち上がることができなかった。

うまく力の入らない足に戸惑っていると、不意に体がふわりと抱き上げられた。

「連れてってやるから、おとなしくしとけ」

驚いて固まるトーイにジオルドは優しい笑みを向けた。

「……ありがとうございます」

この歳になって幼子のように抱き上げられる恥ずかしさと、意地を張って無駄に消費される時間を天秤にかけて、トーイは大人しく運ばれることを選んだ。

(今は姉ちゃんを少しでも早く見つけてあげなくちゃ。後で、みんなにからかわれるくらいなんだ!)

トーイは、この年頃の少年にとって何より大事なプライドを悲壮な決意で投げ捨て口をつぐむ。

だが、出来れば友人にこの姿を見られなければいいな、と、心の片隅で思ってしまうのはしょうがないことだった。

幼い少年の葛藤を正確に見抜いたジオルドは、余計なことは言わず、サッサと神殿へと足を進めた。

心持ち、そのスピードが速められたのは、事の緊急性の為だけではなかっただろう。

そうして、急いで駆けつけた神殿の中は大騒ぎとなっていた。

神事のスタートは正午丁度。

それなのに、舞台の中心となる少女の姿は未だ見つからないのだ。

「だから～、代わりに私が踊ってあげるって言ってるじゃない！　逃げた卑怯者なんて捜すだけ無駄よ！」

その騒ぎの只中で声高に主張する少女にミーシャは眉をひそめた。

昨日、アイリスを脅していた少女がタイミングよくここにいるのはどう考えても不自然すぎた。

「うるさい！　よそ者は出ていけよ！　お前なんかこの町の人間でもないくせに!!」

ジオルドの腕の中から、トーイが堪えかねたように叫んだ。

度重なる姉に対する妨害を一番間近で見てきたトーイにとって、その少女の態度は何よりも腹に据えかねるものだったのだろう。

「どうせ、自分が踊り手になりたくてお前がなんかしたんだろ！　姉ちゃん、返せよ！」

頭上より睨みつけるトーイに一瞬怯んだような様子を見せたものの、少女は直ぐに元の強気な表情を取り戻し、馬鹿にするようにツンと顎をそらして見せた。

「何よ、私が何かしたって証拠でもあるの？　言いがかりはよしてよ。馬鹿らしい！」

だけど言葉を放ちながらも、一瞬、瞳が揺らいだことにミーシャは気づいた。

その中に浮かぶ動揺と焦りは強気な少女にひどく不釣り合いで、ミーシャはこの件に少女が一役買っていることを確信する。

この、プライドの高そうな少女が、本当に何も知らなかったのならもっと烈火のごとく怒り狂っているであろうと思ったからだ。

「あら？　じゃあ、なんでここにあなたがいるの？」

だからこそ、あえて穏やかな声でミーシャは少女に語りかけた。

「なんでって……」

突然の乱入者に、少女が戸惑ったように言葉を濁す。

「だって、あなた部外者じゃない。神殿の関係者でも、アイリスの家族でも無いのでしょう？　なのに、どうしてここにいるの？　誰があなたに、アイリスがいなくなった事を伝えたの？」

あくまで淡々と冷えた視線で見つめながら語るミーシャに、騒然とした周囲が何かに呑まれたように徐々に静まり返る。

「そ……それは、神殿がなんだか騒がしかったから……」

どうにか言葉を返そうとした少女に、ミーシャはゆっくりと歩みを進め近づいていった。

「早朝より、禊の儀式があったと聞いたわ。そういう時、部外者は近寄らないものでしょう？　げんに家族であるトーイですら、神殿ではなく家にいたって言っていたわ。……この神殿は町のはずれにある。なんで、あなたは気づくことが出来たの？」

そうして、直ぐ間近で歩みを止め、じっと至近距離で少女の顔を覗き込む。

「……まるで、アイリスが居なくなるって知っていたみたい」

翠の瞳に見据えられ、少女は息を呑んだ。

その色に呑み込まれてしまったかのように、身体が強張り動かない。

『怖い』と本能がうったえてきていた。

理由なんて分からない。

ただ、この翠の瞳に見つめられることが、まるで自分の全てを見透かされているようでとても怖かった。

「わ……わたし、本当に知らないわ！　ただ、変な男たちがあの子を気にしてたから禊の泉では一人になるって……!!」

思わず口走った少女は、慌てて自分の口を手で塞いだけれど、全ては遅かった。

すっと翠の瞳が遠ざかる。

「そう。つまり、アイリスは狙われていたのね。あなた以外の誰かも、アイリスの存在を狙っていた」

冷たくすがめられた瞳の中、少女はヘナヘナと座り込んだ。瞳が離れた途端、強張っていた体から力が抜けて立っていられなかったのだ。

「一応確認するけど、トーイの家ってお金持ち？　身代金、取れそうなくらい」

「うち、普通の漁師だよ。そんな金、ない！」

ミーシャの問いに必死で首を横に振るトーイの姿にミーシャは小さく頷いた。

「だよね。だいたい、このタイミングで攫う時点で訳わかんない。普通の誘拐なら、もっと目立たない時期にやると思うのよね」

小さく首をかしげながら、ミーシャはつぶやき瞳を閉じた。

「だったら、やっぱりこの神事の関係で攫われたと考えるのが妥当よね。じゃぁ、何のため？」

目を閉じたまま小さく呟くミーシャに周囲の人間は何も言えずただ見守っていた。

なぜか、そうせざるを得ないような雰囲気がその場を満たしていたのだ。

そんな特異な雰囲気に、しかし、己の思考へと沈み込んだミーシャは気づくことはなかった。

数年ぶりの、実力で選ばれた踊り手。

神事の朝。

神殿が新たに建てられてもう直ぐ三百年だと言っていた老神父の言葉。

神話は事実だと、しかし、実際は歪められているのだと教えてくれた不思議な場所で出会った『海を統べるもの』の話。

「……神父様。何で神殿は建て替えられたのですか？」

ポツリと唐突につぶやかれた言葉にその場に居合わせた老神父は戸惑ったように答えた。

「町を津波が襲った時に崩れたと伝えられています。それが……なにか？」

「その津波、いつ起こったのかは記録にありますか？」

さらに重ねられる問いに、老神父は首を横に振った。

「すみません。私は本殿より派遣されてきた人間なので、詳しくは分からないのです。ただ、町の半分を襲った津波と聞いています。その為、だいぶ混乱しており、その数年の記録はひどく曖昧で」

困ったように語る老神父に、ミーシャは、直ぐそばにいる年配の男性へとぴたりと視線を当てた。

「貴方はご存じですか？」

翠の色に包まれ、中年に入った男が居心地悪そうに答える。

「何しろずいぶん昔のことだしハッキリとはしないが、暁月九五六年だったたって聞いたことがある。それがどうしたんだ？」

「……やっぱり。丁度三百年。節目の年」

つぶやいて、ミーシャはきっと視線を鋭くした。そうして、黙って背後に立っていたジオルドをグルリと振り返る。

「アイリスちゃん、本当に危険かも、しれない」

真剣な声音に、静まりかえっていた周囲がざわりと騒いた。

十四　手掛かりを捜して

「どうしてかって聞いていいか？」

不穏な言葉に固まるトーイを気にしながらも、真剣な表情のミーシャにジオルドは問いかけた。

「……確証があるわけじゃ無いの。だけど、タイミングが……ね。今回の神事は竜神に捧げるものだわ。ピンチを乗り越え、幸せな結末を迎える物語。それを舞いにして捧げるのよ。感謝と祈りを込めて。だけど、その物語は真実だったのかしら？」

この町の繁栄の因となる伝説を否定するような言葉に、周囲の人間の表情が険しくなる。

それに目もくれず、ミーシャは言葉を続けた。

「だって、おかしいでしょう？　この町は、町の半分が呑み込まれるほどの大きな津波に襲われているの。その為に記録があやふやになっている。だけど、竜神の加護があるというなら、何で津波に襲われたの？　津波の後に伝説の出来事があったとは言わないでね？　神父様が、津波は『伝説』の後だと教えてくださったわ」

神父様の話を聞いた時の違和感の正体はそれだったのだ。

『結婚式』はこの場で行われた。

だけど、元の建物は津波で崩れて、この建物はその後に建立された物だという。

『竜神の加護』があるはずの町が『津波に襲われる』なんて、矛盾している。

「ある人が教えてくれたの。伝説は作られたものだと。娘は「輪廻の輪に還ってしまった」って。それが真実なら辻褄が合う。愛するものを喪った竜神が悲しみのあまり津波を起こしたのよ。それに恐れをなした生き残った人々は、それ以上竜神の怒りをかわないように、荒ぶる神を鎮める為に神事を行った。幸せな物語を作り上げ、繰り返すことでそれが真実として少しでも神の慰めとなるように……」

沈黙がその場を占める。

詳しい資料が失われている以上、それが真実かは永遠に分からない。それほどまでにこの時代の三百年という時の流れは永く重かった。

だが、ミーシャの語る言葉はまるで真実のように皆の心に響いた。

「……仮にそれが本当として、なんでそんな昔のことで姉ちゃんの身の危険になるんだよ⁉」

その沈黙を破ったのは少年の悲痛な声だった。

抱かれていたジオルドの腕の中から身をよじるようにして抜け出すと、トーイはミーシャへと詰め寄った。

「どんな宗教でも、一部に『狂信者』って生まれるんだって。娘の再来を思わせるほどに美しく舞う少女。更には三百というキリの良い年数。暴走させるには充分じゃないかしら」

「そんな、だって姉ちゃんは……」

絶句するトーイ。

そんな少年に気づかず、どこか遠い瞳のままミーシャは言葉を綴る。その顔にいつもの朗らかな表情はどこにもなく、整っているだけに何か仮面のような凄みがあった。

「そもそも、不思議だったの。恋物語を舞うのにどうして成人前の幼い子供達にその権利が渡されたのか。もしかしたら遠い昔には、舞い姫は生贄として捧げられていたのではないかしら？　神の花嫁として。それをやめさせるため、花嫁にはなりえない幼い少女に踊り手を代えた……」

滔々と語るミーシャの言葉が不意に大きく手を叩く音で遮られた。

ばんっと響いたその大きな音に、フッとミーシャの瞳に光が戻る。

キョトンとしたように何度か瞬きをするミーシャの表情は、先程までの表情の無いどこか神がかったものではなく、いつもの様子に戻っていた。

「で？　つまり、その狂信者にアイリスが攫われたかもしれないって言いたいんだな？」

泣きそうなトーイを抱きかかえたジオルドの顔をミーシャはどこかキョトンとしたまま見つめ返し、そして、コクリと頷いた。

「初めてリハーサルを観ていた時、嫌な目つきをした大人達がいたの。見た目は普通の人達で一瞬だったし、こちらに向けられたものじゃなかったからあまり気にしてなかったのだけど」

少し自信なさそうに語る様子はいつものミーシャで、どことなくホッとしながらも、語られた内容の不穏さにジオルドは眉をひそめた。

「なんで、その時に言わないんだ」

「だって、本当に一瞬だったの。次の日は居なかったし……。まぁ、沢山の人が見に来ていたから見逃しただけかもだけど……」

自然と険しくなるジオルドの声に、ミーシャはションボリと肩を落とした。

その様子に、荒ぶる気持ちをどうにか吐息ひとつで収めると、ジオルドは老神父へと視線を向けた。

「そういう者達に心当たりはありますか？」

「……それは……居ないとは言い切れませんが……」

戸惑ったように口籠る老神父と不安そうに互いの顔を見合わす大人達の様子に、遂に不安を堪えきれなくなったトーイがシクシクと泣きだしてしまう。

これ以上は酷だろうと少年の身を直ぐそばにいたシスターに預け、ジオルドはグルリとその場に集まる一同を見渡した。

「……とにかく、それがミーシャのいう狂信者かは分からないですが、そこのお嬢さんが言葉を交わした男がいる以上、アイリスちゃんを狙っていた者がいるのは事実でしょう。もう一度、不審な人間を見た者が居ないか、確認してください。それと、禊の泉とやらを見せていただくことは可能ですか？　連れ去られた経路を考えてみたい。私達はこの手の調査になれています。彼女を無事助け出したいのなら、協力してください」

自信ありげなジオルドの指示に戸惑っていた大人達もザワザワと動き出した。

「余所者が」と拒絶する声がでる様子は無かった。

元々、荒事や事件など、酔って暴れた喧嘩やご近所の貸した貸さないのトラブル程度の平和な町である。

「狂信者」だの、「生贄」だの恐ろしげな言葉にすっかり震え上がり、どうしていいのか分からない。

そんな中、慣れた様子で指示を出されれば、分からないながらも縋り付きたくなるというものだろう。

「此方です」

この場を取り仕切る立場の老神父とてそれは同じのようで、素直にジオルド達を泉へと案内してくれた。

その場の情報収集の指示を仲間の一人に託し、ジオルド達は足早に進む老神父の後へと続いた。

みんなの集まっていた広いホールを出て幾つかの角を曲がり、地下への階段を下りていく。

案内されたのは天井近くに幾つか明かりとりの窓があるだけの殺風景な部屋だった。

床まで石で組まれた部屋の中央に彫り込み式で四角い水場があり、満々と水が満たされていた。

溢れる様子もない水は澄んでいるが、この町に来てすっかり嗅ぎ慣れてしまった潮の匂いがした。

「……コレは海の水？」

ミーシャが、そっと指先を浸し舐めてみればしょっぱかった。

覗き込んだ四隅に掌ほどの小さな穴が開いているのが見えた。

「そうです。近くの海より水を引いて流すようになっています。私は仕組みをよくわかっていないので説明は出来ませんが、毎日途切れることなく新鮮な海水が循環して満たされるようになっていて、神事の際はここで禊をするのが慣わしとなっています」

老神父の言葉をよそにジオルド達は壁や床の確認に余念がない。

「此方の部屋で準備を？」

隅にある小さな扉を開ければ控え室らしく、畳まれたタオルや衣類が置かれていた。

「そうです。娘役はこの部屋に案内され、事前に説明された手順に従い一人で禊を行います。そうして、つつがなく禊が終了すればホールの方へとやって来るはずなのですが、予定の時刻が過ぎても姿を現さないアイリスに、何かあったのかと様子を見に来たら……」

「姿がなくなっていた……と」

後を継いでつぶやいたミーシャは、興味深そうに水の中を覗き込んでいた。

「竜神役の子もここで禊をするんですか？」

「いえ。竜神役の禊の場は外の方にあります」

「……じゃぁ、アイリスちゃんは本当に一人になっていたのね。この部屋には外に出る道は無いんですか？」

調べているジオルド達を眺めつつ、ミーシャは老神父の目を覗き込んだ。

「少なくとも私は知りません。この部屋に至る通路も地下に下りる階段は一本道で、階段上には世話役のシスターが控えていたので、不審な人物の出入りは無かった、と」

困惑の色を乗せながらも、老神父は淡々と答える。その瞳に嘘が無いことを確認しながら、ミーシャはグルリと水の周りを歩いてみた。

そうして、ふと気になるものを見つけ、その場にしゃがみ込むと目を凝らした。

石ではられた床の一部が少し凹んで見えたのだ。水の揺らぎでよく見えないけれど、何かの文様も描かれているように見える。

「この水は抜かれることはありますか？」

「いえ。掃除する時もそのまま擦り汚れを流すだけです。ここの水を絶やすと悪いことが起こると言われているため、水を抜く事はありません」

「……そう」

老神父の言葉に頷くと、ミーシャは突然水の中に飛び込んだ。思っていたより水深が深く、一瞬頭まで水に浸かってしまう。

慌てて顔を出してきちんと立つと、水の深さはミーシャの肩近くまであった。

「ミーシャ⁉」

突然響いた水音に驚いたジオルド達が駆け寄ってくる中、ミーシャは慎重に足先でさっき違和感を持った場所を探る。

そして、一瞬迷った後、大きく息を吸い潜っていった。

水は澄んでいて視界はクリアだ。

直ぐに底へとたどり着いたミーシャは、目を凝らして床板の一部を観察した。

そして、だいぶ薄れているものの、やはり何かの絵が描いてあることを確認する。

ただ、少しおかしい。

まるで子供の落書きのような拙いものだが多分竜神が描かれているのは分かる。

だけど、頭と尾の位置が明らかにずれているのだ。

そこで息の切れてしまったミーシャは、一旦水面へと顔を上げた。限界まで粘ったせいで息が苦しい。

「何をやってるんだ、お前は」

「……ちょ……ま……」

そうして、慌てたように引き上げようとしてくるジオルドの手から逃れながら息を整えた。

ゼイゼイと荒い息を整え、ミーシャは縁に膝をついて手を伸ばしたまま固まっているジオルドを見上げた。

「底に何かの模様があるの。もう一回見てくるから、待っていて」

「じゃあ、俺が」

飛び込んで来ようとするジオルドにミーシャが首を横に振る。

「ジオルドさんまで、濡れる事ないよ。いってくる！」

そうして答えを聞く前に、ミーシャは再び水の中に潜ってしまう。

たどり着いた水底で、ミーシャは再び絵を観察する。すると、絵の描かれている石の一角が少し浮き上がって見えた。

そっと触れてみると二センチ角ほどの石板が外れたのだ。

（もしかして……）

指先で絵を押してみると抜けた石板部分へと絵の一部が動いた。

（やっぱり！　これ、パズルになっているんだ！）

そこで再び息が切れ、慌てて顔を出したミーシャは、興奮のままに息を整えるのもソコソコに再び潜水した。

そうして、幾つかブロックを動かし、竜の頭と尾を正しい位置へと並び替えた。

最後に、取り外していた小さな石板を元に戻す。

それは丸い何かを大切そうに抱いている竜の絵だった。

なんとなく絵の中の丸い何かを指先で押した時、変化は起こった。

ズッと絵の横の壁が横にずれたのだ。

ゆっくりとずれていくスキマへとすごい勢いで海水が流れ込んでいく。

（ヤバい！）

その流れに吸い込まれそうになり、ミーシャは慌てて水底を蹴る。

しかし、水流の勢いに負けそうになった時、頭上にあげた手を誰かが引っ張ってくれた。

直ぐに力強い腕の中に抱き寄せられ、焦って水を飲んでいたミーシャはゲホゲホと咳き込んだ。

「何をしたんだ、お前は⁉」

そんなミーシャの頭上から、容赦なく怒声が降ってくる。

こみ上げる咳に顔を上げる事もできず、かろうじて片手でゴメンナサイのポーズをとるミーシャをため息とともにジオルドは抱きしめた。

「……勘弁してくれ」

水底で何かしていると観察していたら、突然微かな音とともに壁の一部が開いた時は焦った。

水流に巻き込まれそのまま消えていきそうになるミーシャの手を、反射でつかんだ自分を褒めてやりたい。

そして、ミーシャの咳が治る頃には満たされていた海水が消え、壁の一部には人一人がしゃがんで通れるくらいの穴が開いていた。

「……こんな仕掛けが……」

老神父は本当に何も知らなかったようで、呆然とした顔でつぶやき、ぽっかりと開いた暗い穴を見つめていた。

「……ここから連れ出したのなら、世話役のシスターが気づかなかったのも頷ける。石の動く音も排水音も、どうなっているのか殆ど無かったしな」

中に飛び降り、横穴を覗き込んだジオルドは顔をしかめた。

「……コレが何のために作られたのかは分からないが、神殿関係者にすら伝わってない抜け穴なて……本当に胡散くさくなってきたな」

ため息と共に顔を上げたジオルドは、まだ呆然としている老神父に視線を合わせた。

「すまないが何か灯りを貸してもらえますか？　中は広くなっているみたいだし、どこに続いているのか、行ってみます」

「私も！」

一緒に行くと手を挙げるミーシャを、ジオルドはジロリと睨んだ。

「ダメだ。何があるかも分からんし、とりあえずミーシャは着替えを貸してもらって大人しく待っていてくれ。そのままじゃ風邪をひく」

険しい顔で言い切られ、ミーシャはしょんぼりと肩を落とした。

確かに、服のまま飛び込んだから全身びしょ濡れだし、澄んでいたとはいえ海水だ。

直ぐに塩でベタベタになってしまうだろう。

「それと、神事は代役を立てるか日を改めるかしたほうがいいと思います。コレだけの大掛かりなことをしでかしてくれた相手です。直ぐに見つかる可能性は低いでしょう」

ジオルドがランプを受け取りながら老神父に伝えれば、神父は暗い顔で頷いた。

「竜神様は慈悲深い方。神事よりも幼い娘の命を優先する事にお怒りはしないでしょう。皆様も、どうぞお気をつけて」

ミーシャの護衛にと騎士を一人残し、ジオルドは残りの二人を引き連れて横穴に潜っていった。

その背中を不満顔で見送ったミーシャは、年配のシスターに促され風呂へと案内された。

温かい湯で塩を流して出れば、白い布で作られた簡素なワンピースを渡された。

リハーサルの時にアイリス達が身に纏っていた物と同じもので、サラリとした生地で意外と着心地は悪くない。

そのまま案内された部屋にはベッドで横になるトーイと、いつの間に現れたのかミランダがいた。

部屋に漂う薬草の香りに、興奮状態のトーイを鎮めるためにミランダが沈静の香を焚いたのだろうと当たりをつける。

「……大丈夫？」

青白い顔で眠るトーイをそっと覗き込んだミーシャに、ミランダは頷いてみせながらベッドから離れた場所に置かれたテーブルの方へとミーシャを導いた。

「わたしが来た時には酷い錯乱状態で、薬を飲ませて眠らせたの。ご家族は捜索の方に回っているそうよ」

潜めた声で状況を説明しながら、ミーシャにもお茶を淹れてくれる。

「飲んで。ジオルドが戻るまで、あなたにできることは何もないわ」

囁きに頷き、ミーシャはコクリとお茶を飲んだ。

優しいハーブの香りが不安に荒ぶる心を宥めてくれる。

「……ジオルド達は国でも腕利きの騎士なのでしょう。大丈夫よ」

まだ濡れている金の髪を宥めるように優しい手つきで拭きながら、ミランダがゆっくりとした口調で話す。

髪をすく手つきに目を細めながら、ミーシャはふと思い出して、口を開いた。

「ラーン・レドナ・ユス……後は知らないハッカのような香りだった。少し異国風の不思議な香り。知っている？」

「香水？　それがどうしたの？」

突然の言葉にミランダが首をかしげる。

「さっき禊の泉で微かに香ったの。潮の匂いでだいぶ薄れていたけど、何処かで嗅いだ事があって。多分、リハーサルの時に……」

「犯人が身につけていた物ってことかしら？　それにしても……その三つにハッカ系の香りと言ったら……」

ミランダの顔が険しくなる。

「知っているの？」

不安そうなミーシャに少し迷った後、ミランダは頷いた。

「わたしの勘が当たっていたら古い文献に載っていた薬香の一種だと思うわ。嗅いだ人間に酩酊感を与え、思考回路を鈍くする。継続的に嗅がせることで暗示をかける事も出来たはずよ」

「……暗示？」

「そう。相手の言うことを真実と思い込ませたり、簡単な命令を実行させたり出来る」

ミーシャはしばらく考え込んだ後、ミランダを見つめた。

「神殿の関係者にその香りがする人がいないか捜してみてもらえる？　泉の仕掛けは中から開けるものだった。アイリスが入った後に誰もあの地下に下りていないというなら、その前に誰かがあの部屋に潜んでいたんだと思う。手引きした人が居るはずよ」

ミーシャの言葉に、ミランダは少し考えた後頷いた。

「同じものは無理だけど、似た香りのものを再現してくるわ。それを使って捜してみましょう」

荷物の中から幾つかの丸薬を取り出し調合し始めたミランダをボンヤリと眺めながら、ミーシャはカップの中身を飲み干した。

少しぬるくなった液体が喉を通っていくのを感じながら、窓の外に目をやる。

神殿内に広がる不穏な空気など知らぬと言いたげに、窓の外には鮮やかな青空が広がっていた。

「……アイリスちゃん。どうか無事でいて……」

十五　青の世界

潮騒の音が聞こえる。

生まれた時から……ううん、生まれる前からずっと共にあったその音の合間に、誰かの声が交じって聞こえてくるようになったのはいつからだろう。

いつも、じゃなくて本当にふとした瞬間、空耳のように微かに聞こえるのだ。

それは泣き声だったり、誰かを呼ぶ声だったり、様々だけど。

共通しているのはいつも哀しそうな響きだということ。

私の名前を呼んでくれたら良いのに。

そうしたら、何を犠牲にしてもきっと飛んで行って抱きしめてあげるのに。

ねぇ、泣かないで……。

私の名を、呼んで……。


横穴の探索に出たジオルド達は、一時間ほどで戻ってきた。

横穴は奥に行けば行くほど徐々に広さを増し、五メートルほどで立って歩けるようになったそうだ。

穴は全面岩肌で、補強されていたが、途中から天然の洞窟へと合流した。

道が幾つか分かれていたが、とりあえず水の流れた形跡を追いかけていくと海へ辿り着いたそうだ。

「正確には崖の下の方に開いた洞窟だった。引き潮だったから海面まで少し距離があったが、場合によっては出口は水の中に沈んでいるんじゃないか？　それと、途中いくつも分かれ道があったから、他にも出口はあると思う」

報告された内容に、誰の口からともなくため息が漏れる。

「……つまり、アイリスがどこに連れて行かれたかを見つけるのは難しい、ってことよね……」

ミーシャのつぶやきに中年の女性がわっと泣き出した。慌てて周囲の者が慰めているが、どうやらアイリスの母親らしい。

「……ミーシャ」

咎めるようなジオルドの視線に、そんなつもりではなかったミーシャは居心地悪そうに肩をすくめた。

「……えっと、ジオルドさんがいない間に、もう一つ思い出したことがあって……」

暗くなってしまった空気に押しつぶされそうになりながらも、ミーシャは集まっている人達にそっと小さな陶器の鉢を差し出した。

「誰か、この香りに覚えがある人はいませんか？　この香りそのままではなくて、似たようなモノでも良いんだけど」

鉢の中には少量の軟膏のようなものが入っていた。くすんだ緑色のそれからは甘ったるいのにどこかすっと鼻に抜けるような独特な香りがしていた。

「それはなんだ？」

鉢を受け取り、香りを嗅いだジオルドが、わずかに首をかしげながら隣に立つ人間へと渡す。

「……多分、アイリスちゃんを攫った人間がさせている香り、です。ミランダさんに再現してもらったの」

次々とその場を渡っていく鉢を目で追いながらミーシャがぼそりと答えた。

「あれ？　これ……」

何人目かの手に鉢が渡り、小さな呟きが漏れた。それは、泣いていたアイリスの母親だった。

まだ涙の残る顔で鉢を握りしめ、一度鼻を思い切りかんだ後、再び香りを嗅いでいる。

そうして、しばらく目を閉じて香りを吟味していたようだが、パッと顔を上げた。

「今朝、アイリスを迎えに来た若いシスターから香っていたのと同じものよ。聖職者がつけるには随分と派手な香りだったから、印象に残っていたの。ねぇ、貴女もあの時一緒にいたでしょう？覚えてない？」

隣に立ち背中を支えてくれていた女にアイリスの母親は縋るように訴える。

差し出された鉢の中身を嗅いで、女は納得したように頷いた。

「そうねぇ。でも、この香り、シスターというより乗ってきていた馬車からも香ってたよ？　虫除けか馬の臭いを抑えるものなのかなぁ？　都会の人はオシャレだねぇ、って思ってたけど」

「……馬車？」

女の言葉に老神父が怪訝そうな顔をする。

「そうそう。私、アイリスちゃんを見送ろうと早朝からおじゃましてたんだけど、向かってる途中に家の少し手前で止まった馬車からシスターが下りてきて、馭者の男と何か立ち話始めてるのを見てさ。今年から、馬車で移動になったのかって思ってたら、アイリスちゃんを連れて行く時は歩いて行っちゃったから、不思議に思ってたんだけど……」

女の言葉に老神父の顔がどんどん険しくなっていく。その表情の変化に恐れをなした女の声が尻すぼみに小さくなっていった。

「……どうしたのですか？　神父様？」

「私は馬車の手配などしていません。迎えのシスターは確かに徒歩でここを出て行ったはずなのです」

「そのシスター、今どこにいるんですか⁉」

ミーシャの叫びに、年輩のシスターがおずおずと前に出た。

「シスターロゼッタはアイリスちゃんのお世話係りとして付いていた者で、こんなことになって申し訳ないと無事の祈願を部屋で行っているはずですが……」

「すみませんが確認したいので、部屋に案内願えますか？」

ジオルドの言葉に騎士の一人が素早く動き、年輩のシスターを促すと足早に去って行った。

そうして数分ほどで戻ってくる。

「部屋は誰もいません。ただ、室内に同じ香りが強く残っていました。間違い無いかと」

「そんな、まさか、シスターロゼッタが⁉」

騎士の言葉に被さるように神父の驚いた声が響き渡る。

「彼女は最近この町に来たばかりですし、まだ年若いシスターですがとても真面目で優しい方です。人を陥れたり傷つけたりできるような子ではありません」

真剣な瞳で言い募る老神父にミーシャは少し困ったように頷いた。

「確証は無いんですけど、皆さんに嗅いでいただいた香りの本物は、使い方によっては、暗示をかけて人を操る事が出来るものだそうなんです。だから、もしかしたらそのシスターも利用されているのかもしれません」

「それなら……」

ミーシャの言葉に希望を見出したかのように目を輝かせた老神父は、しかし、ついで投げられたジオルドの言葉に顔色を青くした。

「つまり、用済みになったシスターの身にも、危険は迫っている可能性が高いって事だな」

「ジオルドさん。さっきは私に怒ったくせに……」

無神経な発言を咎めるようにミーシャが睨めば、ジオルドは黙って肩をすくめてみせた。

「シスターの手がかりが見つかったわよ」

その時、足早にミランダがやって来た。

「神殿の外でたまたま遊んでいた子供達が裏口から出て行くシスターを見ていたわ。山の方に登って行ったたって」

ミランダの言葉にミーシャとジオルドは顔を見合わせる。

「……物語の娘さんが身を投げた場所は？」

「残念ながら確認済みだ。誰もいなかった」

首を横に振るジオルドに、老神父が青い顔のまま縋り付いた。

「確認した場所は、昨日君達に教えた場所かね？」

「そうですが」

「じゃあ、場所が違う！」

叫ぶような声にミーシャ達が息を呑む。

「あの場所は酔狂な観光者向けに教える表向きの観光地なのだよ。実際の場所は聖域として秘密にされている……」

「それ、どこですか⁉」

若い神父見習いを先導に駆け出した一同は、しかし険しい山道に次々と脱落して行った。

神殿に集まっていたのは基本、お偉方と神殿関係者。動ける若者は外を捜索に出ていた。

急勾配を走り続けるのは、年配者や女性には酷だったのだ。

だが、事態は一分一秒を争う。

足を止める者達に気遣う余裕もなく、結果、道案内の神父にピタリと付いて行く騎士軍団を、少し遅れて山道に慣れているミーシャが追いかける形となっていた。

そしてたどり着いた場所は、昨日海を眺めた崖を越え、さらに高い位置まで登った場所にあった。

おそらく、裏山の頂上となるその場所はゴツゴツとした岩肌がむき出しで海に迫り出しているようになっていた。

そして、その崖の先端付近に……。

「アイリスちゃん！」

白い豪奢な花嫁衣装に身を包んだ少女が海に向かって佇んでいた。

その少し手前には祭壇が築かれ、供物であろう数々の品物が並べられていた。

そして青いローブに身を包んだ二十人ほどの集団が声を合わせて何かの呪文のような歌を唱えていた。

潮騒と絡みつくように響く複数の声。

海から吹く風に乗り特徴のある香の香りが流れてきて、その匂いのきつさにミーシャは顔をしかめた。

駆け寄ろうとしたジオルド達を遮るように、リーダーらしき人物とその脇を固める二人を残して、青ローブの集団が剣を手に立ち塞がった。

「神聖なる婚儀の邪魔をしないでいただこう。竜神様の御前であるぞ！」

叫びをジオルドが鼻で笑った。

「何が神聖なる婚儀、だ。竜神など何処にいる。お前らのやっている事は、誘拐及び殺人未遂。立派な犯罪だ」

冷静な声に、青ローブ達の顔が不快そうに歪む。

「儀式の邪魔をする者は何人たりとも滅してやる!!」

そうして一斉に躍り掛かってきた青ローブ達に舌打ちして、ジオルドは剣を抜いた。

「極力殺すなよ！　後が面倒だ」

仲間に声をかける。

剣を携えているのはジオルド含めて三人。

若い神父は悲鳴とともに後ろへと下がった。

それでも、怯えながらも自分より弱い者としてミーシャを背にかばおうとしたのは神職者として褒められる行動だが、震える体はまともに動きそうに無い。

自分の前で立ち竦んでいる背中の横から顔を出して、ミーシャは辺りをうかがった。

剣で切り結ぶジオルド達は、多勢に無勢ながら危なげなくさばいている。

暫くすれば怪我ひとつなく鎮圧できるだろう事は、素人であるミーシャの目から見ても明らかだった。

だが、その間にも儀式は着実に進行しているようだった。

呪歌は抑揚をつけながらも徐々に勢いを増していく。

それに合わせて、ただ立ち尽くしていたアイリスがふらりふらりと踊りだす。

ゆっくりとした動きは優雅ながらも、いつものキレはなくどこか不安定だ。

今にもバランスを崩し崖から落ちてしまいそうで、ミーシャは気が気でなかった。

（どこか、あそこに行く道は……）

あたりを見渡し、どうにかアイリスの元へ辿り着けそうな道を探す。

幸いにも大暴れしているジオルド達のおかげで、こちらに注目する余裕のある人間はいなさそうだ。

ミーシャは硬直したままピクリとも動かない神父の陰からコッソリと移動した。

昔から狩りをしていたため、気配を殺して移動するのは得意だ。

まずは背後の茂みに飛び込み、戦っている集団を回り込むようにして走り出した。

そうして、祭壇のすぐ横に飛び出すことに成功する。

だが、ミーシャが茂みから飛び出した瞬間、朗々と響いていた呪文の声が終わった。

一瞬の静寂。

そうして、長いドレスの裾をなびかせフラリと少女は崖から足を踏み出した。

「アイリスちゃん！」

駆け寄り手を伸ばした指先を、ドレスの裾がすり抜けていく。

目を閉じたアイリスの横顔は微笑んでいるように見えた。


全ては、一瞬の出来事だった。

その時、どうしてそんな事をしたのかミーシャにもわからない。

いつの間にか手のひらに握りしめていた青い石。

それを落ちていくアイリスに向かって投げつけたのだ。

「今度こそ護って！」

ミーシャの叫び声に、アイリスの閉じられていた瞳が開かれる。

そして、まだどこかとろりとした視線のまま、自分めがけて落ちてくる小さな青い石を見つけ、手を伸ばした。

小さな手が青い石を握りしめた瞬間、石が光った。

ミーシャがそう思った時、アイリスの体は海へと包み込まれて消えた。

派手な水しぶきも水音もたてることなく、むしろ、一瞬海面がフワリと盛り上がったかのようにすら見えた。

「奇跡じゃ！　竜神様が無事、花嫁を娶られた！」

突然、すぐ近くでしわがれた声が上がった。

いつの間にか青いローブを身に纏った老人が一人、隣に膝をつき祈りを捧げていた。

その眼の気持ち悪さに、ミーシャは後ずさった。

「ミーシャ！　あの子は！」

そこに、ジオルドが駆け寄ってきた。

気づけば青ローブの集団は全て叩き伏せられ、次々にロープ代わりの蔦で縛られているところだった。

「分からない。海に落ちたのは確かよ。早く、助けに行かなきゃ！」

ミーシャの言葉に、ようやく遅れてたどり着いた面々が船の手配をするために踵を返す。

しかし、その瞳は絶望に染まっていた。

崖の高さは優に三十メートルはあった。

生きているとしたら、それこそ、奇跡だろう。

ヨロヨロとミーシャの隣にアイリスの母親が座り込み、崖下を覗き込んで娘の名前を呼んだ。何度も。何度も……。

自身すらも落ちてしまいそうなほど体を乗り出そうとする母親の体を、ジオルドが慌てて押さえる。

母親の慟哭(どうこく)は、潮騒すらも呑み込み辺りに響き渡った。


フワリと柔らかな水に抱かれて、アイリスは夢現を彷徨っていた。

水の中にいるはずなのにちっとも息が苦しくならないのが不思議で、首をかしげる。

(ここは天国なのかしら？　とても気持ちいい……)

海に浮かんでいるような、誰かの腕の中に柔らかに包まれているような、とても不思議な感覚に、アイリスはほうっと、ため息をついた。

奉納舞の朝。

迎えに来たシスターに連れられ神殿に着くと、アイリスは教えられたように禊を開始した。

服を脱ぎ、与えられた白いワンピース一枚の姿で冷たい海水へと身を浸していく。そして、竜神様に捧げる祝詞を唱えた。

アイリスは、間違えてしまわないかという不安と緊張に、微かに震える指を組み、心を込めて祝詞を唱える。独特のリズムを持ったそれが、透き通った少女の声で静かな部屋に響くさまはとても美しい。

閉ざされた空間に響く自分の声を聞きながら少しずつ集中していったアイリスは、いつの間にか部屋の中にはふんわりと甘い匂いが立ち込めていることに気づかなかった。

ただ、緊張が少しずつ解けていって、とても気持ちよくなって、……そして何も分からなくなった。

その後もまるで夢の世界にいるようだった。

気が付けば見知らぬ男達に囲まれ、アイリスは伝説の娘が飛び込んだ場所へと連れてこられた。

「これからおまえは竜神の花嫁になるのだ」

アイリスはそう告げられ、美しい白いドレスを着せかけられ、なんだか幸せな気持ちだった。祝詞の後に海に飛び込むように言われても不思議と怖くなくて、それが当然のことのように感じた。

（そう。私はあの人の花嫁になるのだもの。怖くなんかないわ……）

そして、海に飛び込んだ時、不意に自分の名を呼ぶ声が聞こえ、反射的に目を開けた。

そしたら、青い石が降ってきたのだ。

これはとても大事なもの。

なぜかそう感じたアイリスは、手を伸ばし受け止めた時、ようやく逢えたとホッとした。

（私の大事な、寂しがりやの竜神様）

『今度こそ、間に合った……』

頭の中に優しい声が響く。

アイリスはそれに無意識のままに答えていた。

「やっと逢えた。残していってごめんなさい」

それに微笑む気配を感じた時、まるで霧が晴れていくかのようにふわふわと覚束なかったアイリスの意識が覚醒していく。

アイリスは、ぱちりと目を一つ瞬いた。

「ここ……、海の中？」

白いベールに包まれて横たわっていたアイリスは、身体を起こした。光が揺らめき波紋を作る。ゆるりと水の動く気配。

海辺の町に育ったアイリスにとって、水底から空を仰ぐその光景は見慣れたものだった。

ただ、なぜか息が苦しくならない不思議を除けば。

そして、どこまでも続く真っ白い砂地には海藻や生き物の気配はなく、泳ぎ回る魚たちの姿も見られない事が、アイリスの知る海とは決定的に違うものだった。

「美しいのに……なんだか寂しい場所……」

アイリスの小さなつぶやきの声が水を揺らした時、クスリと誰かが笑う気配がした。

「ここには、何もないから」

囁きは低く、だけど包み込むような柔らかさを持っていた。

アイリスの心臓が、ドキンと大きくひとつ跳ねた。その声を知っているとアイリスの心が言っていた。ずっと捜していた、大切な人の声だと……。

どきどきと高鳴る鼓動を押さえ、アイリスはゆっくりと振り返る。

そこにはすらりとした人影があった。

水に柔らかに揺らめく長い髪は海と同じ色をしている。同色の切れ長の目を細め、少し困ったように嬉しそうに笑うその顔が、何よりも好きだった。

どうして、忘れていられたのだろう。

誰よりも何よりも大切で大好きだった人。

アイリスは、その腕の中に飛び込んでいった。

十六　さよならから続く未来

「ミーシャおねぇ～ちゃ～ん、バイバ～イ!!」

「また遊びに来てね～」

「バイバ～イ!!」

波止場から手を振る子供達に、ミーシャは船の上から笑顔で手を振り返した。

子供達の声に押されるように、ゆっくりと船が港から出て行く。

予定より二日遅れの出立は驚くほどたくさんの人達の見送りを受けることになった。

船の中で食べてね、暇つぶしにしてね、と食べ物や手作りのカードゲームやボードゲームを笑顔で手渡され、ミーシャの腕の中はすぐいっぱいになってしまう。

そのままぎゅーと抱きつかれ、必ずまた遊びに来ることを約束させられてしまった。

まぁ、家に帰るときに同じ道をたどれば良いか、と軽く頷いたミーシャが、再びこの町に来ることができるのは、予想していたよりも大分先になるのだが……それを知るのは運命の神のみだろう。

波止場に立つ人々の顔が判別つかないほど小さくなり、港を出た船からは姿すらも見えなくなって、ずっと手を振っていたミーシャは、胸を刺す寂寥感にため息をつき手摺に頬杖をついた。

だけど、寂しさ以上にほっこりとした温かさを感じていて、なんだか不思議な気分だ。

（アイリスちゃん、元気になって良かったな……）

ミーシャの指先が、無意識のうちに首に下げられたネックレスに触れた。

少しヒンヤリとしたそれは青い石がついた手作りのネックレスで、アイリスが作ってくれたものだった。

船に乗り込む直前に、笑顔で首にかけられ、驚きで目を丸くしているミーシャに、アイリスは少し照れくさそうに笑った。

「それ、譲っていただいた石を半分に割ってつくったんです。竜神様の石だから、航行のお守りになると思って」

耳元でコソリと囁かれた言葉に更に目を見開くミーシャにアイリスは「私のはコッチです」と同じようなネックレスを首元から出して見せてくれた。

幸せそうな笑顔に、ミーシャはただ「ありがとう」とだけ言って、自分より少し小さな体をギュッと抱きしめた。


あの後。

絶望的な雰囲気のまま港の男たちは船を出し、岸壁の周辺を中心に少女の姿を捜した。

ただ、あの付近は海流の流れが複雑でどこに流れ着くかの予測すら立て難く、一時間二時間と虚しく時間だけが過ぎていった。

共に船に乗る事は許可されず、ミーシャは神殿で待機していた。

ジオルドは狂信者たちの拘束とその事後処理に駆り出されており側には居ない。

それもあって、決して一人で出歩かないようにきつく言い含められていたのだ。

する事もないため、未だ目を覚まさないトーイの側に座り、ボンヤリと少年の眠る姿を観察する。

なんの香を焚いたのか、トーイが起きる気配はない。

もっとも、薬のせいだけでなく、姉を襲った不幸に心が耐えられなかったのだろうが。

脳裏で、アイリスが落ちていく姿が何度も繰り返される。

確かに石が光り、海が不思議な動きをしたように見えた。

あれが何なのか、ミーシャにも分からない。

だけど、アイリスが、無事に助かってほしいと願っている。

肉親を亡くす、身を切られるような辛さ。

こんな小さな少年に、そんな気持ちを味わってほしくはなかった。

その時、不意に前触れもなく、トーイがむくりと起き上がった。

「どうしたの？　トーイくん。どこか気持ち悪い？」

声をかけるミーシャに見向きもせず、トーイはベッドを下りるとスタスタと歩き出した。

「トーイ君？」

「姉ちゃんが、帰ってくる」

慌てて後を追いかけるミーシャに、トーイは振り返る事もなくポツリと返した。

その声は平淡で、瞳もまるでまだ夢の中にでもいるようにボンヤリとしている。

まるで夢遊病者のような動きだが、なんとなく止める事が憚られて、ミーシャはとりあえずトーイの後に付き従った。

神殿の中は不思議と人気がなく、ヒンヤリとした空気の中トーイは迷いない足取りで歩いていく。

やがて建物から出ると目の前には海が広がっていた。

神殿は海辺に建てられており、直接海岸線へと下りられる石畳の道があった。

ゆっくりとした足取りでトーイがそこをたどり、足首まで海に浸かった。

そうして、スウッと沖の方を指さす。

その時。

ふわりと波間から何かが浮かび上がってきた。

そうして、何かに押されるように此方へと近づいてくる。それは……。

「アイリスちゃん！」

ミーシャは立ち尽くすトーイの横をすり抜け、海に飛び込んだ。

水をかき分けるように進むミーシャに向かい、アイリスの体がゆっくりと近づいてくる。

気を失っているらしきアイリスは仰向けに浮かんでいた。

波に押されているというには不自然なほど滑らかな動きで此方に近づいてくる体に、ミーシャは沖へ向かうのを止め、ただ両手を広げて待った。

そうして、ミーシャの腕にアイリスの体が触れた瞬間、今まで不思議なほど真っ直ぐに浮かんでいたアイリスの体がスウッ、と沈んでいこうとする。

ミーシャは慌てて抱き寄せ、そのまま陸の方へと戻っていく。

水の浮力があるうちはそう難しい仕事ではなかったけれど、水から上がってしまえば、自分とさほど体の大きさが変わらない気を失った少女を、自力で運ぶのは不可能だった。

さらに、海岸に戻って来れば、なぜか先ほどまで自分で歩いていたトーイまで気を失って倒れていたのだ。

とりあえず、二人を海から引きずり出し寝かせて、ざっと状態の観察をする。

そして、脈と呼吸が正常であることを確認すると、ミーシャは、人を呼んでくるべく急いで神殿の中に駆け込んだ。

その後、アイリスもトーイも何事もなく目を覚ました。

アイリスは、攫われてからの記憶は曖昧だが、体には傷一つなかったし、目覚めてからの意識も鮮明だった。

絶望視されていたアイリスの無事な姿に、人々は「奇跡」だと狂喜乱舞した。

泣きながら我が子を抱きしめ、無事を喜ぶ母親の姿に、ミーシャはホッと胸をなでおろした。

泣きながら自分に抱きつく家族に、困ったように笑って抱きしめ返すアイリスは、なんだか幸せそうで少し羨ましく感じる。


それから。

アイリスの強い希望で、中断を伝えられていた奉納舞は時間をずらし開催されることとなった。

本来正午からの予定だったものを、夕焼けが海を赤く染める時間より開催し、神事のメインである奉納舞は篝火(かがりび)のたかれる中行われた。

折しも上がってきた満月が海を銀に輝かせ、厳かに舞う美しい舞姫の姿を一層神秘的に演出していた。

言葉もなく皆が見とれる中、舞台の幕が閉じ、最後に、アイリスの手により青い花で作られた花輪が海に捧げられた。

ふわりとアイリスの手を離れ、宙を飛んでいった花輪は、海に落ちた瞬間まるで重石が付いていたかのように音もなく海に呑み込まれていく。

かと思えば、遥か沖の方にポカリと浮かび上がり……そして……。

遠目にもわかる大きな影が海の中をスウッと過ぎり、海面に一瞬顔を出した何かが花輪を口に咥えると、再び沈んでいった。

長い長い影が海を過ぎりそして消えていくまで、人々は身動きも出来ずに固まっていた。

あれは……もしかして……。

誰かが何かの言葉を口にしようとした瞬間、アイリスの凛とした声が響き渡った。

「舞は無事、奉納され、我らの心を竜神様は快く受け取られました。きっと今年も豊漁が、航海の無事が約束されたことでしょう」

それは、毎年のお約束の巫女の宣言。

その言葉はその場に集まっていた人々の胸に不思議なほどストンと落ちた。

そうか。今年も無事に感謝を伝えることができたのだ。良かった良かった、と。

子供達は速やかに舞台から撤収し、神父の捧げる祝詞が始まる。

なにごとも無かったように流れ始めた神事に、人々は先ほどの不思議な影に対して声を上げるタイミングを無くしていた。

そうして、海辺の町に密かに伝えられるお伽話が一つ増えたのである。


まだ日が昇らぬ薄闇の中。

ミーシャはなんとなく予感がして、いつかのように海岸線を散歩していた。

もっとも前回の説教は身にこたえたため、本日は素直に護衛（みはり）つきである。

「……おはよう」

そして、想像通りの海を見つめる人影を見つけ、そっと隣に並んでみる。

「おはようございます」

隣に立つミーシャにちらりと視線を向け、アイリスはふわりと笑った。

そのまま二人で黙って海を見つめた。ゆっくりと水平線が明るさを増していく。

「……海の中で、竜神様に会って、今度は助けられたと泣かれました」

視線は海に向けたまま、アイリスがポツリとつぶやいた。

唇は微笑みの形に作られ、瞳はひどく優し気に細められている。

その表情はとてもきれいで、アイリスをひどく大人びて見せていた。

「……お伽噺の娘さんと私の魂は同じ形をしているそうです。生まれ変わり、だと。そんな事言われても、困っちゃうんですけどね。確かに、竜神様のお話を聞くと色々と切なくなったり、頭にきたりはしていたんですけど私は私だし。ただ、知らないって言いきるには妙に懐かしい感じもあって否定もできなくて……」

少し困ったような言葉とは裏腹に表情は優し気なままで、ミーシャはその横顔に言葉もなく、見とれていた。

「大人の男の人に泣かれるって凄く困るんですね……。どうして良いのか分からなくて。しょうがないから泣き止むまで、トーイにするみたいにずっと頭なでなでしていたんですよ、私」

クスクス笑い出したアイリスに、そういえば、ミーシャが初めて会った時も泣いていたなぁ～と思い出す。

「……側に居たいって言われたんですけど、頷くことはできませんでした。だって、私にも夢あるし、家族の事も心配だったから。それに、物語の娘みたいに、全てを引き換えにしてでも手に入れたいほどの想いって、まだ私にはよく分かりません」

「……そ、だね。私も、よく分からないや」

ミーシャの脳裏に母親の姿が思い浮かぶ。

父親と生きる為に、故郷と共にそれまでの全てを捨てて、見知らぬ土地で暮らしていた母親。

ミーシャと森の中でいつでも笑って暮らしていたけれど、ミランダに会った今では、本当は別の暮らしもあったのではないかと思ってしまう。

仮にその未来を選んでいた場合、自分が存在する事は無かったのだろうけど、少なくとも、あんな風に命を落とさずにすんだはずだ。

「そうしたら、もう一人の竜神様が面倒くさそうな顔で、そんなに恋しいならお前が陸に追いかけていけばいいって言い出したんです。ただ、一人で陸で暮らしていけるようにするにはしばらく時間がかかるみたいで。用意ができたら会いに行くからって、私一人で戻る事になったんです」

「……それって」

一瞬、自分の思考に沈み込みそうになっていたミーシャは、続いて聞こえたあまりな内容に一気に現実に引き戻された。

(自分の中に戻したって言ってた気がするけど、そんなに簡単にくっついたり離したりできるものなの?)

ミーシャは、『海を統べるもの』と名乗っていた存在が、もともと物語の青年が、自身の一部から作られた人形のようなものだったと言っていたことを思い出していた。そして、娘が亡くなった後回収してもう一度自分の中に戻したけれど、うるさくて面倒だと言っていたことも……。

(絶対、うるさいから放り出すことにしたんだ。だって、面倒くさそうだったし)

言い方は悪いが、泣き声がわずらわしいからとふて寝を決め込んでいたぐらいだ。

分離できるチャンスがあるなら、逃さないだろう。

何しろ、今なら押し付ける先があるのだから。

神様か精霊か分からないけれど、出来るっていうなら、可能なのだろう。

問題はそこではなく。

「竜神様、押しかけてきちゃうんだ?」

「……たぶん」

ここで、ようやく海からミーシャへと視線を移したアイリスは、困ったように首を傾げた。

「恋人になれなくても、側にいれるだけで良いんだって言われちゃって。おそれ多いし断ろうとしたら、また泣きそうになられちゃって……」

「まさかの泣き落とし!?」

驚きのあまり、ぽかんと口を開けるミーシャにアイリスはなんとも言えない顔のまま再び海へと視線を戻した。

「恋とか、よく分からないけど……少し嬉しかったのも本当なので」

「……絆されちゃったんだね」

「……まぁ、まだ時間もある事だし、私もいろいろ考えてみます」

何しろ、アイリスにしても、お伽噺の人物が突然目の前に出てきてしまったのだから、混乱していてもしょうがない。

しかも、自分もそのお伽噺の当事者だと言われてもほぼ記憶もなければ実感もない。

「そもそも夢かもしれないし、本当に来るのかもわからないし……」

(いや、三百年ものの恋情とか、すっごくしつこそうだし。来ないって事はないでしょう。何しろ思いが重すぎて、統合したはずの本体さんが面倒になって不貞寝しちゃうくらいだし……)

ポツリとつぶやかれた言葉に内心で突っ込みつつも、ミーシャは懸命にもそれを口にする事は無かった。

ただでさえ混乱中のアイリスを、更に混乱させるような事を言ったら可哀想という思いの一心だったのだが……。

「とりあえず、いつも通り暮らしていこうと思います。踊りの先生からもお墨付きをいただいているし、成人したら、劇団を紹介してもらえる事になっているんです」

「すごいね！　プロの踊り手さんになるんだね」

気を取り直したように笑うアイリスに、ミーシャも笑顔を返した。

「はい。どこかで見かけたら、声をかけてくださいね！」

「うん。その時は絶対に観に行くよ」

二人の少女は、昇る朝日の中、しっかりと小指を絡めて約束を交わした。


「良い天気」

船の甲板で手すりにもたれたまま、ミーシャは空に向かって手を伸ばした。

穏やかな潮風が船の帆をいっぱいに張っているのが見える。

初めての船の旅は、二泊三日。

波は穏やかで、大きな船は海面を滑るように進んでいく。この調子なら、予定通りに過ごせそうだ。

「……生まれ変わり、かぁ」

もし、本当にそんなものがあるならば、いつか別の時代でもう一度母親に巡り会えるだろうか？

そんな想像をしながら、ミーシャは目を閉じた。

（あぁ、でも、記憶がないならもしそうでも分かんない、よねぇ）

それでも、その想像は、少しミーシャの心を温かくしてくれた。

もし叶うのなら、次の時代でも母親の子供として産まれたい。そうして、今度こそ。

ぱちりと目を開ければ、抜けるような青い空と青い海。

果てのないように見えるその先にもきっと何かが存在しているのだろう。

さしあたっては、最初の目的地へ。

胸いっぱいに潮風を吸い込んで、ミーシャは大きく背伸びをした。

波音を聞きながらジオルドはノンビリと寝酒を楽しんでいた。

このまま何事もなければ、明日の昼過ぎには船は自国の港に着く。

そこからは王城まで馬車で三時間の旅だ。

散々寄り道してノンビリした自覚はあるから、これ以上の引き延しは利かないだろう。

むしろ、怒り心頭に発した生真面目な宰相様が、直々に港まで迎えをよこしている可能性の方が高い。

(さぁて、どうやってトリスの気をそらすかな〜)

のんびりグラスを傾けていると、不意に扉がノックされた。

何か問題でも起こったのか、と顔を出すと、そこには髪と瞳を茶色に染めたミランダが立っている。

特徴的な色彩を隠すと何処にでもいる町娘にしか見えない。いや、よく見れば充分に顔立ちは整っているのだが、なぜか気配が薄いのだ。

知らずにすれ違えば、意識にも残らないだろう。

「ごめんなさい。少しお話があるんだけど、今、良いかしら?」

船の上で分かりにくいが、時間にすればもう深夜に近い。

妙齢の女性を招くには少し問題があるが、まぁ、口うるさいミセスがいる社交界でもあるまいし大丈夫だろう、とジオルドは部屋の中に招き入れた。

狭い船室の中ひとつだけある椅子を譲り、自分はベッドへと腰を下ろす。

飲みかけのグラスにミランダの視線がチラリと向けられた。

「失礼。眠る前の習慣でな」

肩をすくめてみせるジオルドに、ミランダはふわりと笑った。

「プライベートに何をするのも自由だわ。適度な飲酒は、リラックスするには最適だしね」

「あんたも飲むか？」

その笑顔になんとなく同類のにおいを感じて勧めてみれば、嬉しそうに頷かれた。

少し癖のある蒸留酒はジオルドのお気に入りで、不慣れな人間が飲めば喉を焼かれてむせてしまうほどキツい。

ミランダはまず軽く香りを楽しんだ後、舐めるように口に含み、飲み込んだ。

「良い香りね。お国のお酒？」

「ああ。故郷の方で細々と造られてる。氷を入れても美味いんだがな」

その後、なんとなく二人とも口を噤んで、無言のまま酒を楽しんだ。

グラスが半分ほど空いた頃、先に口を開いたのはミランダだった。

「ミーシャを連れて行って、何をさせるつもりだったの？」

あまりにも唐突でストレートな質問に、ジオルドは慣れているはずの酒で危うく噎せそうになった。

静かなのに気詰まりを感じない不思議な空間を楽しんでいただけに、油断した。

ミランダが、計算してこのタイミングを狙ったのなら大したものだと感心する。

「悪いがオレは知らん。ただのお使い……だからな」

ジオルドは気を取り直して、再びグラスに口をつけながら短く答えた。

「ただ、自分の首を絞めるような事をするほど、俺の主は愚かではないよ」

「……そう」

短い言葉の中に主君に対する深い信頼を感じ取って、ミランダは思案顔で頷いた。

「確か、レッドフォード王国には、先の戦いで一族のものが介入していたわね。ならば、大丈夫かしら」

グラスの底四分の一ほど残る琥珀色の液体をくるくると回して遊びながら、ミランダはぼんやりとつぶやいた。

「あの子はまだ幼い。そして、色々と危ういわ。本来ならば、このまま連れ帰りたいところなのだけど……」

「せめて王に面会くらいはさせてもらえるとありがたいな」

半ば本気の声音にジオルドは、そっと口を挟む。

散々遊びながら来た挙句、逃げられましたでは、ジオルドの首が危ない。

主にトリスの怒りが怖い。

「……ミーシャは貴方を信頼しているわ。悔しいけれど、私よりも、ずっと」

「あ〜〜、一月以上一緒に旅してるしな」

少し寂しそうなミランダになんとなく居心地悪く、ジオルドはごまかすようにグラスを傾けた。

「差し当たり、悪意は無いものと判断するわ。その後は、私自身の目で見極めさせてもらう。悪いけど、貴方の国は今回の件で『森の民』の目をひく事になったわ。それを忘れないでね」

唇を笑みの形にしたまま、ミランダはクイっとグラスの中に残っていた液体を飲み干した。

「ごちそうさま。美味しかったわ」

そう言って綺麗なウィンクを残し、ミランダは、まるで猫のような身のこなしでスルリと扉を抜けていってしまった。

パタン、と小さな音と共に閉じた扉を見つめながら、ジオルドは、いつの間にか詰めていた息をそろりと吐き出した。

最後の笑顔とウィンクは、いつもの記憶に残らないような影の薄さが嘘のような鮮やかさだった。

やはり、姿を変えるのと同じように、意図して表情や仕草を変えることで、地味な印象になるようにしていたのだろう。

「……強烈、だな」

加えて、完全に脅しだろう、と言いたくなるような捨て台詞。

下手をすると敵に回ると宣言されてしまった。

ここでの会話が逐一、国王まで報告されるであろう事を見越しての言動だったのだろう。

ジオルドより幾つか年上なだけであろうに、あの会話術と貫禄。

「うん、俺には荷が重いわ。任せた、トリス」

ジオルドは、元々、社交術も交渉ごとも苦手な人間だ。

所詮、現場叩き上げの肉体労働者である自覚がある。

ここは頭脳労働が大得意の同僚にすっきり丸投げさせてもらおう、と心に刻んだ。

トリスが聞けばまた柳眉を逆立てるような事を呟きながら、ジオルドは最後のひとしずくまで飲みきったグラスをすでに空になって置かれたグラスの隣に並べると、そのままゴロンとベッドに横になった。

そして目を閉じればすぐに眠気が襲ってくる。

食べる事と眠る事。

生き延びるためにその二つは取れるときにしっかりと取る主義だった。

ジオルドが眠る直前に浮かんだ面影が誰のものだったのか、それを知るものは誰もいない。


与えられた部屋はミーシャと同室だった。

船の中という限られた空間を思えばあり得ないほど広くとられた部屋。

それを与えられた贅沢を鑑みれば、かの国がどれほどミーシャに気を使っているか分かるというものだ。

そっと二つ並んだベッドの片方を覗き込めば、白い毛玉を抱きしめてミーシャがぐっすりと眠り込んでいた。

その髪に触れたくなる誘惑に耐えて、ミランダは静かに自分に与えられたベッドへと身を横たえる。

思っていたよりもご相伴に与った酒が回っていたらしく、すぐにトロリとした眠気が襲ってきた。

それに抗う事なく身を任せながら、ミランダは、別れた時のレイアースの姿を思い出していた。

(貴女の代わりに、少しだけ、ミーシャのそばにいさせてね。絶対に悪いようにはしないと誓うから)

面影に向かいそっと囁いてミランダはゆっくりと意識を手放した。

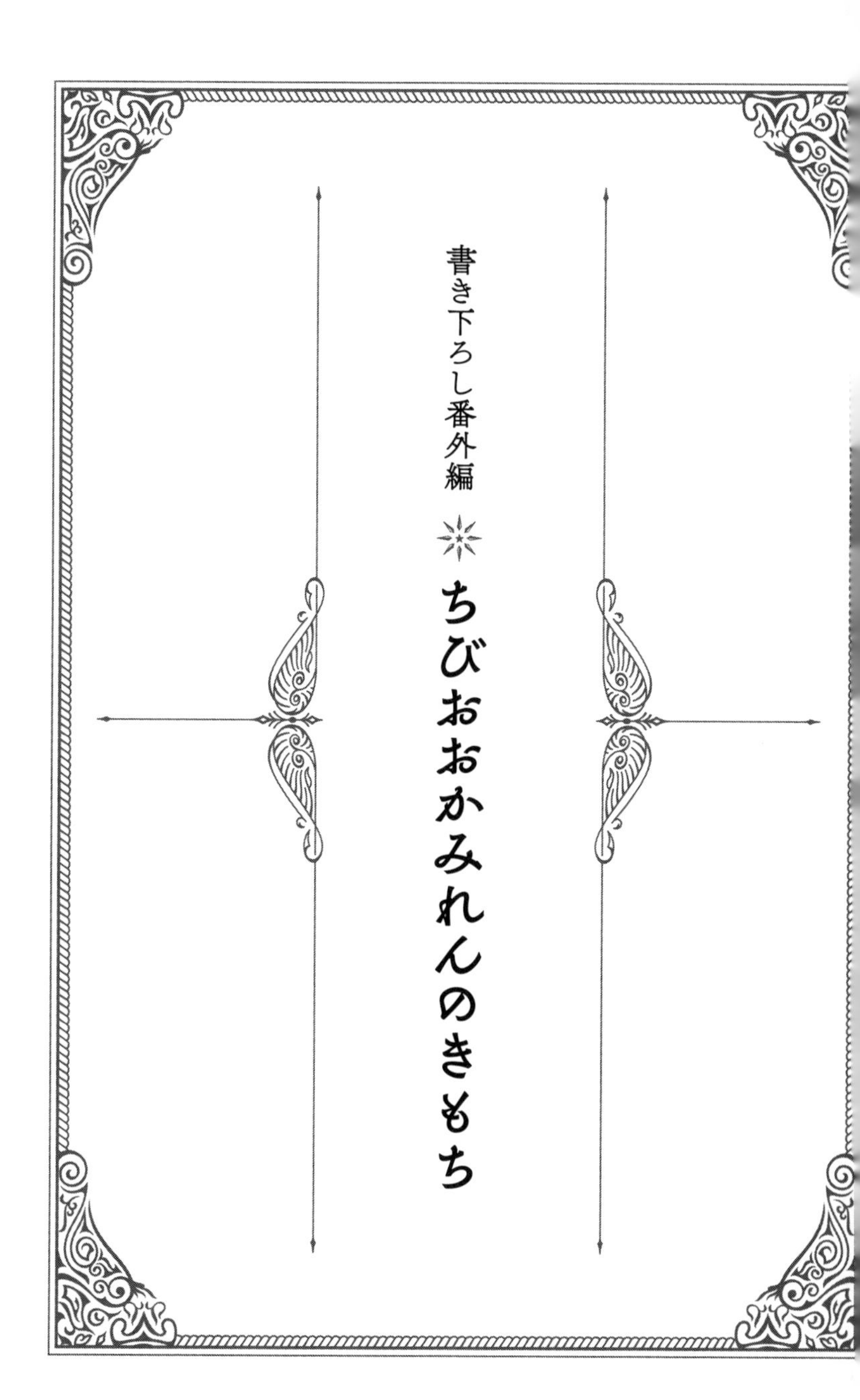

書き下ろし番外編

ちびおおかみれんのきもち

ぼくのなまえは、レン。

だいすきなミーシャが、ぼくにつけてくれたんだ。

ぼくはゆいしょ正しいとびはいいろおおかみだ。

ちょっと毛色が白くってへんだけど、お母さんもきょうだいもみんなそうだったから、だれがなんといおうととびはいいろおおかみなんだよ。

だけど、群れのみんなは、ぼくの色がきらいで、いつもいじわるされてたんだ。

そして、おいかけまわされてるときに、あなにおちて、さいごはおいていかれちゃったの。

お母さんは、たすけてくれようとがんばったんだよ？

だけど、どうしてもぼくをあなからだせなくて、みんなにつれていかれちゃった。

あしがいたくて、ひとりぼっちがかなしくて「たすけて」ってないてたら、ミーシャがたすけてくれたんだ。

さいしょは、こわかった。

だって、「にんげんはわるもの」ってみんないってたから。

にんげんにつかまったら、けがわにされちゃうんだって。

だから、てがのびてきたとき、しぜんにうなっちゃったんだ。

だけど、ミーシャが「こわくないよ」って笑って。

もりの色みたいな目をみたら、なんだかふにゃんってなっちゃった。

この子はこわくない、ってわかったんだ。

それから、ミーシャはぼくのあしをなおしてくれて、おにくをわけてくれた。

ぼくはミーシャのむれにはいったんだ。

まわりはにんげんだらけで、さいしょはいつけがわにされちゃうかなってどきどきしたけど、ぼくはすぐにミーシャのことが大すきになったからそばにいるためにがんばった。

むれはおとなだらけで、子どもはミーシャとぼくだけだったから、ぼくたちはいつでもいっしょにいた。

むれのボスは、とても大きな赤毛のオスですごくつよそうだった。

だけど、ミーシャをとてもだいじにしていて、ぼくにもじぶんのにくをよくわけてくれるいいやつだった。

いまでは、ミーシャの次くらいにはすき。

だけど、ときどきぼくのじまんのしっぽをひっぱるから、やっぱりちょっとわるいやつかもしれない。


あるひ、ミーシャといつもどおりにねてたら、すごくかなしいこえでめがさめた。

それは、ミーシャのこえで、そうっとのぞいたら、ミーシャはねむったままないていたんだ。

それは、なかまをよぶこえだった。

ぼくもあなにおちたとき、さんざんないたからわかるんだ。

もしかしたらミーシャも、ぼくとおなじようにお母さんにおいていかれちゃったのかな?

ミーシャはかしこくて、とてもいいこなのに、どうしておいていかれちゃったんだろう?

にんげんはいろんな毛いろであつまってくらしてるから、ぼくみたいにみんなとちがうからっておいてかれることはないと思うんだけど……。

そっと、ミーシャのほほをなめてみると、なんだかしょっぱかった。

ミーシャのなかまをよぶこえがあんまりかなしいから、なんだかぼくまでさみしくなってくる。

だから、ミーシャのうでのなかにもぐりこんで、しっかりとくっついた。

ひるまにどんなにかなしいことがあっても、きょうだいたちとこうしてねてたらおちついたから。

ミーシャも少しかなしくなくなればいいなって思ったんだ。

ね、あったかいでしょ？

ミーシャがいっぱい毛づくろいしてくれるから、ぼく、いままっしろのフワフワだよ？

じぶんの毛いろ、きらいだったけど、ミーシャがかわいいってたくさん毛づくろいしてくれるから、いまではそんなにきらいじゃなくなったんだ。

ね、ミーシャ、なかないでよ。

ぼくはまだ小さくて、あの赤毛のオスみたいにミーシャをまもれないけど、すぐにおおきくなるよ。

とびはいいろおおかみは、とてもつよいおおかみなんだから。

ほんとうだよ？

そうやってくっついてたら、ミーシャのなきごえがとまって、しずかになった。

まだ、ほっぺたになみだがのこってたから、なめてきれいにして、ぼくもそのままめをつぶったんだ。

あさおきたら、ミーシャはじぶんがないていたことをわすれてた。

ぼくがうでのなかにいるのをみておどろいてた。

だけど、あんなかなしいおもいはおぼえてなくていいとおもうから、ぼくは「ひとりでさみしかったの?」ってミーシャのかんちがいを、あまんじてうけることにした。

だけど赤毛のオスが「まだあかんぼうだもんな」ってからかってきたときには、きっちりきばをむいてこうぎしておいた。

たしかにちいさいけど、あかんぼうあつかいはゆるさない！

せんそうだ!!

そうしたら、しばらくしてミーシャがいないところで「からかってわるかったよ。ミーシャをよろしくな」ってあやまってきたから、ゆるしてやることにした。

けして、いっしょにわたされたほしにくがおいしかったからじゃない。

まあ、くれるってんなら、またもらってやってもいいけど。

だいたい、ミーシャが泣いている時にねどこのそとでおろおろしてるのを知ってるんだからな。

じょうずになぐさめることもできないへたれなんだ。

まあ、赤毛はつよいけど、ぼくみたいにフワフワの毛皮を持ってないからしょうがない。

たのまれなくったって、ミーシャがさみしいときは、いつだってそばにいるよ。

だってぼくとミーシャはなかまだからね。


しばらくいくと、でっかいみずうみがあった。

それは「うみ」っていって、みずをなめたらしょっぱくってびっくりした。

ミーシャがいってたとおりだ。

「すなはま」はあしがしずんでくすぐったいし「なみ」はぼくにおそいかかってくる。

ゆだんするとばしゃんってぬれてたいへんなんだ。

ほとんどかれいによけたけど、なんどかしっぱいして。

きづいたら、びしょぬれのすなまみれになってた。

いつのまにってびっくりするぼくにミーシャがきづいて、わらいながらおふろにいれてくれたけど、走りすぎたせいでせっかくいたくなくなってたあしが、またいたくなっちゃったのはしっぱいだった。

おかげで、ほとんどやどでおるすばんしてたんだよ。

ぼーるや、かむとおとがなるへんなにんぎょうなんかをおみやげにもらったからがまんしたけど、ミーシャや赤毛はでかけてるのにひとりぼっちはつまんなかった。

しかも、ミーシャのもってきたいしはへんなやつで、よなかにひかってるんだ。

まぶしいから、だいのうえからべっどのしたにおしこんでやっても、きづいたらつくえのうえにもどってるし。

きもちわるいからみないようにしてたら、いしはいつのまにかなくなってた。

そして、ミーシャからぼくがいないあいだにおこったことをおしえてもらったんだよ。

あのいしが、あおくひかってたのは、うみのいろだったみたい。

……ぼくはもりのいきものだから、うみのけはいにはにぶいんだよ。うん。しょうがない。

もりにすむなにかのけはいだったらわかるんだよ？

ほんとうだよ？

ぼくがミーシャにあったときこわくないっておもえたのは、ミーシャからもりのけはいがしたからだしね。

きょう、ぼくははじめてふねにのる。

ばしゃはりくのうえをはしるけど、ふねはうみのうえをはしるんだよ。しってた？

だけど、ばしゃはうまがひいてるけど、ふねはなにがひいてるのかな？

そとからみてもなにかがつながれてるけはいはないし、うみのなかにいるのかな？

「おちちゃうよ」

ふしぎにおもってうみのなかをのぞきこんでたら、ミーシャがだきあげてくれた。

そんなにとろくないよ？

だっこはすきだから、もんくはいわないけどさ。

「ミーシャ、乗船するわよ」

「はーい」

むこうからミランダがてをふって、ミーシャはぼくをだっこしたままはしりだした。

だっこしたままはしられると、ちょっとからだがじょうげにゆさぶられてたいへんなんだけど！

どうにか、かたにてをつっぱってたいせいをたてなおすと、ぼくはもういちどふなぞこのほうにめをやった。

ちらりとよぎるながいかげ。

あれ、いしとおなじけはいがするんだけど。

ミーシャ、きづいてなさそうだな……。

どうやらてきではなさそうだし、まあ、いいか。

とびはいいろおおかみのはなは、いやなかんじをかぎわけられるんだ。

お母さんが、「ちょっかんをしんじてこうどうするのよ」っていってたし、いまのところぼくのちょっかんがはずれたことはないからだいじょうぶ。

ふねにかかったいたを、ミーシャがかるがるとかけあがる。

そのまま、かんぱんにあがるとはるかとおくまでうみがみえた。

こんかいは、けがのせいであんまりかつやくできなかったけど、やどでおとなしくしてたからもうだいじょうぶ。

こんどこそ、ミーシャといっしょにぼうけんするんだ。

ミーシャはこれから、となりのくにのおうさまにあいにいくんだって。

おうさまって、くにでいちばんえらいひとなんだ。

そんなひとにあいにいくなんて、ミーシャすごい！

ジオルドが、なにかかみをみながらわらって、「おひいさまのたいちょうかいぜんいらいか。つかえるかためすきまんまんでうける」とかいってたけど、なんのことかな？

ミランダはミランダで、むずかしいかおで「いやなかんじ」ってつぶやいてたけど、ミランダもとびはいいろおおかみみたいな、ちょっかんがあるのかな？

ふねが、おおきなこえをあげてゆっくりとうごきだした。

「またあおうね～！」

ミーシャが、かんぱんのてすりからおおきくみをのりだして、てをふってる。

ともだちができたんだって。

あんまりからだをまえにたおすから、おちちゃわないように、そっとすかーとのはしをくわえておいた。

「さっきと反対ね」

それをみて、ミランダがくすくすわらっているけれど、てをふるのにむちゅうなミーシャはきづいていないみたい。

なかよくなったおともだちでも、ここでさようなら。

だけど、ぼくはミーシャといっしょにいける。

だって、ぼくとミーシャは、おなじむれのなかまだからね。

ぼくの毛いろがはいいろじゃなくても、ミーシャのひとみがもりのいろでも、かんけいない。

ぼくたちは、これから、いつでもいっしょなんだ。

そして、ぼくがおおきくなったら、こんどはぼくがミーシャをまもってあげるからね！

あとがき

はじめましてこんにちは。この度は「森の端っこのちび魔女さん」をお手に取ってくださりありがとうございます。作者の夜凪と申します。

ネット小説投稿世界の片隅でひっそりと生息していたところ、何の奇跡か優しい妖精さんにそっと拾い上げていただき、こんな分不相応なところまで来てしまいました。

このお話は、ある日夢でみた「森の中を駆け抜けている少女」の姿から生まれた物語です。

あまりにも楽しそうに、あまりにも軽やかに駆け抜けるその姿が、目が覚めた後もとても心地よい余韻を残し、あの子はどんな女の子なんだろうとぼんやりと考えているうちに、いつの間にか確かな輪郭を持ち、生き生きと動き出したのです。

そして生まれた物語が、今回お声がけいただいたおかげで書籍という形をとり、なんと、私の脳内にしかなかったミーシャ達の姿を、素晴らしいイラストでもって再現していただきました。

正直、どんくさい夜凪にとって仕事しながらの推敲作業はかなり負担で、何度も泣き言をこぼしていたのですが、もう！　ミーシャ達のラフ画をいただいたことでテンションマックス！

分不相応だろうが何だろうが、お受けしてよかったと小躍りしました。

夜凪のへぼい文章力では伝えきれなかったミーシャの可愛さが爆裂しております。

緋原様、素晴らしいイラストを本当にありがとうございます（五体投地）。

ハイテンションのままに、書ききれていなかった部分をかなり加筆しています。

小説投稿サイトの方はそのまま手付かずのため、読み比べて違いを探すのもある意味楽しいのではないかと思います。

ちなみに、調子に乗って書き足した結果、初稿の段階からすると文字数が三万字ほど増加して、担当編集さんを少し慌てさせたのはいい思い出です（笑）。

最後に、不慣れな夜凪を見捨てることなく優しく導いてくださった担当編集様と、「終わらないよう」と泣き言をこぼし、果てしなく後ろ向きに爆走しようとする豆腐メンタルな夜凪を引き留めてくれた家族に心からの感謝を送ります。

そして、ここまで読んでくださった読者様。

ミーシャの物語にお付き合いくださりありがとうございました。

また、お会いできることを祈りつつ……。

夜凪

Q6 さいご！　じゃあさっ！ ぼくのすきなところ！　おしえて！

ンのこと？
やつやの毛並みが気持ちよくて好き。
わふわのしっぽも。
っ赤な瞳もルビーみたいで綺麗だし。
張り屋さんなところも好き。
より、いつも一緒にいてくれるの。
好きよ。
手を伸ばしてレンを捕まえると、
ゅっと抱きしめ顔をすりすり）

っ……そろそろちゃんと
きちゃいそうだ！
ょうのあさごはんは
にかな？
なかすいたな。
—ミーシャ、ずっと
っしょにいようね？

キャラクターインタビュー

CHARACTER INTERVIEWS

起きたばっかりでミーシャ寝ぼけてるみたい……。
チャンスだね、ぼくがいろいろきいてみちゃおうかな！

Q1 ねえ、ミーシャってなにしてるときがいちばんたのしい？

うぅ……ん…。なぁ…にぃ…？　森の中……お散歩…楽しぃ…。

いろいろ…あるの…。

おいし…くだも…の…とかぁ……おにく……。うふふ……。

Q2 すきなたべものはなあに？

か～さ…んの…きのこすーぷ。おいし～のぉ～～

（幸せそうな笑顔で口をもぐもぐしている）

Q3 ミーシャのむれはどこにむかっているの？　どこにいきたいの？

ん……。れっどふぉーど…に、行くの……よ。

たくさん、本があるんだってぇ…。

その後は……母さんのそだった村……行ってみたいなぁ…。

Q4 せいじゅう？　になったら、どうしたいの？

せいじゅう？　ふふ…大人ってことぉ～？　そ…ねぇ。

やっぱり、母さんみたいな立派な薬師。

そのためには…、もっと。頑張らなきゃね…。あと、ほかの大陸にも…行ってみたい…。

Q5 おねがいごとが一つかなうなら、なにをおねがいする？

………母さん、に会いたいなぁ。もう一度……ぎゅうぅって、してほし……。

（ミーシャ、眉を寄せて悲しい顔。レンが慌ててほっぺをなめると、くすくす笑う）

……なぁに？　れん。くすぐったいよぅ？

次巻予告
私が
漫画にもなるん
だってぇ〜！
2023年冬発売！

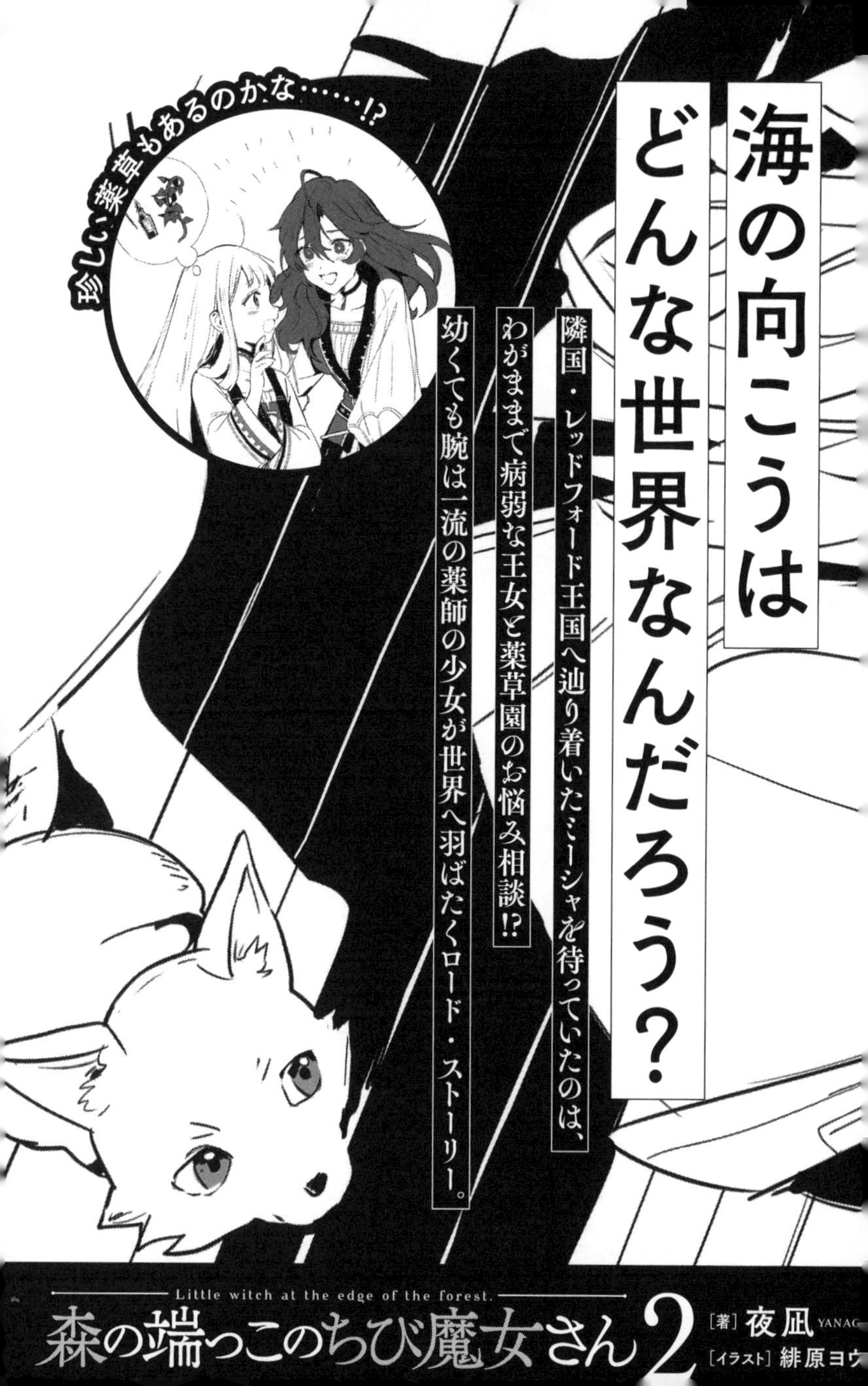
海の向こうはどんな世界なんだろう？
隣国・レッドフォード王国へ辿り着いたミーシャを待っていたのは、
わがままで病弱な王女と薬草園のお悩み相談!?
幼くても腕は一流の薬師の少女が世界へ羽ばたくロード・ストーリー。
珍しい薬草もあるのかな……!?
Little witch at the edge of the forest.
森の端っこのちび魔女さん2
[著] 夜凪
[イラスト] 緋原ヨウ

森の端っこのちび魔女さん

2023年7月1日　第1刷発行

著　者　夜凪

発行者　本田武市

発行所　TOブックス
〒150-0002
東京都渋谷区渋谷三丁目1番1号　PMO渋谷Ⅱ　11階
TEL 0120-933-772(営業フリーダイヤル)
FAX 050-3156-0508

印刷・製本　中央精版印刷株式会社

ISBN978-4-86699-861-9